군림천하 24

1판 1쇄 발행 2012년 5월 15일
1판 5쇄 발행 2020년 1월 6일

지은이 l 용대운
발행인 l 신현호
편집장 l 이환진
편집부 l 이호준 송영규 최종건 정재웅 박건순 양동훈 곽원호
편집디자인 l 한방울
영업·관리 l 김민원 조은걸 조인희

펴낸곳 l ㈜디앤씨미디어
등록 l 2002년 4월 25일 제20-260호
주소 l 서울시 구로구 디지털로 26길 111 JnK디지털타워 503호
전화 l 02-333-2513(대표)
팩시밀리 l 02-333-2514
E-mail l papy_dnc@dncmedia.co.kr
홈페이지 l www.ipapyrus.co.kr

값 9,000원

ⓒ 용대운, 2012

ISBN 978-89-267-1659-5　04810
ISBN 978-89-267-1535-2　(SET)

＊저자와 협의하여 인지는 붙이지 않습니다.
＊이 책은 ㈜디앤씨미디어(파피루스)가 저작권자와의 계약에 따라 발행한 것으로 본사와 저자의 허락 없이는 어떠한 형태나 수단으로도 내용을 이용할 수 없습니다.

용대운 대하소설
군림천하
3부 군림의 꿈 [君臨之夢]

君臨天下

24

모산지연(姥山之宴) 편

제240장	공간검도(空間劍道)	9
제241장	무인기백(武人氣魄)	33
제242장	판옥주인(判玉主人)	57
제243장	적정탐색(敵情探索)	83
제244장	종남신객(終南新客)	111
제245장	도과난관(渡過難關)	155
제246장	우중조우(雨中遭遇)	179
제247장	일견경심(一見傾心)	205
제248장	산장만찬(山莊晚餐)	243
제249장	현시천분(顯示天分)	271
제250장	목전경고(目前警告)	297

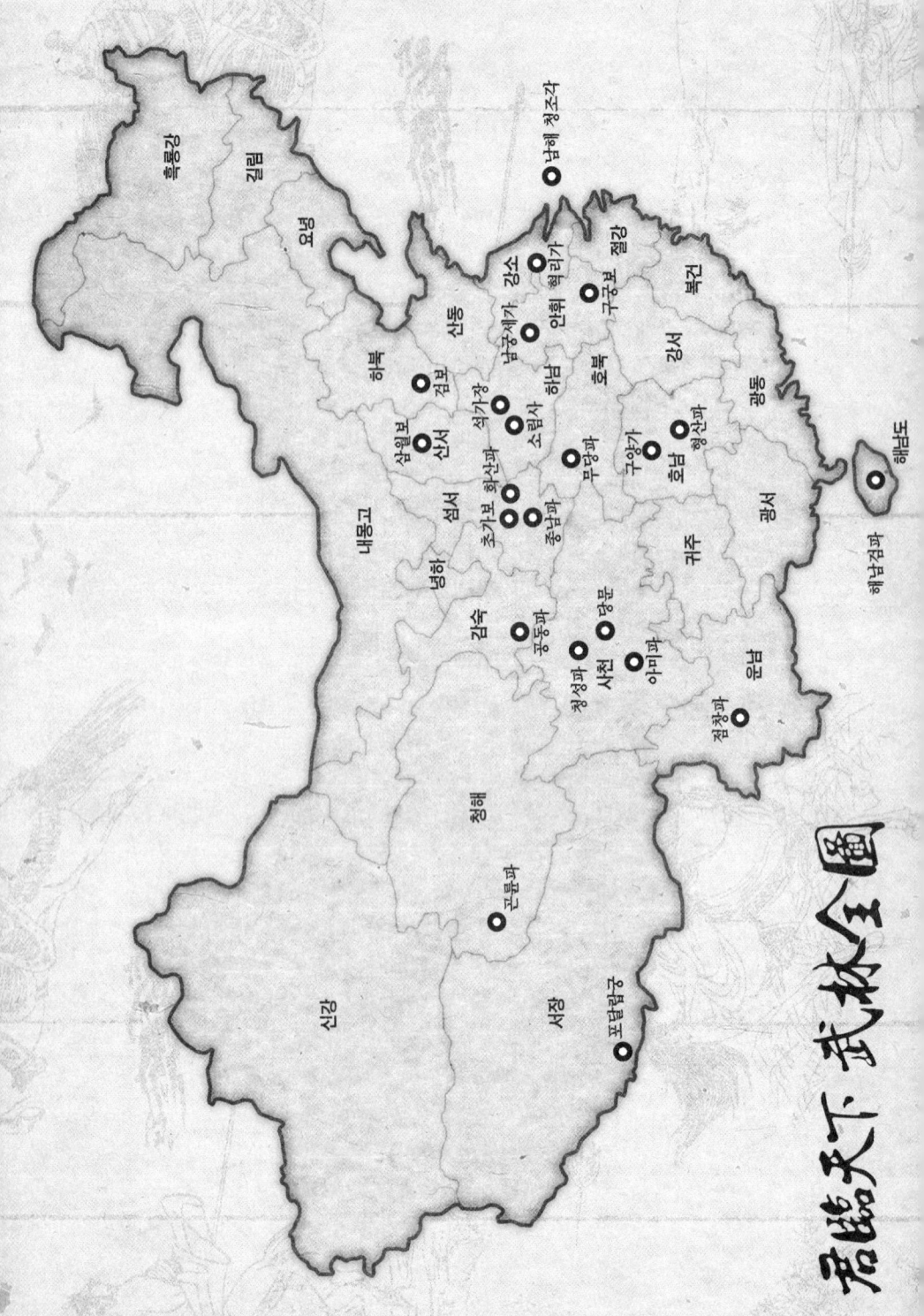

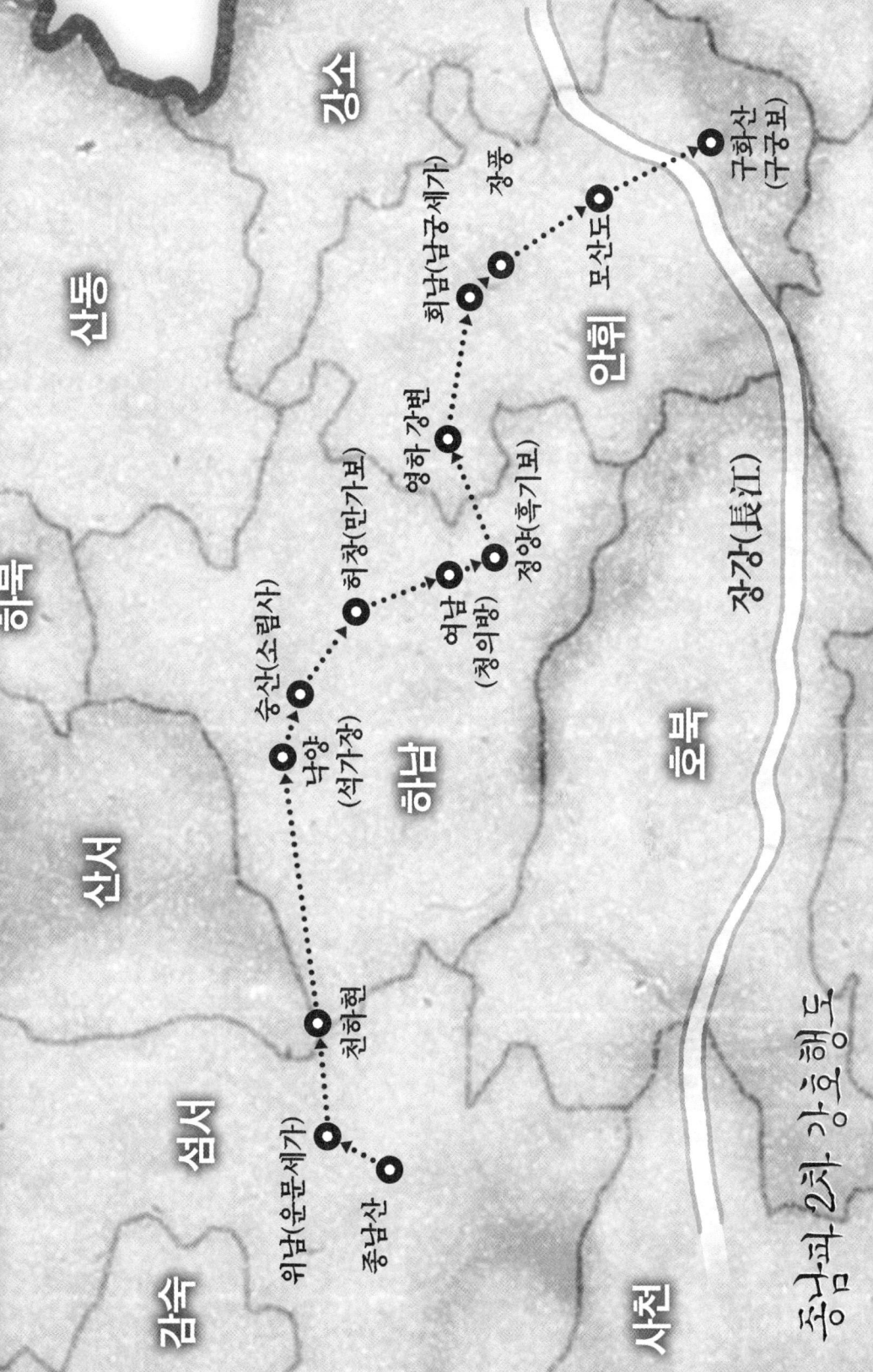

제 240 장
공간검도(空間劍道)

제240장 공간검도(空間劍道)

먼저 몸을 움직인 사람은 남궁연이었다.

움직였다고 해 봤자 수중에 들고 있는 장검을 슬쩍 앞으로 내뻗어서 가볍게 휘저었을 뿐이었다. 그 속도 또한 그리 빠르지 않아서 장내의 모든 사람들이 검이 움직이는 광경을 알아볼 수 있을 정도였다.

그런데도 성락중은 그 자리에 옆으로 훌쩍 뛰다시피 몸을 이동했다. 일견 호들갑스러워 보이기까지 하는 그 모습에 어떤 사람들은 실소를 터뜨리기도 했고, 또 어떤 사람들은 의아함을 느끼기도 했다. 그리고 극소수의 사람들만이 절로 고개를 끄덕이며 감탄성을 발하는 것이었다.

"대단하군. 검기의 발출을 극도로 억제해서 완벽하게 한정된 공간만을 잘라 버렸어."

백리장손이 감탄인지 신음인지 모를 소리를 중얼거리자 혁리공은 고개를 갸웃거렸다.

"저게 그렇게 대단한 겁니까?"

"자네는 검을 배우지 않았다고 했지? 그렇다면 이해하지 못할 수도 있겠군. 남궁연이 방금 펼친 건 굉장히 뛰어난 수법일세. 특정 공간을 검기로 완전히 봉쇄해 버렸으니 신검무적의 사숙이란 자가 그 공간에서 뛰쳐나오지 않았다면 상당히 난처한 일을 당했을 걸세."

"어떻게 말입니까?"

"상대의 검기로 완전히 제압된 공간에서 버텨 봤자 좋은 꼴을 보이긴 힘들지. 팔다리가 잘렸거나 운이 좋다고 해도 심각한 내상을 입었을 거야."

"저 가벼운 손동작에 그런 위력이 담겨 있단 말입니까?"

"동작은 별로 상관없네. 이미 그가 검을 앞으로 내뻗은 순간에 그의 손이 향한 공간은 완전히 그가 장악하고 있던 셈이었으니까."

혁리공의 입에서 절로 감탄이 섞인 음성이 흘러나왔다.

"그럴 수도 있는 겁니까?"

"공간검(空間劍)의 개념은 검을 모르는 사람에게는 아무리 설명해도 쉽게 이해하기 힘든 것일세."

"진공검이란 말은 들었습니다만, 공간검은 처음 듣는군요."

"약간 다르지. 진공검은 속도(速度)에 의미를 둔 무공이고, 공간검은 범위에 관한 무공일세. 진공검은 공간과 공간 사이를 가로

질러 상대를 단숨에 쓰러뜨리는 쾌검의 진화형인 데 비해, 공간검은 일정 공간을 자신의 통제하에 두어서 상대를 제압하는 중검(重劍)의 일종이네. 일단 공간을 장악당하면 상대는 그 공간을 피하는 수밖에 달리 도리가 없지. 하지만 그것도 쉬운 일은 아닐세."

"왜 그렇습니까?"

"단순히 피한다고 해서 공간검을 막을 수 있다면 누가 힘들여 익히려 하겠나? 처음에는 피할 수 있을지 몰라도 계속 공간을 내어 주다 보면 종내에는 옴짝달싹도 못하고 좁은 공간에 갇혀 버리게 되네. 결국 피하기만 하다가는 반격 한번 못해 보고 제압당해 버리는 거지."

"남궁세가의 대연검법이 공간검 계열이었던 겁니까?"

"공간검은 검법과는 상관이 없네. 그건 단지 하나의 개념일 뿐이지. 어떤 검법을 익혔든 한정된 공간을 자신의 영역으로 만들 수 있다면 그게 바로 공간검이 되는 걸세."

혁리공은 알 듯 모를 듯하여 고개를 휘휘 내저었다.

"검의 세계는 실로 깊고 오묘하여 저 같은 사람은 도저히 예측할 수도 없군요."

백리장손은 묘한 눈으로 그를 응시하더니 나직한 음성으로 말했다.

"검이 아무리 오묘하다 해도 사람보다 더하겠나? 인간이야말로 예측도 이해도 불가능한 존재가 아니겠는가?"

혁리공은 아무것도 모르는 사람처럼 히죽 웃었다.

"그도 그렇군요. 그래서 저는 애초부터 인간을 이해하는 것을 포기해 버렸습니다."

두 사람이 짧은 대화를 나누는 동안 남궁연은 두 번 더 검을 휘둘렀고, 그때마다 성락중은 메뚜기처럼 옆으로 훌쩍훌쩍 몸을 피했다. 얼핏 보기에는 장난스런 손짓에 과민 반응을 보이는 아이 같아서 사람들을 어리둥절하게 만들었다.

남궁세가와 종남파의 마지막 비무이니 당연히 최고 수준의 고수들이 나와서 현란한 결투를 벌일 것이라 잔뜩 기대하고 있었는데, 전혀 엉뚱한 일이 벌어지고 있으니 누구라도 황당해 하지 않을 수 없었다. 개중에는 실망감 섞인 감정을 주위에 토로하는 자들도 적지 않았다.

"지금 저자들은 뭐하는 건가? 나이를 먹을 대로 먹은 자들이 이런 자리에 나와서 애들처럼 장난이라도 치고 있는 건가?"

"글쎄, 그렇다고 보기에는 두 사람 모두 표정이 너무 진지하지 않은가?"

"표정만 보면 필생의 대적(大敵)이라도 상대하는 것 같은데, 하는 짓들은 영락없이 개구쟁이들의 숨바꼭질 같으니 영문을 모르겠군."

"우리가 모르는 뭔가가 있는 게 아닐까?"

"그게 뭐든 저런 식이라면 아무리 오랜 시간이 흘러도 승부가 나지 않겠군."

하나 그들의 예측과는 달리 세 번의 손짓 이후에 남궁연은 돌연 동작을 멈추었다. 그의 손짓만 보면 무조건 몸을 피하던 성락중이 처음으로 수중의 검을 중단으로 들어 올린 직후였다. 성락중이 단순히 검을 들어 올리기만 했는데도 남궁연은 자신이 통제하려 했던 공간이 자신의 마음대로 장악되지 않는다는 것을 알아차렸던 것이다.

백리장손이 짤막한 감탄성을 토해 냈다.

"놀랍군. 남궁연이 장악하려는 공간을 사전에 봉쇄해 버렸어."

"그런 게 가능합니까?"

"쉽지 않은 일이지. 그런데 지금 눈앞에서 펼쳐지고 있지 않은가?"

혁리공이 다시 비무대 위에 서 있는 두 사람을 뚫어지게 바라보았으나 그들은 별반 움직임이 없었다. 그저 한 사람은 검을 앞으로 내뻗은 상태였고, 다른 한 사람은 검을 중단으로 들어서 막는 자세를 유지하고 있을 뿐이었다.

"지금은 어떻습니까?"

백리장손은 눈도 깜박이지 않은 채 두 사람을 주시하며 나직한 음성으로 말했다.

"서로 공간을 차지하기 위해 맹렬하게 기세를 일으키고 있는 중일세. 그들 사이의 중앙 부분에 아지랑이 같은 것이 보이지 않나?"

혁리공은 안력을 잔뜩 끌어 올린 다음에야 그런 현상을 발견했는지 희한한 것을 본 사람처럼 연신 고개를 끄덕였다.

"과연 그렇군요. 저건 대체 무엇입니까?"

"두 사람의 무형지기가 서로 맹렬하게 부딪치고 있기에 벌어지는 현상이지. 저 아지랑이 속에 들어간다면 세상의 어떤 것이라도 산산이 부서지고 말 것이네."

혁리공은 전혀 예상치 못했다는 듯 혀를 내둘렀다.

"절정 검객들의 싸움은 모두 저런 식입니까?"

"사람마다 방식이 다르고 기질이 다른데 어떻게 똑같은 싸움이 있을 수 있겠나? 저들 두 사람의 성격이나 싸우는 형태가 비슷하기에 저런 일이 일어나는 것일세."

"그렇다면 앞으로도 저들은 계속 저런 식으로 싸우게 될 거라는 말입니까?"

"그건 모르겠군. 두 사람의 기질이 서로 비슷한 것 같으면서도 조금 다르니 말일세. 둘 중 누군가가 지금의 상황을 별로 재미없다고 생각한다면 앞으로는 조금 달라지지 않겠나?"

그의 말이 끝나기를 기다리고 있었다는 듯이 남궁연이 앞으로 성큼 한 걸음을 내디뎠다. 그러자 성락중 또한 그와 똑같이 한 걸음 걸어 나왔다. 바람도 없는데 두 사람의 옷자락이 펄럭거리기 시작했다.

백리장손의 두 눈에서 날카로운 신광이 흘러나왔고, 입꼬리에 엷은 미소가 떠올랐다. 매 같은 성정의 그에게서는 좀처럼 보기 힘든 흥에 겨운 미소였다.

"재미있군, 재미있어."

"무엇이 그렇게 재미있습니까?"

"남궁연이 공간을 장악하는 걸 포기하고 본격적으로 기세의 싸움으로 나섰네. 겉으로 보면 단순히 한 걸음 앞으로 움직였을 뿐이지만, 실상은 사방으로 퍼져 있던 무형지기가 전면으로 집중되어 상대를 무섭게 압박하는 형상이지. 보통 이런 경우는 먼저 기세를 일으킨 자가 유리하기 때문에 일단 살짝 피하거나 상대의 기세를 막는 게 정상인데, 저 신검무적의 사숙은 전혀 엉뚱한 반응을 하는군."

"똑같이 한 걸음 앞으로 걸어 나온 게 그렇게 이상한 겁니까?"

"이상한 정도가 아니라 무모한 거지."

"왜 그렇습니까?"

"생각해 보게. 한 걸음 앞으로 내딛는다는 건 자신도 똑같이 기세를 일으켜 맞서겠다는 것일세. 그런데 상대는 이미 앞으로 걸어 나오면서 잔뜩 기세를 일으켜 전신을 압박해 오고 있는 상태였네. 그런 상대에게 뒤늦게 기세를 일으켜서 어쩌겠다는 건가?"

"그럼 저 신검무적의 사숙이라는 자는 최악의 선택을 한 셈이로군요."

의외로 백리장손은 고개를 흔들었다.

"그런데 그렇지가 않아. 원래 저런 상태라면 뒤늦게 기세를 일으킨 자가 이미 집중되어 있는 상대의 기세를 감당하지 못하고 피를 뿌리며 쓰러져야 정상인데, 그를 보게. 멀쩡해 보이지 않나?"

혁리공은 성락중을 자세히 살펴보고는 이내 고개를 끄덕였다.

"그렇군요. 옷자락이 펄럭거리는 것 외에는 표정도 달라지지 않았군요."

"그래서 재미있다는 것일세. 저런 경우는 보통 둘 중에 하나거든."

"그게 무엇입니까?"

"뒤늦게 기세를 일으키고도 상대의 집중된 기세를 감당할 수 있을 만큼 기세의 조절에 능숙하거나……."

"아니면?"

"상대의 기세 정도는 언제라도 억누를 수 있을 만큼 월등한 기세를 가지고 있는 경우일세."

"둘 중 어느 것이라고 보십니까?"

"남궁연이란 자의 기세는 본 파의 장로급에 못지않네. 그걸 압도할 기세를 지닌 자는 강호에서 일령삼성 정도겠지."

백리장손은 돌려서 말했으나 혁리공은 그의 말뜻을 어렵지 않게 알아차렸다.

구대문파의 장로급이라면 능히 강호 무림의 절정 검객이라고 할 수 있을 것이다. 특히 점창파에 대한 자부심이 누구보다도 강한 백리장손이라면 자파의 장로에 대한 평가가 더욱 후할 게 분명했다. 그런 백리장손이 자파 장로 수준에 못지않다고 한 것은, 이미 기세로는 강호 무림의 정상 수준이라는 말과 동일한 의미였다. 그런 검객을 압도할 만한 기세의 보유자는 그야말로 극소수에 불과할 것이다.

아무리 신검무적의 사숙이 뛰어난 고수라 해도 일령삼성에 비할 수는 없는 것이다.

"결국 기세의 조절에 상당히 능숙한 자라는 말씀이군요. 어디서 저런 자가 불쑥 튀어나왔을까요?"

"검의 길에 우연한 결과란 없네. 적지 않은 세월 동안 매진하지 않았다면 저런 실력은 절대로 배양될 수가 없지. 지난 이십여 년

동안 종남파가 나름대로 칼을 갈아 온 모양일세."

그때 남궁연이 다시 앞으로 한 걸음을 내디뎠다. 성락중 또한 당연한 반응이라는 듯이 한 걸음 다가섰다. 두 사람의 옷자락이 더욱 세차게 펄럭거려서 흡사 태풍 속에 서 있는 것 같았다.

이제는 누가 보아도 그들 사이에 무언가 심상치 않은 일이 벌어지고 있음을 알 수 있었다. 바람이 전혀 불고 있지 않은데도 그들 두 사람의 옷자락만 찢어질 듯 마구 펄럭거리고 있으니 이상함을 느끼지 않을 수 없는 것이다.

두 사람이 움직인 것은 단지 두 걸음씩뿐이었으나, 그것만으로도 장내의 분위기는 일변해서 금시라도 폭발할 듯한 팽팽한 긴장감이 감돌고 있었다.

남궁연은 앞으로 내밀고 있던 검을 천천히 거두어들였다. 성락중 또한 중단으로 겨누었던 검을 자신의 가슴 앞으로 곤추세웠다. 그러더니 두 사람은 제각기 수중의 검을 한 차례 세차게 휘둘렀다.

중인들의 눈에 무언가 희끗한 것이 번뜩이고 지나갔다. 그 섬광은 너무도 빨리 나타났다가 사라져서 사람들은 자신들이 잘못 본 것이라 생각하고 몇 차례 눈을 껌벅였을 뿐이었다.

하나 백리장손은 가슴에서 우러나오는 탄성을 토해 냈다.

"정말 대단하군, 대단해. 저들의 경지가 저 정도에 올라 있는 줄은 미처 몰랐구나."

"두 사람이 각기 일검씩 휘두른 건 알겠는데, 별로 대단할 건 없어 보이는군요."

"일검이 아니라 삼검(三劍)일세."

"예?"

혁리공이 믿을 수 없다는 듯 반문하자 백리장손은 평소의 그답지 않게 친절하게 설명해 주었다.

"남궁연이 먼저 종남파 고수의 어깨를 향해 검기를 날리자 종남파 고수가 피하지 않고 오히려 남궁연의 앞가슴을 향해 검을 휘둘렀네. 그러자 남궁연이 상대의 어깨를 향하던 검기를 움직여 자신의 앞가슴을 보호함과 동시에 상대의 목덜미를 노렸고, 그에 대응해 종남파 고수 또한 같은 부위를 찔러 왔네. 공격과 방어를 동시에 겸비한 절묘한 한 수일세. 그러다 검이 부딪히기 직전에 남궁연의 검이 상대의 미간 쪽으로 이동했고, 종남파 고수의 검은 반대로 남궁연의 단전 부위로 향했지."

"그래서 어떻게 됐습니까?"

"어떻게 되긴? 그대로 공격하면 서로 치명적인 상태에 빠진다는 것을 알고 마지막 순간에 동시에 검을 거두어들였네. 결국 그 짧은 순간에 두 사람은 세 가지의 각기 다른 변초(變招)를 사용했고, 아무런 소득도 거두지 못한 채 검을 거두고 말았던 거지."

"조금 전 검광이 번뜩이는 동안에 그런 일이 벌어졌단 말입니까?"

"그래서 놀랍다고 한 걸세. 저런 검초는 발출하는 것도 어렵지만 중도에 방향을 바꾸거나 거두어들이는 건 더욱 어렵지. 오랫동안 각고의 수련 끝에 검을 수족처럼 쓸 수 있는 경지에 오르지 않았다면 어림도 없는 일일세."

"기세도 엇비슷한 데다 검을 다루는 솜씨까지 우열을 가리기 힘드니 자칫하면 두 사람의 승부가 무척 길어질지도 모르겠군요."
 하나 뜻밖에도 백리장손은 생각이 다른 것 같았다.
 "그렇지 않을지도 모르지."
 "그게 무슨 말씀이십니까?"
 "검을 사용하는 자들 간의 싸움은 여타 무공을 쓰는 자들과는 조금 다르네. 무공의 고하(高下)가 심한 상태에서도 상당히 오랫동안 백중세의 난투가 벌어지는 경우도 제법 있고, 거의 차이가 없는 상대임에도 의외로 간단하게 승부가 판가름 나기도 하지."
 "그건 왜 그렇습니까?"
 "검이라는 병기가 가진 특성 때문이네. 검은 승패를 가르기에는 수월하지만, 상대를 쓰러뜨리기에는 지나치게 제약이 많은 병기일세."
 "그렇다면 백리 대협께서는 두 사람 사이의 승부가 곧 결정되리라고 보신단 말입니까?"
 "그거야 노부로서도 알 수가 없네. 다만 승부가 아주 길어질 수도 있지만, 의외로 상당히 빠른 시간 내에 날 수도 있다는 말을 하고 싶었을 뿐이네."
 그때 비무대에서는 본격적인 검투(劍鬪)가 시작되고 있었다. 사실 두 사람 사이의 싸움은 진작부터 시작되었지만, 그들 간에 오갔던 치열한 내막을 전혀 모르는 중인들로서는 이제 비로소 제대로 된 비무가 시작되었다고 생각할 만도 했다.
 남궁연의 검법은 호탕하기 그지없었다. 마치 남궁세가의 드높은 기상을 나타내듯 그의 검은 거칠 것이 없어 보였고, 검초는 무한대로 자유로웠다.

그에 비해 성락중의 검은 지나치게 단조로웠다. 절묘한 변화도 눈에 띄지 않았고, 검법의 빠르기나 기세 또한 그리 대단해 보이지 않았다.

그래서 누구나 언뜻 보기에는 남궁연이 절대적으로 우세한 상황으로 생각되었다. 이곳이 남궁세가가 오랫동안 터줏대감으로 지내 온 회남이어서인지 심정적으로 남궁세가를 응원하는 사람들이 훨씬 많았다. 그래서 장내는 곧 중인들의 함성 소리와 환호성으로 뒤덮이게 되었다.

"와아! 잘한다!"

"역시 남궁세가가 허무하게 패할 리 없지. 아무리 종남파라 해도 이번 비무는 이기지 못할 걸세."

"남궁세가가 이번 비무에서 이기면 어떻게 되나? 그럼 일 승일 무 일 패이니 서로 비긴 것인가?"

"무림의 비무에서 그런 게 어디 있나? 양 파에서 각기 한 명씩 더 나와서 최후의 승자를 가리겠지."

"그렇다면 종남파가 이긴 것이나 마찬가지 아닌가? 종남파에서는 신검무적이 나올 게 뻔한데, 남궁세가의 누가 그를 상대할 수 있단 말인가?"

"그렇게 되나?"

사람들의 소곤거림이 점차로 커지는 광경을 보고 있던 혁리공이 빙긋 미소 지었다.

"백리 대협의 생각은 저들과 다르겠지요?"

이번에는 모처럼 백리장손이 그에게 되물었다.

"자네 생각은 어떤가?"

"이번 비무의 승패 말입니까? 저로서는 예측할 수 없군요."

"아니. 이번 비무가 남궁세가의 승리로 돌아가면 다음에 신검무적이 나올 것이라고 생각하느냔 말일세."

"백리 대협께서는 이번 비무에서 남궁연이 승리할 것으로 예상하신단 말씀입니까?"

백리장손은 그를 빤히 쳐다보더니 이내 냉랭한 음성을 내뱉었다.

"자네가 사람 마음을 가지고 장난치는 걸 좋아한다는 건 알고 있네. 하지만 노부를 상대로 그런 짓을 하는 건 별로 좋은 생각이 아닐세."

혁리공은 자못 정중하게 고개를 숙였다.

"제가 그럴 리가 있습니까? 저는 그저 저들 두 사람 사이의 승패가 궁금했을 뿐입니다."

"저들 사이의 결과는 노부도 알지 못하네. 나는 다만 그 이후의 일이 어떻게 진행될지 알고 싶을 뿐이네."

백리장손이 진중한 음성으로 말하자 혁리공도 지금까지의 다소 가벼워 보였던 모습을 자제하고 한층 진지해진 표정으로 입을 열었다.

"종남파 고수가 승리한다면 비무의 결과가 명확해지므로 더 거론할 것이 없을 겁니다. 반대로 남궁연이 승리한다면 일이 조금 복잡해지겠지요. 하지만 저는 어떤 경우에라도 더 이상의 비무는 없을 거라고 생각합니다."

"왜 그렇게 생각하나?"

"종남파에서 더 나올 고수가 없기 때문입니다."

백리장손의 눈에서 한 줄기 날카로운 신광이 번뜩이고 지나갔다.

"신검무적이 출전할 수 없다는 말인가?"

"신검무적은 아직 양천해와 싸운 후유증이 있어서 당분간은 검을 들고 남과 싸울 수 없는 상태입니다."

"검을 들 수 없다라…… 얼핏 손에 붕대를 감은 걸 보긴 했는데, 설마 검을 잡을 수도 없을 정도로 상세가 큰 줄은 미처 몰랐군."

"손아귀가 찢어져 열흘 정도는 세상없다 해도 검을 잡을 수 없다 하더군요."

"손아귀는 상당히 더디게 아무는 부위지. 그런데 용케도 그런 사실을 알아냈군. 신검무적이 부상을 당했다는 건 알려졌어도 자세한 부위나 그 부상 정도는 누구도 정확히 알지 못했는데 말이지."

혁리공의 입가에 다시 야릇한 미소가 살짝 떠올랐다.

"제가 남들보다 귀가 좀 밝은 편입니다."

백리장손은 단순히 귀가 밝다고 알 수 있는 일이 아니라고 생각했으나 그걸 굳이 겉으로 표현하지는 않았다. 그는 잠시 침음하다가 다시 물었다.

"그렇다면 자네는 저 두 사람의 승패에 상관없이 남궁세가와 종남파의 비무는 이것으로 끝날 거라고 판단한단 말이군."

"그렇습니다."

"그렇게 되면 남궁세가가 너무 손해를 보는 게 아닌가? 가문의 대공자가 치명적인 부상을 당하고, 은밀하게 키웠던 숨겨진 검까지 드러내고도 얻은 게 없으니 말일세."

"반대로 생각하면 온실 속의 화초처럼 자라 왔던 대공자가 무공의 새로운 경지에 눈을 뜨게 되었고, 그간 숨겨 왔던 가문의 역량을 무림인들에게 선보이게 되었으니 무조건 손해라고만 할 수는 없지 않겠습니까?"

"그도 그렇겠군. 하지만 과연 남궁가주가 그 정도로 만족을 하겠는가?"

"그럴 수밖에 없을 겁니다. 오히려 종남파에서 비무를 더 하자고 할까 봐 전전긍긍해 하고 있을 겁니다."

"왜 그런가?"

"신검무적이 남과 싸울 수 없는 상태라는 걸 아직 모르고 있기 때문입니다."

백리장손은 아직도 입가에 희미한 미소를 짓고 있는 혁리공의 얼굴을 빤히 바라보았다.

"자네가 말해 주지 않았나?"

"저에게 한 가지 철칙이 있다는 걸 아시지 않습니까?"

"꼭 필요한 경우가 아니라면 보지도, 듣지도, 말하지도 않는다는 그 괴상한 철칙 말인가?"

혁리공의 입가에 떠올라 있는 미소가 조금 더 짙어졌다.

"그렇습니다."

"비무의 당사자인 남궁가주에게는 말할 수 없어도 노부에게는 말해도 괜찮다는 뜻인가?"

"백리 대협께서는 아셔야 한다고 생각했을 뿐입니다."

백리장손은 이번에는 왜 그렇게 생각하느냐고 묻지 않았다. 다만 그는 메마른 미소를 짓고 있는 혁리공의 얼굴을 물끄러미 쳐다보고 있을 뿐이었다.

그런 시선이 어색할 법도 한데, 혁리공은 전혀 표정의 변화 없이 대수롭지 않은 듯 말했다.

"사실 남궁가주가 알아도 달라지는 건 아무것도 없습니다. 신검무적이 더 이상의 비무를 승낙하지 않으면 아무 소용이 없으니 말입니다."

백리장손은 고개를 끄덕였으나, 그것이 혁리공의 말을 수긍하기 때문인지 아니면 다른 의도가 있는 것인지는 누구도 알 수 없었다. 잠시 두 사람 사이에 기이한 침묵이 감돌고 있을 때, 비무대 위에서 굉량(宏量)한 폭음이 터져 나왔다.

꽝!

주위가 송두리째 뒤흔들리고 듣는 사람의 고막이 터져 나갈 것 같은 엄청난 폭음이었다. 대체 검과 검이 부딪치는 비무에서 어떻게 이런 폭음이 터져 나올 수 있단 말인가? 그들이 비무대 위를 바라보니 조금 전까지도 서로 얽혀 있던 두 사람이 삼 장의 거리를 두고 떨어져 있었다. 그들 사이의 공간에는 아직도 세찬 경기가 휘몰아치고 있어, 조금 전의 격돌이 얼마나 가공스러운 것이었는지를 여실히 보여 주고 있었다.

다소 싱거운 것 같았던 두 사람의 싸움에서 단순히 검끼리 한 번

부딪쳤을 뿐인데도 이와 같은 상황이 벌어지자 중인들은 놀란 입을 다물지 못했다. 하나 백리장손은 당연하다는 듯한 반응이었다.

"기세끼리 충돌했군. 두 사람 중 누군가가 승부를 빨리 끝내기로 마음먹은 것 같네."

그의 말을 증명이나 하듯이 떨어졌던 두 사람이 다시 싸움을 벌이기 시작했다. 남궁선과 전흠의 비무처럼 격렬하거나 처절한 싸움은 아니었다. 오히려 약간의 거리를 두고 검을 휘두르고 있어서 서로를 대상으로 시무(試武)라도 하는 게 아닌가 생각될 정도였다.

하나 일정 수준의 경지에 오른 고수들은 그 안에 담긴 흉험함을 알아차리고 혀를 내두르고 있었다. 단순해 보이는 손짓이나 가벼운 일검 속에 세인들로서는 상상도 하기 힘든 가공할 힘과 오묘한 변화가 숨겨져 있는 것이다. 자칫 방심하거나 한 번의 공격이라도 허용한다면 치명적인 상태에 빠지게 될 만큼 그들의 검법은 살인적인 위력을 담고 있었다.

지금도 성락중의 앞가슴을 향해 허공을 미끄러지듯 유연하게 다가오는 남궁연의 검은 부드럽고 온유해 보였다. 하나 안력이 예리한 사람이라면 그 검끝이 가늘게 요동치고 있음을 알 수 있을 것이다. 그 요동은 겉으로 보기에는 미약하기 그지없으나, 일단 상대의 검과 닿는 순간 심맥(心脈)을 절단하고 숨통을 끊어 놓을 정도의 무시무시한 힘과 어디로 움직일지 모르는 무궁무진한 변화가 함께 담겨져 있었다.

성락중은 상대의 검에는 시선도 주지 않은 채 담담한 눈으로 남궁연의 두 눈을 가만히 바라보고 있었다. 가공할 일검이 자신의 지척으로 다가오고 있는데도 그는 여전히 조용한 자세로 서 있었다. 그러다 막 상대의 검이 자신의 가슴에 닿으려는 순간에 오른손을 살짝 내저어 자신의 검으로 상대의 검을 슬쩍 밀어냈다. 어린아이가 친구의 장난을 손짓으로 뿌리치는 것처럼 가벼운 동작이었다.

하나 그 여파는 실로 작지가 않았다.

끼이익!

사람의 귀청을 후벼 파는 듯한 괴이한 마찰음이 격하게 터져 나오며 세찬 경기가 사납게 휘몰아쳤다. 그리고 냉정한 신색을 유지하던 남궁연의 얼굴에도 처음으로 표정의 변화가 일어났다.

짙은 검미가 한 차례 꿈틀거렸던 것이다. 아주 사소한 변화였으나, 태산이 무너져도 꿈쩍하지 않을 것 같았던 무표정한 그에게서는 좀처럼 볼 수 없는 모습이기도 했다.

남궁연은 성락중의 검에 밀려난 자신의 검을 슬쩍 비틀어 위에서 아래로 내리그었다.

쫘아악!

마치 비단 폭이 찢어지는 듯한 음향과 함께 시퍼런 검기가 성락중의 몸을 양단할 듯 폭포수처럼 퍼부어졌다. 지금까지는 볼 수 없었던, 가슴을 두근거리게 할 정도로 압도적인 모습이었다.

그 광경을 보고 있던 백리장손이 나직하게 혀를 찼다.

"쯧!"

혁리공은 흥미진진하게 장내의 격전을 구경하고 있다가 그 소리를 들었는지 의아한 얼굴로 돌아보았다.

"왜 그러십니까?"

"남궁연이 너무 서두르고 있군."

"제가 볼 때는 그가 더 우세한 것 같은데요?"

"두 사람은 지금까지 기세를 완벽하게 갈무리한 채로 싸우고 있었네. 그런데 남궁연이 먼저 기세를 겉으로 드러냈으니, 그건 다시 말하면 그가 신속하게 결판을 내리고 마음먹었다는 뜻일세."

혁리공은 아직도 그의 말이 선뜻 이해가 되지 않는지 재차 물었다.

"남궁연이 상대에게서 약점을 발견했기에 그랬을 수도 있지 않겠습니까?"

"검도의 고수가 기세를 갈무리하고 싸운다는 게 어떤 의미인지 모르는군. 그 상태에서 두 사람 사이에 아주 약간의 우열이라도 발생한다면 순식간에 상대의 기세에 짓눌려 꼼짝도 못하고 쓰러지고 마네."

"……!"

"다시 말해서, 지금까지 두 사람은 한 치의 우열도 보기 힘든 백중세였다는 말일세. 그런데 남궁연이 먼저 기세를 드러냈다는 것은 그가 무언가 초조함을 느꼈다는 말이지."

백리장손은 잠깐 생각에 잠긴 듯하더니 이내 고개를 끄덕였다.

"그가 남들과 비무를 하지 않고 혼자 개인적인 공간에서 수련을 해 왔다면 이해가 되지 않는 것도 아니군."

"그건 또 무슨 말씀이십니까?"

"남궁연은 필시 자신과 필적할 정도로 강한 상대와 싸워 본 경험이 없을 걸세. 그래서 상대가 계속 자신과 대등하게 맞서 오자 갑자기 불안한 생각이 들었던 거야. 자신의 실력에 대한 의구심이 생긴 거지."

"그래서 빨리 승부를 볼 요량으로 기세를 드러낸 것이란 말입니까?"

"그렇지. 그리고 이런 백중세의 고수들 사이의 겨룸에서 성급함을 드러낸다는 것은……."

그 순간, 비무대 위의 상황이 일변했다.

가공할 기세로 성락중의 몸을 두 조각 내 버릴 듯했던 남궁연의 검이 허공에서 뒤흔들리며 그의 신형이 한 차례 휘청거렸다. 반면에 성락중은 내뻗었던 검을 좌에서 우로 이동시키고 있었다.

백리장손은 그 광경을 보면서 말을 맺었다.

"치명적인 결과를 초래하게 되는 법이지."

성락중의 검이 움직이는 속도는 그리 빠르지 않았다. 그런데도 남궁연은 검을 피하지 못하고 몸을 부르르 떨더니, 마침내 참지 못하고 뒤로 한 걸음 물러나고 말았다.

그 순간 성락중은 성큼 한 걸음 앞으로 내디뎠다.

"우욱!"

남궁연은 뒤로 다섯 걸음이나 물러나더니, 이내 바닥에 무릎을 꿇으며 한바탕 검붉은 피를 토해 냈다. 그의 수중에 있던 장검 또한 어느새 절반으로 부러져 있었다.

순식간에 승부가 판가름 나며 우세해 보였던 남궁연이 패퇴하고 만 것이다. 중인들은 아직도 어찌 된 영문인지 몰라 서로를 쳐다본 채 웅성거리고 있을 뿐이었다.

백리장손은 냉정한 눈으로 아직도 연신 입으로 피를 흘리고 있는 남궁연을 응시했다.

"한순간의 흔들림으로 스스로 패배를 자초하다니. 검에 대한 자질은 뛰어날지 몰라도 승부에 대한 감각은 아직 미흡하군. 아쉬운 일이야."

혁리공은 아직도 눈앞에 펼쳐진 상황이 쉽게 납득이 되지 않는 얼굴이었다.

"백리 대협이 그들의 승부가 어쩌면 생각보다 빨리 끝날지도 모른다고 하셔도 그다지 믿지 않았는데 정말 백리 대협의 말처럼 되고 말았군요. 그토록 팽팽했던 두 사람의 승부가 이렇게 되어 버릴 줄은 정녕 몰랐습니다."

"검도 고수들 간의 싸움은 그래서 무서운 걸세. 단 일순간의 방심이나 착오가 결정적인 차이를 만들어 내지. 두 사람의 실력은 서로 백중했네. 다만 강한 상대와 싸워 본 경험의 유무(有無)가 승패를 갈랐을 뿐이네."

"그렇다면 남궁연이 앞으로 강한 자들과 충분한 경험을 쌓는다면 자신을 꺾은 종남파의 고수를 능가할 수도 있다는 말이로군요."

"이론상으로야 그렇지. 다만 한 번도 패한 적이 없는 그가 지금의 충격을 어떻게 극복하느냐 하는 문제와 적지 않은 나이의 그가 과연 상대를 찾아다니며 비무행(比武行)을 벌일 수 있겠느냐 하는 문제가 남아 있지."

"둘 다 쉽지 않은 문제들이로군요."

"그러니 자네도 앞으로 검의 고수를 상대할 때는 조심하도록 하게. 단순한 무공의 고하만으로는 예측할 수 없는 게 그런 자들과의 싸움이네."

혁리공은 다시 히죽 웃었다.

"제가 남들과 싸울 일이 뭐가 있겠습니까?"

백리장손은 그를 힐끗 돌아보았으나 더 이상은 아무 말도 하지 않았다.

어쨌든 이것으로 모든 무림인들의 눈과 귀를 사로잡았던 남궁세가와 종남파의 비무는 종결되었다.

종남파는 이 승 일 무의 압도적인 성적으로 남궁세가를 꺾었으며, 그들의 명성은 강호 전체를 송두리째 뒤흔들게 되었다. 더구나 종남파 최고의 고수들인 신검무적과 옥면신권이 나오지 않은 상태에서의 결과인지라 무림인들이 느끼는 경악은 한층 더 클 수밖에 없었다.

훗날 강호의 이름난 검객들만을 찾아다니며 비무에서 이기면 상대의 검을 부러뜨리고, 자신이 패하면 스스로의 검을 부러뜨리는 위험천만한 승부를 계속했던 절검자(切劍子)가 이때 패한 남궁연의 화신이라는 소문이 있었으나 누구도 확실한 것은 알지 못했다.

제241장 무인기백(武人氣魄)

낙일방은 자신의 두 손을 내려다보았다. 묵령갑을 낀 양손이 피로 범벅이 되어 있었다. 왼손의 손가락 몇 개는 손톱이 빠져서 제대로 손끝까지 힘을 줄 수가 없었고, 오른손의 가장 중요한 엄지손가락은 이상한 각도로 구부러져 덜렁거리고 있었다.

왼쪽 어깨와 허벅지에도 이도(二刀)를 맞아서 운신(運身)이 자유롭지 못했다.

더욱 심각한 것은 옆구리의 부상이었다. 왼쪽 옆구리가 마치 늑대에게 물어뜯기기라도 한 듯 한 움큼이나 뜯겨져 나갔고, 갈비뼈 몇 대가 부러져서 숨을 쉴 때마다 칼로 후벼 파는 듯한 통증이 느껴졌다.

하나 그는 결코 자신이 손해를 보았다고 생각하지 않았다.

그의 앞에는 두 구의 시신이 널브러져 있었다. 자신의 옆구리를 너덜너덜하게 만들었던 독수금륜 대일관은 대신에 관자놀이를 낙뢰신권에 정통으로 가격당해 칠공(七孔)으로 피를 흘린 채 쓰러져 있었다. 두개골이 움푹 파여 들어간 모습이 흉측해 보였다.

파귀도 적광의 신세도 별반 다르지 않았다. 그는 선불 맞은 멧돼지처럼 낙일방을 도륙하기 위해 수비를 도외시하고 미친놈처럼 달려들다 제일 먼저 옥잠지에 미간을 관통당해 질펀한 뇌수를 뿌린 시신이 되어 있었다.

십육사 중의 두 명을 고혼으로 만든 대가라면 이 정도 부상쯤은 기꺼이 감수할 수 있었다. 문제는 남은 자들이 한층 더 상대하기 힘든 고수들이라는 것이었다.

특히 등곽의 장력은 정말 무서웠다. 장력이 날아드는 기세가 은밀하면서도 강력했고, 순식간에 공간을 압축해 들어왔기 때문에 피하기도 수월치 않았다. 낙일방은 몇 번인가 정면으로 맞서 보았는데, 그때마다 상당한 위험에 빠지고 말았다. 대일관에게 옆구리를 허용하고 적광의 칼에 두 번이나 격중당했던 것도 모두 그때 격돌의 여파로 순간적인 빈틈을 보였기 때문이었다.

방금 전에도 자신의 옆구리를 가르느라 바짝 붙어 있던 대일관의 머리통을 부수기 위해 왼 주먹을 휘두르다, 때마침 날아든 등곽의 괴혈장을 오른손의 옥뢰신장으로 막았는데 엄지손가락이 그대로 부러지고 말았던 것이다.

"흐으…… 흐으……."

낙일방은 옆구리의 통증을 잊기 위해 몇 차례 거친 숨을 몰아쉬고는 허리를 쭉 폈다. 머리를 산발한 등곽이 안광을 번뜩이며 자신을 향해 다가오는 광경을 보았던 것이다.

등곽의 상태도 그리 좋아 보이지는 않았다.

이마에 매었던 노란색 두건은 어디론가 사라져 머리카락이 사방으로 흩날리고 있었는데, 거무튀튀했던 안색은 큰 병이라도 걸린 사람처럼 창백하게 변했고 입가로는 실낱같은 핏줄기가 계속 흘러나오고 있었다. 그러나 두 눈에서는 어느 때보다 무서운 신광이 이글거리고 있었다.

지금까지 조금 떨어진 곳에서 뒷짐을 진 채 다소 느긋한 표정으로 지켜보기만 했던 교등도 느릿느릿 몸을 움직이기 시작했다.

교등은 낙일방과 삼 장 정도 떨어진 곳까지 오더니 유난히 얄팍한 입술을 천천히 열었다.

"너는 대단한 아이다. 벌써 노부를 몇 번이나 놀라게 하는구나."

낙일방은 대꾸할 힘도 없는지 그 자리에 가만히 서 있었다.

교등은 눈도 깜박이지 않고 낙일방의 얼굴을 바라보며 말을 이었다.

"일전에 철혈쌍응을 상대했을 때와는 전혀 차원이 다른 고수가 되었구나. 그때는 이 정도로 권기(拳氣)가 강력하지 않았는데…… 보아하니 임독양맥을 타통한 것 같은데, 종남파에는 내공을 급증시키는 무슨 현묘한 방법이라도 있는 건지 모르겠구나."

낙일방은 쓴웃음이 나왔다. 그런 방법이 있다면 종남파가 이십 년 동안이나 몰락의 길을 걷다가 본산마저 빼앗기는 꼴을 당하지는 않았을 것이다.

교등도 그 점에 생각이 미쳤는지 고개를 갸웃거렸다.

"아무래도 그런 건 아닌 것 같고…… 네 재질이 그만큼 뛰어나다는 뜻이겠지. 어쨌든 정말 안타까운 일이다. 이런 재질을 가진 자를 내 손으로 쓰러뜨리게 되었으니."

낙일방은 천천히 오른손을 들어 자신의 옆구리에 갖다 대었다.

딱!

부러진 갈비뼈가 맞춰지자 몇 차례 심호흡을 하고 난 낙일방은 숨을 쉬기가 한결 나아졌는지 입가에 담담한 미소를 지어 보였다.

"할 수 있으면 해 보시오, 노인장."

교등의 주름진 얼굴에도 엷은 미소가 어리기 시작했다. 살벌할 정도로 차갑고 냉랭한 미소였으나 왠지 흥겨워 보이기도 했다.

"흐흐…… 기백이 대단하구나. 정말 아깝구나, 아까워. 네 나이에 이런 무공을 지니고 이런 기질을 가지고 있으니 훗날 강호 제일 권사(江湖第一拳士)가 되는 게 꿈이 아니었을 텐데……."

교등은 천천히 자신의 양손을 들어 올렸다. 닭발을 연상시키는 쭈글쭈글한 주름이 잔뜩 나 있는 손이었다. 손톱이 조금 길고 군데군데 푸르스름한 혈관이 툭툭 튀어나와 있는 것을 제외하고는 전형적인 늙은이의 손이었다.

"잘 봐라, 아이야. 이게 너를 저승으로 안내할 수라탈백조(修羅奪魄爪)이니라."

푸른 핏줄이 더욱 도드라지더니 손톱 끝에 희미한 빛이 어른거리기 시작했다. 그 빛이 번쩍거린다 싶은 순간, 어느새 교등의 주름진 손은 낙일방의 목덜미를 찍어 오고 있었다.

낙일방은 교등이 손을 들어 올릴 때부터 이미 마음의 준비를 하고 있었는지 조금도 당황하지 않고 오른손을 부채처럼 가볍게 흔들었다.

단순한 동작이었는데도 구름 같은 수영(手影)이 일어나며 교등의 손가락이 움직이는 진로를 완벽하게 봉쇄해 버렸다. 구반장법 중 어마각적(御魔却敵)이라는 초식이었다.

교등은 내밀었던 손을 거둠과 동시에 더욱 빠르게 앞으로 내뻗었다. 그러자 그의 손톱에서 흘러나오는 빛이 진해지며 낙일방의 수영 속을 뚫고 무서운 속도로 전진하기 시작했다.

낙일방은 한 손으로는 그의 공세를 감당하기 힘들다는 것을 직감하고 이번에는 손가락에 제대로 힘을 줄 수도 없는 왼손까지 사용해 금라천망의 식으로 교등의 공세를 막으려 했다.

교등의 손톱에서 흘러나오는 푸르스름한 빛은 더욱 짙어져서 나중에는 아예 손가락 전체가 푸른 물감으로 물든 것처럼 보였다. 그 푸르스름한 빛이야말로 교등을 서장 최고의 고수인 십이기의 한자리에 올려놓은 수라기(修羅氣)였다. 수라기가 응결된 수라탈백조는 이름 그대로 수많은 서장 고수들의 혼백을 앗아 간 무서운 무공이었다.

순식간에 두 사람은 십여 초의 맹렬한 공방을 벌였으나 시간이 갈수록 서로 간의 간격이 좁아지며 낙일방이 조금씩 수세에 몰리고 있었다. 양손을 모두 다쳐서 주먹을 쥘 수 없기에 자신의 가장 큰 장기인 권법을 사용할 수 없었던 낙일방이 구반장법으로 맞섰으나 아무래도 교등의 수라탈백조를 완벽하게 봉쇄하지 못하고 있는 것이다.

찌익!

교등의 주름진 손가락이 낙일방의 어깨 부위를 스치고 지나가자 옷자락이 찢어지며 맨살이 그대로 드러나 보였다. 단순히 스치기만 했는데도 그 부위의 피부가 시커멓게 죽어 버렸다. 뿐만 아니라 괴이한 기운이 침입했는지 은은한 통증이 계속 낙일방을 괴롭히고 있었다.

낙일방은 무표정한 얼굴로 교등을 향해 오히려 빠르게 다가갔다. 그때 교등은 막 낙일방의 어깨를 스치고 지나갔던 손을 오므렸다가 다시 손가락을 모아 독수리가 병아리를 채 가듯 낙일방의 이마를 찍어 오고 있었는데, 그 위세가 실로 놀라워서 금시라도 낙일방의 머리가 박살이 나 버릴 것만 같았다. 교등이 펼친 것은 수라탈백조 중에서도 절초인 이신탈백(移神奪魄)이라는 초식으로, 얼마나 많은 고수들이 이 손가락에 이마를 꿰뚫려 쓰러졌는지 모른다.

낙일방은 양손을 번갈아 가며 질풍처럼 내뻗었다. 그것은 마치 자신의 이마를 향해 다가오는 죽음의 손가락을 어떤 식으로든 막아 보려는 미약한 움직임처럼 보였다. 일견 무질서해 보이는 동작이었으나, 교등의 눈빛이 처음으로 살짝 변했다. 양손의 속도도 다르고 움직임 또한 전혀 다른 그 초식이 의외로 자신의 공세를 절묘하게 막고 있음을 알아차린 것이다.

교등은 이신탈백의 수를 추혼나백(追魂拏魄)으로 바꾸어 낙일방의 앞가슴 쪽을 세차게 찔러 갔다.

츠으읏…….

그의 시퍼렇게 물든 손가락이 낙일방의 양손 사이를 교묘하게 뚫고 지나가자 괴이한 음향이 흘러나왔다. 경기와 경기가 서로 스쳐 가며 격렬한 마찰음을 만들어 낸 것이다. 그 소리만 보아도 지금 두 사람이 내뻗고 있는 초식에 담긴 힘이 얼마나 강력한 것인지를 여실히 알 수 있었다.

막 교등의 손가락이 낙일방의 앞가슴을 강타하려는 순간, 낙일방은 손사래를 치듯 양쪽 소매를 위쪽으로 쳐올렸다. 가슴을 막기 위한 무의식적인 동작인 줄 알았는데, 뜻밖에도 그토록 무서운 기세로 다가오던 교등의 손이 그 소맷자락에 휩쓸리며 허공으로 치켜 올라가 버렸다.

"헛!"

교등의 입에서 짤막한 헛바람 소리가 새어 나오는 순간, 쳐들렸던 낙일방의 팔이 유연하게 굽으며, 꺾인 팔꿈치가 교등의 관자놀이를 그대로 가격해 왔다. 그것은 강호 경험이 누구보다 풍부한 교등으로서도 상상하지 못했던 가공할 연환 공격이었다. 때마침 등곽의 괴혈장이 날아오지 않았다면 교등은 미처 피할 사이도 없이 관자놀이를 맞고 두개골이 부서져 버렸을 것이다.

막 팔꿈치가 교등의 관자놀이에 닿으려는 찰나, 낙일방은 자신의 등 뒤로 괴이한 기운이 무섭게 다가오는 것을 느끼고 그대로 몸을 옆으로 비틀어 버렸다.

파아아…….

방금 전까지 그가 있던 자리가 가공할 경력에 휩쓸리며 사나운 경기가 무섭게 휘몰아치고 지나갔다. 한쪽에 있던 등곽이 무언가 심상치 않음을 느끼고 시기적절하게 괴혈장을 날려 왔던 것이다.

덕분에 교등은 간신히 백발성성한 머리통이 박살 나는 참변은 면했으나 안색이 시퍼렇게 굳어져 있는 것이 어지간히 놀랐던 모양이었다. 방금 전에 낙일방이 펼친 것은 구반장법 중의 연환삼수(連環三繡)라는 수법으로, 우랑장의에서 천손직금을 지나 금슬상화로 종결되는 이 연환 수법에 걸리면 천하의 누구라도 꼼짝없이 당하고 말았다. 이백 년 전 천하제일수였던 소선 우일기 이후 실로 오랜만에 강호 무림에 다시 구반장법의 진수가 모습을 드러낸 순간이었다.

낙일방의 주먹만 경계했지 설마 그의 수법 또한 이토록 무시무시하리라고는 미처 예상치 못했던 교등은 모골이 송연해졌는지 한동안 그 자리에 석상처럼 우두커니 서 있었다. 그러다 이내 두 눈 가득 살광을 번득이며 낙일방을 향해 달려들었다. 등곽 또한 여유를 주지 않으려는 듯 무서운 기세로 돌진해 들어왔다. 그들은 이번 기회에 낙일방의 숨통을 끊어 놓지 않으면 천추의 한이 될 거라고 생각했는지 전신에서 지독한 살기를 뿜어내며 수비를 도외시하다시피 한 채 미친 듯이 공격을 퍼부었다.

낙일방은 간신히 남아 있는 공력을 끌어모아 펼쳤던 연환삼수가 무위로 돌아간 후 급격히 체력과 내공의 고갈을 느꼈는지 제대로 반격하지 못하고 계속 수세에 몰리고 있었다. 삽시간에 장내는 그들이 뿜어내는 경기와 손가락 그림자에 뒤덮여 버렸다.

다시 십여 초가 지나자 낙일방은 왼쪽 어깨를 수라탈백조에 가격당해 팔을 제대로 들어 올릴 수도 없게 되었다. 일전에 스치고 지나갔을 때는 그나마 피부의 상처에 불과했는데, 정통으로 맞게 되니 어깨뼈가 부서졌는지 왼팔 전체를 꼼짝도 할 수 없었던 것이다.

이런 상태로 가다가는 얼마 못 가 더욱 처참한 꼴을 당하게 될 거란 사실을 깨달은 낙일방은 결연한 각오를 하지 않을 수 없었다.

낙일방이 왼쪽 팔을 쓸 수 없는 상태라는 것을 알아차린 등곽이 예의 무시무시한 장력으로 그의 앞가슴을 사정없이 쓸어 왔다. 상대의 반격은 아예 염두에 두지도 않은 거칠기 짝이 없는 공격이었다.

낙일방은 피할 엄두도 나지 않는지 그 자리에 못 박힌 듯 우뚝 서 있다가 오른손을 천천히 앞으로 내밀었다. 엄지손가락이 힘없이 덜렁거리는 모습이 지금 그의 처참한 상태를 대변해 주고 있는 것 같았다.

등곽은 이번에야말로 확실하게 승부를 내려는 듯 두 눈을 무섭게 번뜩이며 괴혈장의 공력을 최대한 끌어 올렸다. 산발한 머리가 허공으로 곤두섰고, 장포 자락이 풍선처럼 부풀어 오르고 있었다.

낙일방의 왼쪽 어깨를 부수었던 교등은 두 사람이 마지막 승부를 벌이려는 걸 알고 막 낙일방의 옆으로 다가서던 몸을 잠깐 멈춰 세웠다. 충돌의 여파가 자신에게 밀려올 것을 우려했던 것이다.

느릿느릿 내밀어 오는 낙일방의 오른손은 무서운 기세로 정면에서 다가오는 등곽의 쌍장(雙掌)에 비하면 너무도 미약하고 초라해 보였다. 하나 막 장끼리 부딪치기 직전, 등곽은 낙일방의 오른

손에서 실로 괴이한 기운이 회오리치고 있음을 깨달았다.

장심(掌心)에서 시작된 기운은 이내 손바닥 전체로 퍼져 나가더니, 종내에는 마치 거대한 소용돌이를 이루듯 눈앞의 거대한 공간을 장악해 버렸다. 등곽은 자신이 전력을 다해 내뻗었던 회심의 괴혈장이 그 기운에 닿는 순간 너무도 허망하게 사그라지는 것을 느끼고 전율하지 않을 수 없었다.

'이런 장공이……'

그의 다음 생각은 이어지지 않았다. 괴혈장의 장세를 녹여 버린 그 기운이 가공할 압력으로 그의 전신을 짓눌러 버렸던 것이다.

콰아앙!

"끄아아……!"

엄청난 폭음과 처절한 비명이 거의 동시에 장내를 송두리째 뒤흔들었다. 거센 경기가 사방을 폭풍처럼 휩쓸고 지나갔고, 세찬 먼지가 하늘 높이 솟구쳐 올랐다.

한쪽에서 두 사람의 격돌이 끝나면 바로 낙일방의 숨통을 끊어 놓으려고 호시탐탐 기회를 노리고 있던 교등은 막 몸을 날리려다 가공할 기세가 무섭게 휘몰아쳐 오자 안색이 시퍼렇게 변해 버렸다.

"이…… 이런……."

그는 황급히 뒤로 삼 장이나 물러섰으나 옷의 여기저기가 찢어지고 먼지를 전신에 뒤집어쓰는 낭패스런 몰골이 되지 않을 수 없었다. 교등은 경기의 여파로 흔들리는 신형을 바로 세울 겨를도 없이 다급하게 전면을 주시하고는 그대로 몸이 굳어져 버렸다.

괴혈장 하나로 서장 무림을 질타했던 등곽의 모습은 더 이상 보이지 않았다. 다만 움푹 파인 바닥 한가운데에 피로 물든 혈구(血球) 하나가 놓여 있을 뿐이었다. 대부분이 먼지로 화해 으스러지고 겨우 조각조각 남은 옷자락만이 그 혈구가 한때 살아 있던 사람의 흔적이라는 것을 나타내고 있었다.

사방은 온통 폐허처럼 변해 있었는데, 단지 낙일방만이 그 자리에 오연히 서 있었다. 하나 그의 코와 입으로는 연신 시커먼 피가 꾸역꾸역 흘러나오고 있었고, 늘 총기로 번뜩이던 두 눈은 탁하게 흐려져 있어 옥면신권이라는 외호와는 전혀 어울려 보이지 않았다. 숨결도 급격하게 약해져서 당장 숨이 끊어져도 이상할 게 없어 보였다.

교등은 눈앞의 사실이 믿기지 않는지 전신을 부르르 떨며 수십 차례나 안색이 변하고 있었다.

등곽이 누구인가? 단지 한 쌍의 육장(肉掌)만으로 서장의 최고 고수들인 십육사에서도 몇 손가락 안에 꼽혔던 절정의 실력자가 아닌가? 그의 괴혈장은 교등도 두려워 마지않는 무시무시한 장공이었다.

그런 등곽을 단 일장(一掌)에 이런 몰골로 만들어 버린 장력을 눈앞에서 직접 목격했으니 놀라움과 경악으로 그의 몸이 굳어진 것도 당연한 일이었다. 그것이 이백 년 만에 처음으로 강호 무림에 다시 등장한 종남파의 무적장공(無敵掌功)인 태인장(太印掌)임을 그가 어찌 짐작이나 할 수 있겠는가?

제241장 무인기백(武人氣魄)

낙일방은 왼손을 쓸 수도 없고 주먹을 쥐어 반격을 할 수도 없는 절체절명의 상황에서 마지막 힘을 쥐어짜다시피 하여 아직 수발(收發)이 자유롭지 않은 태인장의 공력을 사용한 것이다.

그 결과 자신을 그토록 끈질기게 괴롭혔던 등곽을 어육으로 만들어 버릴 수 있었으나, 그 자신 또한 체내의 기혈이 역류한 데다 충돌의 여파에 휩쓸려 치명적인 상태에 빠지고 말았다. 지금의 그는 누군가가 가슴을 살짝 가격하는 것만으로도 가늘게 이어지고 있는 숨이 끊어질 정도로 위태로운 상황이었다.

교등은 얼굴을 딱딱하게 굳힌 채로 느릿느릿 그에게 다가갔다.

낙일방은 그때까지도 휘청거리는 몸을 간신히 지탱하고 서 있었다. 바닥에 쓰러지지 않고 버티고 있는 것만이 지금의 그가 할 수 있는 유일한 행동이었다.

교등은 피투성이로 변해 더 이상 준수하다고 할 수 없는 낙일방의 얼굴을 뚫어지게 바라보았다. 낙일방의 입과 코에서는 아직도 검붉은 선혈이 흘러나오고 있었고, 피부는 시체의 그것처럼 푸르뎅뎅하게 변해 있었다. 눈빛 또한 흐릿해서 금시라도 꺼질 것 같았는데, 그런 상태에서도 낙일방은 자신의 앞에 서 있는 교등을 향해 피로 물든 이빨을 드러내며 미소 짓고 있었다.

해볼 테면 해보라는 듯한 웃음이었다.

교등은 수십 년간 서장 무림을 종횡하면서 수많은 고수들을 만나고 그들의 다양한 죽음을 목격했지만, 지금 자신의 앞에 웃고 서 있는 낙일방만큼 담대하고 기백이 뛰어난 자는 본 적이 없었다. 비록 적이지만 그는 충심에서 우러나오는 탄식을 토해 내지 않을 수 없었다. 그것은 같은 길을 걷고 있는 사람으로서 결코 굴하지 않는 상대에 대한 최소한의 예의 같은 것이었다.

"너는 진짜 무인(武人)이다. 너 같은 자를 내 손으로 죽여야 한다는 것이 정말 안타깝구나."

교등은 느릿느릿 주름진 손을 쳐들었다. 그의 손은 손가락만이 아닌 손등까지 전체가 푸르스름한 빛을 띠고 있었다. 수라기를 극성으로 끌어 올린 상태에서만 나타난다는 청옥수라수(靑玉修羅手)였다.

"너를 최대한 고통 없이 보내 주는 것만이 지금 내가 너에게 해 줄 수 있는 유일한 찬사일 것 같구나."

이어 그는 들어 올린 손으로 낙일방의 가슴을 후려쳐 갔다. 막 그의 시퍼렇게 변한 손이 낙일방의 숨통을 끊어 놓으려는 순간, 어디선가 하나의 방울이 그의 뒤통수 쪽으로 날아들었다.

딸랑!

듣는 이의 심혼(心魂)을 얼릴 듯한 괴이한 방울 소리가 울려 나오며 교등의 신형이 한 차례 휘청거렸다. 심신에 막대한 타격을 입은 듯한 모습이었다.

그는 번개같이 몸을 돌리며 낙일방의 가슴을 가격하려던 푸른 손으로 다급하게 자신의 뒤통수를 향해 날아오는 방울을 후려쳤다.

쾅!

방울과 청수(靑手)가 부딪치면서 굉량한 폭음이 터져 나왔다.

교등은 다시 한 차례 몸을 부르르 떨더니 입으로 한바탕 피를 게워 냈다.

"우엑!"

그때 삼 장 밖으로 튕겨져 나갔던 방울이 예의 괴이한 음향을 내며 다시 그에게로 날아왔다.

딸랑…….

그 기경할 광경을 본 교등의 입에서 나직한 신음성이 흘러나왔다.

"섭혼령(攝魂鈴)……."

그는 황급히 주위를 둘러보며 평소의 그답지 않은 조심스런 음성을 내뱉었다.

"천수관음이시오?"

아무런 대답도 들려오지 않았다. 대신 다시 하나의 방울이 더 나타나서 두 개의 방울이 그를 향해 날아오고 있을 뿐이었다. 그것을 본 교등은 몇 차례나 안색이 변하더니, 한쪽에 비틀거리며 서 있는 낙일방을 힐끔 쳐다보고는 알 듯 모를 듯 한 무거운 탄식을 토해 냈다. 그리고는 그대로 몸을 돌려 숲 속으로 사라졌다.

그의 몸이 사라지자 두 개의 방울은 천천히 숲의 한쪽으로 날아갔다. 그러자 소리도 없이 하나의 날씬한 인영이 나타나서는 두 개의 방울을 가볍게 받아 들었다.

잡티 하나 없이 아름다운 손이었다. 손의 주인은 초록색 궁장(宮裝)을 입은 삼십 대 초반의 미부(美婦)였는데, 깨끗하고 아름다운 손만큼이나 새하얀 피부를 지니고 있었다.

이목구비가 수려했고, 특히 눈빛이 너무나 맑아서 그 눈빛을 정면으로 보고 있으면 누구라도 감히 추한 잡생각 따위는 하지 못할 것 같았다.

궁장 미부는 손으로 받아 든 두 개의 구슬을 만지작거리고 있다가 용케도 쓰러지지 않고 버티고 서 있는 낙일방에게로 천천히 걸음을 옮겼다.

사각사각…….

그녀의 궁장이 쓸리는 소리가 장내의 고적한 침묵 속을 묘하게 뒤흔들었다.

그때 다시 하나의 인영이 나타났다. 전신에 타는 듯한 붉은 홍의를 입은 날씬한 몸매의 소녀였다. 나이는 대략 십오육 세 정도 되었을까? 두 눈이 유난히 커서 천진난만해 보였으나, 그만큼 영악한 인상을 풍기기도 했다.

홍의 소녀는 궁장 미부의 뒤를 따라 재빨리 낙일방 쪽으로 몸을 날렸다. 영악한 인상만큼이나 민첩하고 경쾌한 동작이었다.

낙일방은 그때까지도 계속 몸을 휘청거리며 용케도 쓰러지지 않고 자신을 향해 다가오는 두 여인을 쳐다보고 서 있었다.

궁장 미부는 그의 앞으로 지척까지 다가오고 나서야 그의 눈을 빤히 들여다보며 속삭이는 듯한 음성으로 말했다.

"당신은 이제 그만 쉬어도 됩니다. 누구도 당신을 해치지 못할 거예요."

눈빛만큼이나 곱고 맑은 음성이었다. 천상(天上)의 옥음(玉音)이란 바로 이를 두고 하는 말일 것이다. 그 음성을 듣자 낙일방의 눈빛이 급격히 흐려졌다. 그러더니 곧 눈이 감기며 그의 몸은 허물어지듯 쓰러지고 말았다.

막 그의 몸이 바닥에 닿으려는 순간, 그녀는 손을 내밀어 낙일방의 몸을 안아 들었다. 그러고는 조심스럽게 그의 몸을 바닥에 뉘여 상세를 살피기 시작했다.

홍의 소녀는 그녀의 등 뒤에서 고개를 삐쭉 내밀고 그 모습을 계속 관심 있게 지켜보고 있다가 짤랑짤랑한 음성을 내뱉었다.

"죽었나요?"

궁장 미부는 그녀에게 시선도 주지 않고 계속 낙일방의 몸을 살피며 짤막하게 대꾸했다.

"죽지 않았다."

"숨을 안 쉬는 것 같은데요?"

"부러진 갈비뼈가 기도를 막아서 그런 것이다."

궁장 미부는 옥수(玉手)를 들어 낙일방의 가슴을 살짝 어루만졌다. 그러자 툭 튀어나온 가슴 부위가 정상으로 돌아오며 거의 끊어졌던 낙일방의 숨소리가 다시 들려오기 시작했다.

궁장 미부는 다시 몇 군데 그의 몸을 어루만지듯 쓰다듬고는 조심스럽게 몸을 돌려 그의 명문혈에 손바닥을 갖다 대었다.

잠시 후에 금시라도 숨이 끊어질 듯 핏기 한 점 없던 낙일방의 얼굴에 조금씩 붉은 기가 보이기 시작하자 그녀는 그제야 손을 거두며 가느다란 한숨을 내쉬었다.

"이런 상태로도 쓰러지지 않고 버티고 서 있었다니, 정말 기백이 대단한 사람이구나."

홍의 소녀는 귀여운 얼굴을 갸웃거렸다.

"상태가 어땠는데요?"

"심맥이 거의 끊어지고 기혈이 뒤틀려서 보통 사람이었다면 진즉에 죽고 말았을 것이다. 설사 내공이 뛰어난 내가 고수(內家高手)라 할지라도 이 정도면 의식을 잃고 빈사지경에 처했을 텐데, 이 사람은 끝까지 교등을 향해 투지를 잃지 않았으니 정말 놀라운 사람이 아니냐?"

"대사저(大師姐)가 이토록 남자 칭찬을 하는 걸 보는 게 더 놀라운데요?"

홍의 소녀가 엉뚱한 대답을 하자 궁장 미부는 그녀를 힐끔 흘겨보았다.

"쓸데없는 소리를 하는 걸 보니 심심해진 모양이구나."

홍의 소녀는 배시시 웃으며 예의 짤랑거리는 음성으로 말했다.

"서장의 최고 고수들이라고 해서 잔뜩 기대를 하고 수백 리를 쫓아왔는데, 제법 힘 좀 쓸 것 같은 자들은 모두 죽어 나자빠지고 하나 남은 늙은이는 꼬리를 말고 도망쳐 버렸으니 맥이 빠지잖아요."

"교등은 결코 호락호락한 늙은이가 아니다."

"그럴 리가요? 대사저의 섭혼령을 보자마자 사부님이 오신 줄 알고 대경실색하여 허겁지겁 도망쳐 버렸잖아요."

"교등은 잠사라고 불릴 정도로 다양한 수단을 지니고 심계가 뛰어난 인물이다. 아마 섭혼령을 사용한 사람이 사부님이 아닐 수도 있다는 건 그도 알고 있었을 것이다."

"그런데 왜 제대로 확인도 안 하고 도망친 거예요?"

"그건 그가 이미 이 사람과 싸울 때 적지 않은 내상을 입어서 몸이 완전한 상태가 아니었기 때문이다. 사부님이 아니라 그분의 제자라 해도 지금은 감당하기 힘들다고 판단한 것이지. 그리고……."

궁장 미부는 아직도 의식을 잃고 누워 있는 낙일방을 내려다보았다.

"어쩌면 굳이 이 사람에게 살수를 쓰고 싶지 않다는 마음도 있었을 것이다."

홍의 소녀는 가뜩이나 커다란 눈을 동그랗게 떴다.

"왜요? 이 사람을 죽이려고 여기까지 달려온 거잖아요?"

"교등 정도의 나이를 먹은 자들은 자신보다 훨씬 젊고 전도양양한 청년 고수들에게 두 가지 감정을 느끼고 있다. 부러움과 대견함이 그것이다. 부러움이 강할 때는 시기하는 마음 때문에 상대를 향해 거침없는 살수를 쓰기도 하지만, 대견한 마음이 더 강해지면……."

홍의 소녀는 알겠다는 듯 고개를 끄덕거렸다.

"굳이 자신의 손으로 상대를 죽이고 싶지 않은 거로군요."

"그래. 상대가 더 성장해 가는 모습을 보고 싶은 거지. 참으로 묘한 사람의 심리이긴 하지만, 충분히 이해할 수 있는 일이기도 하단다."

"그래서 그 늙은이가 떠나기 전에 그렇게 묘한 눈으로 이 사람을 쳐다보았던 거로군요. 난 또 그가 남자를 좋아하는 변태인 줄 알았어요."

"또 그런 말을…… 대체 어디서 그런 엉뚱한 소리를 주워들은 거냐?"

궁장 미부가 엄격한 눈으로 쏘아보았으나 홍의 소녀는 혀를 날름거리며 배시시 웃었다.

"나도 알 건 다 알아요. 대사저는 아직도 내가 어린애로 보이겠지만 나도 이제 열다섯 살이나 먹은 꽃다운 나이라구요."

"어련하겠느냐? 하지만 내 앞에서 어른 행세를 하려면 앞으로 사오 년은 지나야 할 것이다."

"그 나이가 되면 나는 이미 다른 사람의 아내가 되어 있을 텐데, 그때가 되어야 어른 대접을 해 주겠다면 너무 늦은 거 아니에요?"

"그렇게 빨리 시집을 가고 싶은 게냐?"

"적어도 대사저나 다른 사저들처럼 시집도 못 가고 황금같이 젊은 시절을 그대로 보내고 싶지는 않아요."

궁장 미부의 아미가 슬쩍 치켜 올라가며 부드러웠던 얼굴에 추상같은 기운이 서렸다. 홍의 소녀는 말을 해 놓고도 아차 싶었던지 재빨리 그녀의 팔을 잡으며 애교를 떨기 시작했다.

"하지만 대사저처럼 아름답게 나이를 먹고 싶은 마음이 없지도 않아요. 지금 대사저가 얼마나 아름다운지는 대사저 본인도 모를 거예요. 그렇죠?"

"말은 잘하는구나. 입술에 침은 바르고 하는 소리냐?"

홍의 소녀는 붉은 혀로 살짝 자신의 입술을 축였다.

"이제 발랐어요. 됐죠?"

궁장 미부는 차마 더 화를 내지 못하고 피식 웃고 말았다.

제241장 무인기백(武人氣魄) 53

"정말 어느 남자가 너를 데려갈지 벌써부터 걱정이 되는구나."

그녀는 바닥에 쓰러져 있는 낙일방의 몸을 안아 들었다. 자신보다 체구가 훨씬 커다란 남자를 드는 데도 전혀 어색하거나 불편한 모습이 아니었다.

홍의 소녀는 그 광경을 가만히 보고 있다가 다시 재잘거렸다.

"그를 어디로 데려가려고요?"

"이대로 두었다가는 설사 살아난다 해도 내공에 상당한 손실을 보게 될 뿐 아니라 적지 않은 후유증에 시달리게 될 것이다. 마침 멀지 않은 곳에 철면군자 노 신의(盧神醫)가 계신다고 하니 그분께 가려는 것이다."

"어머. 그럼 소연(小燕) 언니도 있겠네요?"

홍의 소녀가 반색을 했으나 궁장 미부는 고개를 가로저었다.

"소연은 다른 일 때문에 곽구 쪽으로 갔다고 하더구나."

홍의 소녀의 얼굴에 실망감이 떠올랐다.

"에이, 그러면 가 보았자 재미있는 일도 없을 텐데…… 노 신의는 너무 성격이 딱딱해서 상대하기 영 불편하단 말이에요."

"너는 사람을 재미로 만나느냐?"

"그래도 이왕이면 만나서 재미있는 사람이 더 좋잖아요."

"아무튼 더 늦기 전에 노 신의에게 가야겠다. 다시 숨소리가 가늘어지는 걸 보니 아무래도 서두르는 게 좋을 듯하구나."

궁장 미부가 몸을 날리자 홍의 소녀는 재빨리 그녀를 따라가면서도 쉴 새 없이 조잘거렸다.

"그런데 이 사람이 바로 그 강북 제일의 미남자라는 옥면신권이에요?"

"그렇다. 종적을 꼭꼭 숨기고 있던 서장의 고수들이 갑자기 황급하게 이동을 하기에 무슨 일인지 궁금하여 쫓아왔는데, 설마 옥면신권을 제거하기 위해 움직였을 줄은 미처 몰랐구나."

홍의 소녀는 피로 범벅이 된 낙일방의 얼굴을 힐끔 쳐다보고는 이내 진저리를 쳤다.

"별로 잘생겨 보이지도 않는데요."

"그게 그렇게 중요하냐?"

"그들의 상대가 옥면신권이라고 해서 내가 얼마나 기대를 했는데요."

"왜? 강남의 미남자들만으로는 부족한 거냐?"

"강남의 남자들은 너무 예쁘장하기만 하고 남자다운 패기가 없어서 별로 눈에 차는 사람이 없어요."

궁장 미녀는 피식 웃었다.

"언제는 그들의 그런 부드러움이 마음에 든다고 하더니……."

"금방 싫증 내는 건 미녀의 특권이라는 것도 몰라요?"

"여기 미녀가 어디 있는데?"

홍의 소녀는 두 눈을 상큼하게 치켜뜨고 그녀를 쏘아보았으나, 그녀가 워낙 빨리 몸을 움직이고 있는지라 따라가는 것도 벅찬지 입을 다물어 버렸다. 하나 이내 참지 못하고 다시 입을 나불거리는 것이었다.

"그런데 서장의 고수들이 왜 그토록 종적을 드러내면서까지 다급하게 몰려와서 이자를 죽이려고 한 것일까요?"

제241장 무인기백(武人氣魄) 55

"자세한 건 나도 모른다. 다만 종남파가 초가보와 싸울 때 서장 무림과 상당한 악연(惡緣)이 생긴 모양이더구나. 그들은 강호로 출도한 이후 서장의 고수들과 몇 번이나 크고 작은 싸움을 벌여 왔다."

"나도 그 소식은 들었어요. 그리고 보면 종남파도 참 운이 없군요. 간신히 문파를 부활시키자마자 서장의 고수들과 계속 싸움을 벌여야 하니…… 어떻게 생각하면 중원을 대신해서 그들이 서장 무림과 싸우고 있는 모양새잖아요."

궁장 미부는 그녀의 말에 아무런 대꾸도 하지 않았다. 홍의 소녀는 그것이 이상한지 고개를 갸웃거렸으나 궁장 미부가 앞서서 달려가고 있기 때문에 그녀의 표정을 볼 수가 없었다.

궁장 미부는 여전히 단정한 얼굴이었으나 무슨 생각을 하고 있는지 눈빛은 어느 때보다 영롱하게 빛나고 있었다.

'종남파가 서장 무림과 싸우는 것이 단순히 운이 없기 때문만은 아닐지도 모르지.'

제242장 판옥주인(判玉主人)

숙소로 돌아온 후 제일 먼저 진산월은 성락중을 찾아갔다.

"성 사숙, 들어가도 되겠습니까?"

성락중은 자신의 방에서 조금 전의 결투를 되새기며 상념에 잠겨 있다가 진산월의 방문을 반갑게 맞이했다.

"어서 오게."

"쉬시는데 제가 방해를 한 것은 아닌지 모르겠군요."

"아닐세. 그렇지 않아도 자네가 찾아오지 않을까 생각하고 있었네."

진산월은 성락중의 앞에 자리를 잡고 앉았다.

성락중은 그의 얼굴을 가만히 응시했다.

"내게 묻고 싶은 게 있을 테지?"

진산월은 굳이 부인하지 않았다.

"제가 감히 사숙께 그럴 수 있겠습니까? 단지 궁금한 점이 있기는 합니다."

"내가 사용한 무공에 의문을 느끼고 있을 테지. 특히 내공에 대해 말일세."

"자세한 내용을 말씀해 주실 수 있으십니까?"

"그렇지 않아도 조만간에 자네에게 말하려고 했었네. 내가 남궁연을 쓰러뜨릴 때 마지막으로 사용한 것은 본 파의 현청건강기였네."

"역시 그렇군요. 하지만 제가 알고 있는 것과는 많이 달라 보였습니다."

"그럴 테지. 내가 사용한 것이 바로 온전한 현청건강기일세. 아니, 보다 정확히 말하자면 현청건곤강기(玄淸乾坤罡氣)라고 해야 옳겠지."

진산월의 눈이 번쩍 빛났다.

"현청건곤강기……."

"자네도 들어 본 적이 있는 모양이군. 현청건강기의 원형(原型)이지만, 이미 오래전에 구결은 물론 익히는 방법마저 사라져 버려 이름으로만 어렴풋이 남아 있게 된 바로 그 무공일세."

현청건곤강기.

진산월도 사부였던 태평검객 임장홍에게서 얼핏 전해 듣기만 한 이름이었다. 종남파 사람들에게는 그저 전설의 일부분으로만 여겨졌고, 종남파 외에는 아예 존재 자체를 알고 있는 사람도 거의 없는, 그야말로 잊힌 무공이었다.

지금 현재 종남파에 남아 있는 현청건강기는 비록 패도적인 위력을 지니고 있으나, 심오하고 정순한 맛이 떨어질 뿐 아니라 익히면 익힐수록 진기의 흐름도 불안해져서 자칫하면 주화입마에 빠지기 십상이었다. 그래서 진산월조차도 구결만 외우고 있을 뿐 제대로 수련한 적이 없었다.

그 원인은 바로 현청건강기가 불완전한 구결로 이루어져 있기 때문이었다. 원래 현청건곤강기는 음(陰)과 양(陽)이 조화를 이루어 양의 패도적인 면을 음의 면면부절(綿綿不絶)함이 뒷받침해 주어야 비로소 본연의 위력을 나타낼 수 있는데, 바로 이 음에 해당하는 '곤(坤)'의 구결이 실전되어 버렸던 것이다. 그래서 이름 또한 현청건강기라는 다소 괴이한 명칭으로 바뀌고 말았다.

하나의 신공 구결에서 어떻게 특정 부위의 구결만 송두리째 빠져 버린 채 전해질 수 있었는지는 누구도 알 수 없었지만, 불완전한 구결이나마 남아 있게 된 것도 종남파 선조들의 끊임없는 노력 때문이었다.

개중에는 스스로 현청건강기의 미흡함을 보완하기 위해 평생을 현청건강기의 수련에 매진한 사람들도 있었으나 그들의 말년은 대부분이 불행한 것이었다. 주화입마에 빠져 제대로 몸을 가눌 수 없게 되거나 불안한 내공의 흐름 때문에 무공도 펼칠 수 없는 허약한 몸이 되어 버렸던 것이다.

지금까지 알려진 바로는 현청건강기를 구성 이상 익히면 반드시라고 할 만큼 내공의 흐름에 문제가 생긴다는 것이었다. 하나 팔성의 현청건강기만으로도 종남파에 남아 있는 태을신공보다 훨씬 더 강력한 위력을 발휘할 수 있기 때문에 조심스럽게나마 현청건강기를 익히고 있는 사람들도 적지 않은 형편이었다.

지금에서야 진산월과 낙일방이 태진강기와 천단신공의 구결을 찾아온 덕에 익힐 수 있는 신공의 종류가 다양해졌지만, 한때는 종남파에 남아 있는 내공심법이 현청건강기와 태을신공 두 가지뿐인 상태였기에 선택의 폭이 그만큼 좁을 수밖에 없었다.

종남삼검의 일인이었던 전풍개도 현청건강기를 익혔고, 자연스레 그의 제자들인 성락중과 하동원도 현청건강기를 위주로 수련했다. 태을신공은 너무 수비적인 면이 강해서 직선적이고 공격적인 성향의 전풍개의 마음에 그다지 차지 않았던 것이다.

성락중은 현청건강기의 불완전함이 신경 쓰였으나 달리 다른 방법이 없기에 내공은 검술을 보조하는 용도로만 사용하고 검법의 수련에 좀 더 많은 신경을 기울이고 있었다.

하나 그의 검술이 사부인 전풍개를 능가할 정도로 발전하면서 그는 점차로 내공에 대한 아쉬움을 느낄 수밖에 없었다. 검술의 경지가 높아지면 높아질수록 내공이란 것이 단순히 검을 펼치는 데 도움을 주는 보조 수단으로만 머무르는 것이 아니라 검과 혼연일체(渾然一體)가 될 수 있어야만 비로소 진정한 검의 위력을 나타낼 수 있음을 깨달았기 때문이다.

좁은 해남도를 나와 광동성과 복건성 일대의 고수들을 찾아다니며 비무를 하면서 그런 점은 더욱 확실해졌다.

'이대로는 안 된다. 현청건강기의 미흡함을 어떤 식으로든 보완하든지, 아니면 새로운 신공 절학을 익혀야 한다.'

성락중은 후자의 경우는 생각하지 않았다. 종남파 부흥을 목표로 하는 자신이 타 파의 신공을 익혀서 실력을 키운다는 건 말도 되지 않는 소리였다. 그렇다고 이미 오래전에 실전된 종남파의 신공이 하늘에서 떨어질 리도 없었다. 그렇다면 그가 선택할 수 있는 길은 오직 하나, 현청건강기의 단점을 보완해서 완벽한 신공으로 만드는 것뿐이었다.

그때부터 그는 하루의 절반은 검법을 수련하고 나머지 절반은 현청건강기의 연구에 매진했다. 하나 그가 느낄 수 있는 건 종남파 선조들이 겪었던 것과 똑같은 절망감뿐이었다.

구결의 한 부분이 없어졌다면 어떻게 길을 마련해 볼 수도 있겠으나, 곤에 해당되는 모든 구결이 통째로 빠져 버려서 당최 뚫고 나갈 길이 보이지 않았던 것이다.

음에 관한 연구를 하려 해도 마찬가지였다. 종남파에는 어떤 종류의 음공(陰功)도 남아 있지 않았다.

그리고 그때 비로소 성락중은 종남파의 무공 중에서 유독 음공에 관한 것이 전혀 없음을 깨닫게 되었다.

예전에는 분명 육합귀진신공에서도 칠음진기라는 최상승의 음공 절학이 존재했었고, 현청건곤강기에도 완벽한 음공 구결이 있었다. 그 신공들로 인해 파생된 난화지나 무염보, 염화옥수(拈花玉手) 같은 무공들은 그야말로 당시의 강호를 진동시켰던 개세의 절학들이었다. 하나 종남파에서 음공 계열의 모든 내공심법들이 사라지면서 자연스레 음공을 이용한 절학들도 모습을 감추어 버린 것이다.

음과 양은 서로 보완되는 것이어서 절정 수준에 이르기 위해서는 음과 양의 조화가 필연적이었다. 그런데 종남파에는 유독 음공에 관한 무공들이 모두 사라져 버렸으니, 애초부터 종남파 무공으로 도달할 수 있는 한계가 명확할 수밖에 없었다.

그때부터 성락중은 자신이 구할 수 있는 음공 계열의 무공들을 하나둘씩 섭렵하기 시작했다. 익히지는 못해도 연구는 할 수 있는 것이고, 그 과정에서 실전된 현청건곤강기의 '곤'에 관한 부분을 보완할 수 있을지 모른다고 판단했기 때문이다.

하나 그가 접할 수 있는 무공이라고 해야 해남검파의 것이 대부분이었고, 그마저도 해남검파의 무공이 양강(陽剛) 계열이라 별 도움이 되지 못했다. 그러다 그는 남해청조각의 이야기를 듣게 되었다.

여인들로만 이루어진 음공의 집합체이며, 절정 검객들을 배출해 내는 무공의 요람! 더구나 남해청조각이 있는 보타산은 제법 멀기는 해도 해남도에서 배를 타면 한 번에 갈 수 있는 위치였다.

귀가 번쩍 뜨인 성락중은 황급히 남해청조각으로 달려갔다.

남해청조각의 여인들은 복면을 한 채 비무를 청하는 그를 기꺼이 받아 주었고, 여러 차례 그와 실전에 가까운 비무를 벌여 주었다. 남해청조각의 무공은 확실히 성락중이 일찍이 접해 보지 못했던 수준 높은 음공의 일종이었으며, 그녀들의 검술 또한 변화무쌍한 가운데 냉엄한 살기를 지닌 최고의 검학들이었다.

그렇게 그녀들과 비무를 하면서 성락중은 한결 높은 검술의 경지에 발을 들여놓을 수 있었다.

그러다 세 번째로 남해청조각을 찾아갔을 때 성락중은 뜻밖의 사고를 당했다. 격렬한 비무 도중에 순간적으로 법열(法悅)의 시기가 와서 멈칫거리다 상대의 검에 그대로 가슴을 관통당한 것이다.

다행히 상대의 검이 노렸던 부위가 그의 오른쪽 가슴이라 목숨이 끊어지는 참변은 면했으나, 하필이면 그때가 그의 내공이 막 상승(上乘)의 경지에 진입하려던 순간이었는지라 내공이 역류하고 기혈이 막혀서 자칫하면 내공을 모두 잃게 될지도 모르는 긴박한 상황에 처하게 되었다.

그곳에서 그는 무려 한 달간이나 남해청조각 여승들의 간호를 받아야 했다. 그녀들이 무슨 수를 썼는지 용케도 그는 내공이 모두 회복되었을 뿐 아니라 법열의 순간에 느꼈던 깨달음마저 그대로 간직하여 임독양맥이 타통되는 놀라운 경험을 하게 되었다.

그런데 해남으로 돌아와서 현청건강기를 본격적으로 다시 수련하기 시작한 성락중은 이내 경악하지 않을 수 없었다. 자신의 내공에 한 줄기 기이한 음기가 담겨 있음을 알게 되었던 것이다. 더구나 그 음기가 현청건강기의 구결과 너무도 쉽게 융합하더니, 이내 마치 본래의 그것인 양 자연스레 하나로 합쳐지는 것이 아닌가?

삼 일 밤낮을 꼬박 운공으로 지새운 성락중은 자신의 현청건강기가 완벽해졌음을 깨닫고 전율하지 않을 수 없었다. 미흡했던 '곤'의 구결이 저절로 머릿속에 떠올랐고, 실전되었던 구결마저 스스로 보완할 수 있을 정도로 내공의 흐름을 일목요연하게 파악할 수 있게 된 것이다.

몸을 추스른 성락중은 어찌 된 영문인지 알기 위해 남해청조각을 찾아갔다. 하나 남해청조각에서는 더 이상 그의 방문을 허락하지 않았다. 그의 몸을 치유해 준 것으로 그와의 모든 인연은 끝이 났다며 비무는커녕 잠깐 머무르는 것조차 거절해 버린 것이다.

성락중은 자신을 고쳐 준 사람이라도 만날 수 있게 해 달라고 부탁했으나 일언지하에 거절당하고 쓸쓸히 돌아올 수밖에 없었다.

거처로 돌아온 성락중은 완벽해진 현청건곤강기를 연마하는 데 심혈을 기울였으며, 그 수준이 올라갈수록 자신의 검술 또한 무섭도록 발전되고 있음을 절실하게 알 수 있었다. 그리고 그로부터 삼 년 후, 성락중은 사부인 전풍개의 뒤를 쫓아 사제인 하동원과 함께 해남도를 떠나게 되었던 것이다.

성락중의 긴 이야기를 듣고 난 진산월은 한동안 깊은 침묵에 잠겨 있었다.

성락중은 골똘히 생각에 잠긴 진산월의 얼굴을 가만히 응시하고 있다가 조용한 음성으로 말을 이었다.

"자네가 부상을 당했을 때 남해청조각 전인의 도움을 받았다고 들었네."

진산월은 퍼뜩 상념에서 깨어나 고개를 끄덕였다.

"저는 직접 만나 보지 못하고 나중에 개방의 용두방주인 만리무영개 나자행 대협에게 말씀만 전해 들었습니다."

성락중은 한결 신중해진 표정으로 물었다.

"그 이후에 공력을 운용할 때 무언가 이상한 점이 없었나?"

"그렇지 않아도 조금 전에 사숙의 말씀을 듣고 계속 그 부분을 생각하고 있었습니다."

성락중의 눈빛이 날카롭게 빛났다.

"그렇다면 혹시 자네도……."

"음기인지 확실치는 않은데, 제 본연의 공력과는 조금 다른 성질의 기운이 감지되더군요. 아마 저의 내상(內傷)을 치료할 목적으로 자신의 기운을 주입한 것 같은데, 이런 기운은 며칠 지나면 자연스레 사라지는 법인지라 처음에는 별로 신경을 쓰지 않았습니다. 그런데 어찌 된 일인지 이미 적지 않은 시간이 흘렀음에도 그 기운이 계속 느껴지더군요."

성락중의 차분했던 음성에 한 줄기 열기가 담겼다.

"나도 처음에는 그렇게 생각했었네. 남해청조각에서 치료를 받았을 때도 이질적인 기운을 느꼈지만, 그들이 내 몸에 주입한 내력의 기운이 남아 있는 것으로만 단순하게 생각했지. 그런데 나중에 해남도로 돌아와서 본격적으로 현청건강기의 내공을 수련하자 그 기운이 자연스럽게 내 본신의 내력과 융합되는 바람에 무척이나 놀랐었네. 더구나 그때 비로소 그 기운이 강력한 음기의 결정체임을 알게 되었으니 실로 기이한 일이 아닌가?"

원래 내공은 심법의 종류만큼이나 사람마다 그 기운이 다른 법이어서 아무리 자신의 내공을 다른 사람에게 주입한다고 해도 쉽게 융합되거나 하지 않았다.

격체전력(隔體傳力)을 하는 경우에도 서로 동문이거나 같은 종류의 내공을 익힌 사이에서만 가능하며, 그 또한 실제로 자신의 내공에 융합되는 것은 주입받은 양의 절반도 되지 않았다.

그런데 성락중은 남해청조각에서 치료를 받을 때 주입받은 상대의 공력이 오히려 너무도 쉽게 자신의 기운에 융합되었을 뿐 아니라, 그 기운이 자신이 가장 필요로 하는 음기여서 불완전했던 신공까지 완성되어 버렸으니 단순한 기연(奇緣)이라고 하기에는 지나치게 이상한 일이 아닐 수 없었다.

그들의 무공 상식으로는 서로 다른 이종(異種)의 진기는 어떠한 경우에도 융합되거나 섞이지 않는 것이 정설이었던 것이다.

진산월은 잠시 숙고하다가 신중한 표정으로 입을 열었다.

"우선은 제 상처를 치료하기 위해 기를 주입한 사람이 나 방주인지, 아니면 남해청조각의 전인인 이동심 소저인지를 확인하는 것이 선결 문제인 것 같습니다. 그런 다음 제 몸에 남아 있는 기운이 과연 사숙의 경우처럼 저의 내공에 융합되는지를 지켜본 후에 남해청조각과의 일을 궁리하는 것이 순서일 듯합니다."

성락중은 진산월의 의견에 동의를 했다.

"나도 그것이 순리라고 보네. 무턱대고 남해청조각에 찾아가서 사정을 알아보는 것은 자칫 불필요한 오해를 사기 십상이니 말일세."

그것은 양 파의 진산(鎭山) 내공에 관한 본질적인 문제를 야기시킬 수도 있는 사안이어서 최대한의 신중하고 철저한 접근이 필요했다.

진산월은 화제를 살짝 돌렸다.

"사숙과 마지막으로 비무를 했던 사람은 누구입니까?"

"여진(如眞)이라는 중년의 비구니였네."

"사숙께서 부상을 당하시게 된 상황이 잘 이해가 되지 않는군요. 아무리 비무가 실전처럼 격렬했다 해도 사람의 몸을 검으로 관통하는 것은 그렇게 하려고 마음먹지 않는 한 쉽게 일어날 수 없는 일입니다."

성락중의 눈빛이 살짝 빛났다.

"자네는 그녀가 내 가슴을 찌른 게 고의일지도 모른다고 생각하는 건가?"

"그렇습니다."

"그녀와 나는 그것이 두 번째 비무였네. 처음에는 좀 더 젊은 여인들이 나왔으나 내 상대가 되지 못하자 두 번째 찾아갔을 때 그녀가 나와서 나와 동수(同手)를 이루었지. 그래서 세 번째 갔을 때는 승부를 내기 위해서라도 두 사람 모두 치열해질 수밖에 없었네."

진산월도 그 점은 충분히 이해할 수 있었다.

아무리 중년의 나이라고 하지만, 일단 검을 잡은 이상은 상대에 대한 호승심(好勝心)이 없을 수 없었다. 더구나 처음의 비무에서 동수를 이루었다면 그 호승심이 더욱 부채질될 수밖에 없을 것이다. 그런 상황에서 어느 한쪽이 갑자기 손을 멈추고 우두커니 서 있는다면 뜻밖의 사고가 날 수도 있을 것이다.

다만 진산월은 아무리 그런 상황이라 할지라도 검을 중도에 멈추지 않고 끝까지 상대의 가슴을 관통할 정도로 찔러 넣었다는 것이 쉽게 이해되지 않았던 것이다. 일정 수준 이상의 검수라면 피육의 상처만으로 충분히 그칠 수 있을 것이기 때문이다.

성락중 또한 그 점에 대해서는 나름대로 생각해 온 것이 있었다.

제242장 판옥주인(判玉主人) 69

"나도 처음에는 그 점이 약간 미심쩍었네. 그녀의 실력으로 중도에 충분히 검을 멈출 수 있지 않았을까 의심했지. 하지만 이내 오히려 그녀에게 고마움을 느끼지 않을 수 없었네."

"왜 그렇습니까?"

성락중은 뜻밖에도 가느다란 한숨을 내쉬었다.

"당시 나의 현청건강기는 팔성에 도달해 있었네. 그래서 나는 평상시 더 이상의 내공 수련은 하지 않고 있었지. 그런데 내가 비무 도중에 법열을 느꼈던 그 순간 자연스레 나의 현청건강기가 팔성을 넘어서더니 순식간에 구성을 지나 십성에 육박해 버렸던 걸세."

진산월의 입에서 짧은 탄성이 흘러나왔다.

"아! 그렇다면……."

"그때 그녀의 검이 내 가슴을 관통하지 않았다면 나는 십중팔구 불완전한 현청건강기의 폭주로 주화입마에 빠져들었을 것이네. 그런데 막 내공이 요동을 치며 심맥을 뒤흔드는 순간에 가슴을 검에 찔려 진기의 흐름이 끊어졌기에 오히려 주화입마를 벗어나게 되었던 것이지."

"사숙께선 그 여진이란 승려가 사숙의 위급함을 알고 가슴을 찌른 것이 아닐까 생각하고 계시는군요."

성락중의 얼굴에 씁쓸한 빛이 감돌았다.

"그녀의 일검이 순전히 우연한 것인지, 아니면 그러한 상황을 인식한 의도적인 것인지는 나도 알 수가 없네. 하지만 나로서는 그녀 덕분에 위기를 모면했으니 그녀의 일검을 마땅히 고마워해야 하지 않겠나?"

진산월은 성락중의 심정을 알 것도 같았다. 어쨌든 성락중은 그녀와의 비무에서 패했으며, 다시 그녀에게 설욕하고 싶다는 마음과 그녀의 일검에 담긴 의문을 풀고 싶다는 마음이 겹쳐서 복잡한 심정일 수밖에 없었다.

성락중이 남해청조각에서 겪은 일은 의문투성이였지만 지금으로서는 그 의문을 해결할 방도가 없었다. 남해청조각이 그의 방문을 거절하고 문을 굳게 걸어 잠근 이상, 머릿속에 떠오르는 숱한 의문들을 그저 마음 한구석에 담아 두고 있을 수밖에 없는 것이다.

진산월은 성락중의 내공에 대한 한 가지 의문을 풀었으나 몇 가지의 새로운 의문을 안은 채 그동안의 그의 노고를 치하했다.

"사숙께서 각고의 노력으로 불완전했던 본 파의 신공 절학을 새롭게 완성하신 것을 경하드립니다."

그가 정중하게 포권을 하자 성락중은 겸허히 인사를 받았다. 이런 사례는 문파의 선배 고수로서 당연히 받는 것이 오히려 예의였다.

"고맙네. 모두 사부님을 비롯한 선대 고수님들의 보살핌 덕분이 아니겠나? 자네야말로 실전되었던 본 파의 절학들을 되찾았을 뿐 아니라 이백 년 만에 본 파의 검술을 최고의 경지로 끌어올렸으니 진심으로 그 노고에 종남의 문하로서 감사를 표하는 바일세."

두 사람은 서로 정중하게 인사를 주고받았다.

장내에는 훈훈한 분위기가 감돌았다. 남궁세가와의 비무를 성공리에 마쳤을 뿐 아니라, 실전되었던 문파의 절학들을 하나씩 되찾아가고 있다는 현실이 그들의 마음을 기쁘게 만들었다. 더구나 내공심법은 모든 무공의 근간이 되는 것이어서 그 기쁨은 더욱 클 수밖에 없었다.

무슨 생각이 들었는지 좀처럼 표정의 변화가 없던 진산월의 얼굴에 모처럼 엷은 미소가 떠올랐다.

"이것으로 한 가지 걱정이 덜어지게 되었군요."

성락중은 차갑고 냉정하게만 보였던 진산월의 얼굴에 훈풍 같은 미소가 어리는 광경을 가만히 보고 있다가 자신도 덩달아 웃어 보였다.

"자네가 웃으니 세상이 온통 환해지는 것 같군. 그런 멋진 미소를 가지고 있으면서 왜 아직까지 보여 주지 않았나? 앞으로 내 앞에서만이라도 좀 더 자주 웃도록 하게."

"알겠습니다."

"그래. 자네가 덜었다는 걱정이 무엇인가?"

"본 파의 막내 제자인 손풍에 관한 것입니다."

성락중의 입가에 떠올라 있던 미소가 조금 더 짙어졌다. 어찌 보면 어이없어 짓는 미소 같기도 했고, 어찌 보면 재미있어 하는 미소 같기도 했다.

"그 녀석 말인가? 정말 희한한 놈이더군."

"어떤 면에서 말입니까?"

"성격이나 말하는 건 완전히 개차반인데, 그래도 특별히 밉지가 않네. 무의식적으로 마지막 선을 넘지 않고 지키고 있는 것 같은데, 본성이 그러하다면 뒷골목을 전전하던 파락호치고는 참으로 특별하다고 해야겠지. 그리고 그 몸 말일세."

성락중의 음성에는 차분한 성격답지 않게 약간은 희희낙락한 빛마저 담겨 있었다.

"자네도 알고 있겠지만 정말 대단한 기운을 담고 있더군. 어려서부터 온갖 영약들을 복용해 왔다고 들었는데, 무공을 익히지 않은 게 오히려 전화위복(轉禍爲福)이 된 셈이지. 몸속에 그런 기운을 담은 채 어설픈 내공을 익혔다면 지금쯤은 솟구치는 기운을 감당하지 못하고 광인(狂人)이 되었거나 살기에 젖은 살인마가 되었을지도 모르니 말일세."

"그래서 저도 그에게 어떤 내공심법을 익히게 할지 고민을 하고 있었습니다. 처음에는 몸속의 그 엄청난 기운을 다스리기 위해 태을신공을 익히게 할 계획이었습니다만, 그의 기질과는 전혀 어울리지 않아서 진도가 너무 늦을 것 같아 걱정이었습니다. 천단신공은 익히기가 복잡하고 까다로워서 단순한 성격의 그에게는 맞지 않는 것 같고, 제가 익히고 있는 태진강기도 공격적인 위력은 좋지만 기본을 다지는 데는 별로 도움이 되는 것이 아니라서 기초가 필요한 그에게는 소용이 없는 무공입니다."

"확실히 그렇군. 나도 그래서 처음 내공심법을 익힐 때는 꽤 오랫동안 고민을 거듭했었지."

"그래서 현청건강기를 전수해야 하나 생각하고 있었습니다. 그의 기질에도 잘 맞을 듯하고 빠른 시일 내에 효과를 볼 수도 있어서 좋기도 하고. 하지만……."

"아무래도 구결이 불완전한 것이 마음에 걸렸겠지. 그렇다면 이번에 완성된 현청건곤강기를 그에게 전수할 생각인가?"

"사숙께서 꺼리지만 않으신다면 그렇게 하는 것이 그를 위해서는 가장 좋은 방법인 듯합니다."

"꺼릴 것이 뭐 있겠나? 어차피 본산의 내공심법이니 본산의 제자들에게 돌아가야지. 내가 생각하기에도 그 녀석에게는 현청건곤강기가 가장 어울리는 내공심법인 것 같네. 사실 현청건곤강기의 개념을 완전히 정립해서 남에게 전수할 수 있을 정도로 완성시킨 것은 그리 오래되지 않았네. 그 바람에 사부님을 비롯한 누구에게도 아직 알리지 못했는데, 엉뚱한 녀석이 처음으로 혜택을 보게 되는군."

진산월은 다시 그에게 인사를 했다.

"사숙께 번거로움을 드린 것을 미리 사과드리겠습니다."

현청건곤강기를 완전하게 익히고 있는 사람은 성락중뿐이니, 손풍이 현청건곤강기를 익히기 위해서는 성락중이 직접 가르치는 것밖에는 다른 방법이 없었다.

성락중은 조용히 웃었다.

"그렇지 않아도 기회가 닿으면 그 천둥벌거숭이 같은 녀석의 버르장머리를 고쳐 놓을 생각이었네. 나에게 맡겨 놓으면 머지않아 본 파의 제대로 된 제자로 만들어 놓겠네."

진산월의 얼굴에도 다시 희미한 미소가 떠올랐다.

"쉽지는 않은 일일 겁니다."

"사람을 만드는 일이 쉬울 리 있겠나? 오늘 저녁부터 당장 시작하겠네."

"부탁드리겠습니다."

두 사람이 대화를 나누고 있을 때 동중산의 음성이 들려왔다.
"장문인, 이곳에 계십니까?"
진산월은 방의 주인인 성락중에게 양해를 구하고 그를 안으로 불러들였다.
"무슨 일이냐?"
동중산은 성락중에게 먼저 공손하게 인사를 하고는 이내 진산월을 향해 한 장의 배첩을 내밀었다.
"누군가가 장문인을 뵙고자 찾아왔습니다."
진산월이 배첩을 받아 보니 여인의 단정한 필치로 짤막한 글귀가 적혀 있었다.

잠시의 만남을 청합니다.
구궁보 냉옥환.

진산월은 고개를 들어 동중산을 쳐다보았다.
"그녀 혼자 왔느냐?"
"그렇습니다."
"그녀가 왜 나를 만나려고 하는지 짐작 가는 일이 있느냐?"
"제자가 듣기로는, 그녀는 모용 공자의 지시를 받고 이번 비무에 참관하기 위해 남궁세가로 왔다고 했습니다. 그렇다면 이번 방문도 모용 공자의 지시가 있는 게 아닌가 하고 생각하고 있습니다."
성락중은 한편에서 진산월이 동중산에게 의견을 묻는 광경을 가만히 지켜보고 있었다. 일파의 장문인일 뿐 아니라 강호 무림의 최정상에 있는 진산월이 사소한 일에조차 제자의 의견을 구한다는 것은 누구도 쉽게 예상하기 힘든 일이었다. 그것은 그만큼 동중산에 대한 그의 신임이 두텁다는 의미일 것이다.

그런 점에서 성락중은 동중산이란 인물에 대해 적지 않은 흥미가 일었다.

성락중은 해남에 주로 머물러 있었기 때문에 비천호리라는 이름을 들어 본 적이 없었다. 그가 동중산에 대해 제일 처음 들은 말은 종남파가 부흥하는 데 그의 역할이 작지 않았다는 강호의 소문이었다. 자신보다 훨씬 어린 신검무적의 제자를 자처하며 종남파의 온갖 궂은일을 마다하지 않고 문파를 위해 헌신하고 있는 그에 대해 성락중은 짙은 호기심과 호감을 함께 느끼고 있었다.

실제로 만나 본 동중산은 약삭빠르다는 세간의 평가와는 어울리지 않는 사람이었다. 인물 됨됨이가 신중했고, 태도는 당당하면서도 민첩했으며, 사소한 일에도 소홀하지 않은 꼼꼼함을 지니고 있었다. 뿐만 아니라 장문인인 신검무적을 대하는 태도는 공손하기 이를 데 없었고, 유소응을 비롯한 어린 제자들에게는 따뜻한 대형처럼 감싸 주기도 했다. 그 버르장머리 없는 손풍조차도 동중산을 대할 때는 항상 웃으며 농담을 건넬 정도로 친밀감을 표하고 있으니, 그야말로 종남파의 안살림을 도맡아 하고 있는 살림꾼이라 하지 않을 수 없었다.

자신과 별로 나이 차이도 나지 않는 사람이 사조뻘이라고 불쑥 나타났음에도 동중산은 전혀 경계하거나 불만을 표하지 않고 극도의 공경을 다하고 있었다. 무공이 약하다는 점 외에는 흠을 잡기 힘들 정도로 완벽한 그의 모습에 성락중은 진실로 감탄하지 않을 수 없었다. 그것이 일부러 남의 눈에 보이기 위한 행동이 아니라 마음에서 우러나오는 진실 된 것임을 알아보았기 때문이다.

바로 며칠 전에도 성락중은 전흠에게 동중산에 대해 물은 적이 있었다. 그때 전흠은 할아버지인 전풍개의 말로 대답을 대신했다.

"할아버님은 그가 본 파의 좋은 제자라고 했어요. 저도 같은 생각입니다."

그 후로 성락중은 동중산에 대해 가지고 있던 일말의 의구심마저 버리게 되었다.

젊은 사람이 대부분인 종남파의 현 상황을 생각해 본다면 동중산의 존재는 다른 무엇보다 소중한 것임을 누구도 부인하지 못할 것이다.

진산월은 동중산과 잠시 의견을 나누고는 곧 냉옥환을 접견했다.

냉옥환은 여인답지 않게 훤칠한 키에 차갑고 냉정한 인상을 풍기고 있었다. 전형적인 미인상은 아니었으나 나름대로 독특한 매력을 지닌 여인이었다.

자리에 앉은 그녀는 물처럼 고요한 시선으로 진산월을 응시했다.

"먼저 남궁세가와의 비무를 승리로 끝내신 것을 축하드립니다. 정말 모처럼 보는 멋진 비무였어요."

"고맙소. 큰 사고 없이 비무를 마칠 수 있게 되어 나도 다행으로 생각하고 있소."

"제가 불쑥 진 장문인을 뵙고자 한 건 모용 공자님의 전언(傳言) 때문이에요."

진산월은 그런 게 아닐까 예상하고 있었으면서도 막상 그녀의 입에서 모용 공자가 자신에게 전하는 말이 있다고 하자 호기심과 두근거림을 동시에 느끼고 있었다.

모용 공자도 자신을 의식하고 있는 걸까? 그가 좀처럼 바깥으로 내보내지 않던 사대신녀 중 한 사람을 일부러 보내면서까지 자신에게 전하려는 말은 과연 무엇일까?

그리고 그녀는 왜 하필이면 비무가 끝난 다음에 자신을 찾아온 것일까?

진산월은 마음속에 떠오르는 모든 의문을 접은 채 담담한 음성으로 입을 열었다.

"그러고 보니 모용 공자를 만난 지가 삼 년이 훌쩍 넘었군. 잠깐 동안의 만남이어서 그가 나를 기억하고 있는 것조차 신기한 일이거늘, 일부러 사람까지 보내다니 고마운 일이오. 그는 잘 지내고 있는지 궁금하구려."

그는 모용 공자에게 특별한 경칭을 쓰지 않았고, 냉옥환 또한 그 점에 별다른 불만을 표하지 않았다.

"공자님은 잘 계십니다. 물론 그분은 진 장문인을 잘 기억하고 있습니다. 요즘에도 가끔 진 장문인에 대한 말씀을 하실 때가 있습니다."

진산월로서는 묻지 않을 수 없었다.

"그가 나에 대해 무어라고 했소?"

냉옥환의 얼굴은 여전히 무표정해서 아무 생각도 없는 목각 인형을 보는 것 같았다. 음성 또한 얼굴에 떠오른 표정만큼이나 무심했다.

"밑바닥에서 일어나 정상에 우뚝 섰으니 존경을 받아 마땅하다고 하셨습니다. 그리고……."

진산월은 묵묵히 그녀의 다음 말을 기다렸다. 냉옥환의 물처럼 투명한 시선이 그런 진산월을 가만히 응시하고 있었다.

"그런 자라면 기꺼이 친구로 사귀어 볼 만하다고 하셨습니다."

진산월은 한동안 침묵을 지켰다. 그러다 조용한 음성으로 말했다.

"친구라…… 쉽지 않은 단어로군. 그가 내게 전하려는 말이 무엇이오?"

"모용 공자께서는 이달 보름까지 진 장문인께서 본 보로 왕림해 주셨으면 하십니다."

뜻밖의 말에 진산월은 눈을 살짝 빛냈다.

"구궁보로 나를 초청한단 말이오?"

"그렇습니다."

냉옥환은 품속에서 한 장의 얇은 배첩을 꺼내 그에게 내밀었다.

배첩은 좀처럼 보기 힘든 황금빛 용이 수놓아진 봉투에 담겨 있었다. 하늘을 비상하는 듯한 금룡(金龍)은 금색 실로 한 땀씩 새겨 놓은 것인데, 언뜻 보기에도 평범한 솜씨가 아님을 알 수 있었다.

봉투의 겉에는 '종남파 장문인 진산월 친전'이라는 글귀가 쓰여 있었다.

봉투 안에는 엷은 푸른빛을 띤 종이 한 장이 있었다. 종이를 펴자 마치 칼로 자른 듯 단정하면서도 힘이 느껴지는 필체로 하나의 시구가 적혀 있었다.

사남사북판춘수(舍南舍北判春水)
단견군구일일래(但見群鷗日日來)
옥경부증연주소(玉徑不曾緣主掃)
봉문금시위인개(蓬門今始爲人開)

우리 집 남쪽과 북쪽으로는 봄의 시냇물이 갈라서 흐르는지라
보이는 건 오직 갈매기 떼가 매일 오가는 것뿐이오
옥 같은 오솔길을 주인을 위해 쓸어 두지는 않았지만
당신이 온다면 바로 사립문을 열어 두겠소

시구 밑으로 '봉(峯)'이라는 짤막한 서명이 달려 있었다.

이것은 두보(杜甫)의 '객지(客至)'라는 시의 전반부로, 손님을 맞이할 때 자주 인용되는 시구였다. 그런데 그 구절 중 네 개의 글자가 원래와 달라져 있었다.

첫 문구의 '판(判)'은 원래는 '개(皆)'였고, 셋째 문구의 '옥(玉)'과 '주(主)'도 원본은 '화(花)'와 '객(客)'이라는 글자였으며, 네 번째 문구도 '인(人)'이 아닌 '군(君)'이었다.

언뜻 보기에는 손님을 초청하는 두보의 시구를 그대로 적어 놓은 서신 같지만, 네 군데의 글자가 살짝 바뀌어 있는 것이다. 강호제일의 기재라는 모용 공자가 설마 두보의 유명한 시를 잘못 적을 리는 없었다.

 그렇다면 이것은 무언가 또 다른 의미가 담겨 있는 것이 아닐까?

 공교롭게도 바뀐 글자들을 합쳐 보면 '판옥주인(判玉主人)'이라는 단어가 된다. '옥의 주인을 판가름 낸다.'라는 의미였다. 그렇다면 그가 말하는 '옥'이란……?

 진산월은 천천히 서신을 접었다. 그런 다음 냉옥환을 향해 조용한 음성을 내뱉는 것이었다.

 "기꺼이 초청에 응하겠다고 전해 주시오."

 그러고는 이내 짤막한 한마디를 덧붙였다.

 "나도 오랫동안 기다리고 있었다고……."

 그의 나직한 말속에 담겨 있는 깊고 복잡한 감정의 소용돌이는 누구도 짐작하지 못할 것이다. 냉옥환은 의미를 알 수 없는 투명한 시선으로 그런 그를 물끄러미 바라보고 있었다.

 용무가 끝나자 냉옥환은 인사를 하고는 곧 자리에서 일어났다. 그녀의 모습이 밖으로 사라질 때까지도 진산월은 그 자리에 가만히 앉아 있었다.

 무수한 상념이 그의 머릿속을 이리저리 휘돌고 있었다.

 천룡궤를 전하기 위해서라도 찾아가야만 했던 구궁보에서 정식으로 초청장이 온 것이다. 초청장의 주인이 자신이 만나고자 했

제242장 판옥주인(判玉主人) 81

던 모용단죽은 아니었지만, 모용봉의 초청은 나름대로 그에게는 더욱 각별한 의미가 있는 것이었다.

 엄밀히 말해서 모용봉이 보내온 것은 초청장을 빙자한 도전장이라고 할 수 있을 것이다.

 옥의 진정한 주인을 가려 보자는 그의 제안은 놀랍도록 무례하고 직설적이었지만, 진산월은 그것만으로도 모용봉이란 인간의 한 단면을 알 수 있을 것 같았다. 매사에 자신만만하고 세상이 자신을 위주로 돌아간다고 확신하고 있는 자 특유의 오만하고 독선적인 성격을 엿볼 수 있었던 것이다.

 옥의 주인을 판가름 내자고? 기꺼이 그래 주겠다. 그녀를 되찾아올 수만 있다면 모용봉이 아니라 그보다 더한 존재라도 기꺼이 상대해 주겠다.

 그녀를 위해서, 그리고 자신을 위해서 모용봉은 반드시 넘어야 할 봉우리였다.

 그리고 그때, 비로소 진산월은 예전에 느꼈던 숙명이라는 이름의 괴물이 이미 자신의 곁에 가까이 다가와 있음을 강하게 인식할 수 있었다.

제 243 장
적정탐색(敵情探索)

제243장 적정탐색(敵情探索)

정소소와 이동정은 비무가 끝난 후에 곧바로 돌아갔다. 무슨 일이 있어도 종남파 사람들에게서 쉽게 떨어지지 않을 것 같던 이동정이 그녀와 함께 떠난 것은 다소 의외였으나, 이내 그들에 대한 관심은 종남파 사람들에게서 멀어졌다. 왜냐하면 뜻밖의 인물들이 그들을 찾아왔기 때문이다.

종남파와는 일면식도 없던 황산파의 장문인이 사제들을 잔뜩 대동하고 종남파의 숙소를 방문한 것이다.

황산파는 상당히 오래된 역사를 자랑하는 명문 정파로, 구대문파에 미치지는 못하지만 안휘성 일대에서는 누구도 무시하지 못할 위세를 지니고 있었다. 특히 당금의 장문인인 고림산(高臨山)은 뛰어난 무공만큼이나 오만하고 자존심이 강한 인물로 알려져 있었다.

그런 고림산이 진산월을 대하는 태도는 정중하면서도 예의를 다하는 것이어서 평소 그의 모습을 알고 있는 사람이라면 누구나가 의아함을 느끼지 않을 수 없을 정도였다.

"강호에 명성이 자자한 진 장문인을 만나게 되어 얼마나 반가운지 모르겠소."

고림산은 강호의 명숙을 처음 만나는 신출내기 무사처럼 약간은 들뜨고 흥분된 기색을 숨기지 않았다.

"진 장문인이 무도(無道)한 초가보를 무너뜨리고 종남파를 다시 일으켜 세웠다는 소식을 듣고 며칠 밤을 뜬눈으로 지새우고 말았소. 당대 제일의 검객을 볼 수 있게 되길 학수고대했는데, 오늘 이렇게 뵙게 되니 강호의 소문이 잘못된 게 아님을 다시 한 번 확실히 알겠구려."

진산월은 정중하게 답례를 했다.

"별말씀을. 나 또한 귀 파의 명성을 오랫동안 들어 왔소."

고림산은 짐짓 호탕한 웃음을 터뜨렸다.

"하하, 중천에 떠 있는 태양과도 같은 종남파에 비하면 명성이라고 하기에도 민망한 수준일 뿐이오."

그가 손짓을 하자 뒤에 도열해 있던 그의 사제 중 한 사람이 잘 포장된 상자 하나를 조심스럽게 가지고 왔다.

"이것은 본 파가 있는 황산에서 모처럼 발견한 적하수오(赤何首烏)로, 오백 년은 족히 되는 것이오. 약소하지만 진 장문인을 만나는 기념으로 가져왔으니 받아 주시면 고맙겠소."

변변한 영약 하나 없던 종남파의 입장을 생각해 본다면 도저히 거절할 수 없는 선물이었다. 진산월은 사양하지 않고 받으면서도 정중한 사의를 표명하는 것을 잊지 않았다.

"귀 파의 마음을 감사히 받겠소."

고림산은 눈을 반짝이며 조심스럽게 말을 꺼냈다.

"혹시라도 황산 근처를 지날 일이 있으면 바쁘시겠지만……."

갈망하는 눈으로 자신을 빤히 주시하는 고림산의 얼굴을 보니 진산월로서는 고개를 끄덕이지 않을 수 없었다.

"그렇게 되면 꼭 귀 파를 방문토록 하겠소."

고림산은 입가에 환한 미소를 지은 채 떠나갔다. 하나 고림산의 방문은 시작에 불과했다. 고림산 일행이 떠난 지 얼마 되지도 않아 다시 악가장의 장주인 악진화가 찾아오더니, 그 뒤로는 꼬리를 물고 방문자가 이어졌다.

처음에는 동중산과 종남파의 고수들도 계속 날아드는 유명한 고수들의 명첩(名帖)에 놀라 희희낙락했으나, 불과 반나절도 되지 않아 모두 울상을 짓고 말았다. 찾아오는 사람들의 행렬이 끝도 없이 이어지고 있는 것이다. 종남파가 머무르고 있는 가빈루는 비어 있는 객실 하나 없이 사람들로 들어찼고, 가빈루 주위의 크고 작은 객잔들 또한 좀처럼 보기 힘든 성황을 이루고 있었다.

할 수 없이 동중산은 중인들의 성화에 떠밀려 잠시 짬을 내어 쉬고 있는 진산월을 찾아가야만 했다.

"장문인……."

진산월의 앞에 선 동중산은 쉽사리 말문을 열지 못하고 있었다.

진산월은 그의 의중을 짐작하고 있는지 자신이 먼저 입을 열었다.

"찾아오는 사람들이 너무 많아서 관리하기가 쉽지 않은 모양이구나."

동중산은 고소를 머금을 수밖에 없었다.

"예상보다 너무 많은 사람들이 몰려오고 있습니다."

"손님들을 응대하는 것이 그리 수월하지는 않을 것이다. 더구나 너 외에는 마땅히 응대할 만한 사람이 없으니 네가 더욱 힘들겠구나."

"제자가 힘든 것이야 얼마든지 견딜 수 있지만, 전 사숙께서 상당히 갑갑해 하시는 것 같습니다."

전흠뿐 아니라 손풍 또한 몇 번이나 그를 찾아와 며칠째 좁은 객잔에만 처박혀 있으니 답답해서 미치겠다고 하소연을 해 오고 있었다.

하나 의외로 진산월은 엄격한 음성으로 말하는 것이었다.

"앞으로 이삼 일은 더 머물러야 한다. 전 사제에게는 내가 말하겠으니, 너도 다른 제자들을 잘 다독이도록 해라."

동중산은 진산월이 이토록 딱 부러지게 말하는 모습을 본 적이 별로 없어서 흠칫 놀라지 않을 수 없었다.

"낙 사숙께서 돌아오실 때까지 기다릴 생각이십니까?"

진산월은 고개를 저었다.

"일방 때문이 아니다. 일방은 우리의 차후 일정을 알고 있으니, 우리가 이곳을 떠나도 어렵지 않게 찾아올 수 있을 것이다."

"그렇다면……."

진산월 또한 지금의 번잡함이 마음에 드는 것은 아니었다. 그는 누구보다도 조용하고 한적한 시간을 좋아하는 사람이었다.

하나 그는 며칠 더 이곳에 머물러야 할 필요성을 느끼고 있었다.

"두 가지 이유가 있다. 우선은 보다 많은 사람들과 우의(友誼) 관계를 다져 놓을 필요가 있다. 본 파는 더 이상 종남산에만 웅크리고 있는 약소 문파가 아니니 말이다."

그 점은 동중산도 깊이 동감하고 있었다.

기산취악 이후 종남파는 종남산에만 칩거한 채 거의 모든 무림인들과 단절되다시피 했었다. 문파가 성장해 나가는 데 있어 인맥(人脈)이란 것을 무시할 수 없는데, 종남파는 그동안 명백히 인맥 관리에 실패했던 것이다.

종남파와 친분이 있는 사람이라고 해 봐야 전대 장문인이었던 임장홍의 친구 몇 사람 외에는 전무한 실정이었으니, 오랫동안 구대문파에 속하며 강호에 명성을 떨쳐 오던 명문 정파라고 하기에는 실로 낯부끄러운 일이 아닐 수 없었다. 그런데 수많은 무림의 고수들이 제 발로 선물을 가득 안고 찾아오고 있으니, 약간의 번거로움이 있을지라도 종남파로서는 그들을 기꺼이 맞을 수밖에 없었다.

"또 한 가지 이유는, 이들이 자연스레 본 파의 보호막이 되어 주고 있다는 것이다."

동중산은 언뜻 이해가 되지 않아 고개를 갸웃거렸다.

"지금 본 파가 남의 보호를 받을 상황은 아닌 것 같습니다만……."

그의 음성 속에는 종남파에 대한 강한 자부심이 담겨 있었다.

"일방을 유인해 간 자들의 목표가 단순히 일방 한 사람만은 아닐 것이다."

진산월의 말에 동중산은 퍼뜩 떠오르는 생각이 있었다.

"장문인께서는 그들이 본 파에 계속 수작을 부릴 것으로 생각하십니까?"

"틀림없이 그럴 것이다. 남궁세가와의 비무가 본 파의 승리로 끝난 이상 그들이 누구든 다시 도발해 올 것이 분명하다."

"그렇다면 오히려 빨리 이곳을 벗어나는 것이 더 낫지 않겠습니까?"

진산월은 가만히 자신의 손을 들어 보였다.

붕대가 감겨 있는 그 손을 보자 동중산은 이내 자신의 실책을 깨달았다.

"아! 장문인께서는 손이 완치될 때까지 이곳에 머무르실 계획이로군요. 이렇게 많은 사람들이 계속 본 파를 찾아오고 있고 주위의 이목이 집중되어 있으니, 이곳에 있는 한 누구라도 쉽게 본 파에 수작을 걸어 오지는 못할 것입니다."

"원래 검을 다시 잡으려면 칠팔 일 정도의 시일이 걸릴 것으로 예상했었는데, 의외로 상처의 회복이 빨라서 앞으로 이삼 일이면 가능할 것 같구나."

동중산은 진산월의 부상만 회복된다면 상대가 어떤 수작을 걸어오든 두려울 것이 없다고 생각했다. 진산월의 의중을 파악한 동중산은 이내 활기찬 음성으로 대답했다.

"알겠습니다. 다른 사람의 걱정은 마십시오. 제가 사제들과 사숙께 잘 말씀드리도록 하겠습니다."

동중산의 장담만큼이나 그 후의 일은 일사천리로 진행되었다.

진산월은 더욱 많은 사람들을 만나야 했으며, 손풍은 퉁퉁 부은 얼굴로 투덜거리다가 전흠에게 뒤통수를 맞기까지 했다. 전흠은 동중산에게서 무슨 말을 들었는지 평소의 조급했던 모습과 달리 진중한 얼굴로 손님들을 맞이하고 있었다. 다만 그가 상대하는 사람이 대부분 강호의 젊은 여고수들이라는 것이 다소 특이할 뿐이었다.

손풍이 여자들이라면 당연히 자신이 상대해야 한다고 나섰다가 전흠의 발에 엉덩이를 가격당한 일 외에는 분주한 가운데 나름대로 조용한 일상이 흘러가고 있었다.

하나 그런 평온한 일상도 이틀째 되는 날 저녁에 깨어지고 말았다.

동중산이 배첩을 들고 오자 진산월은 무심결에 배첩을 받아 들었다.

"이번엔 누구인가?"

동중산의 얼굴에 묘한 표정이 떠올랐다.

"점창파의 장로인 독검취응 백리장손이 장문인을 뵙고자 찾아왔습니다."

"백리장손?"

진산월이 배첩을 보니 과연 배첩에는 '대점창파 백리장손'이라는 글귀가 날카로운 필체로 적혀 있었다. 매 같은 그의 성정을 그대로 느낄 수 있는 필체였다.

백리장손은 소림사에서 처음 만난 이후, 엊그제 벌어졌던 남궁세가와의 비무 때 먼발치에서 잠깐 본 적이 있었다. 제대로 인사를 나누지는 못했지만 그에 대한 인상은 무척이나 강렬해서 진산월은 마음속으로 늘 그를 염두에 두고 있었다. 그가 종남파에 호의를 가지고 있지 않음을 알고 있기에 은연중에 경계하는 마음이 들었던 것이다.

그런데 백리장손이 직접 자신을 만나러 찾아왔다는 건 진산월도 미처 예상치 못한 일이었다.

"그는 혼자 왔느냐?"

"일전에 보았던 사인기 소협과 다른 한 명의 공자가 함께 왔습니다."

"한 명의 공자라니?"

"남궁세가와의 비무 당시 참관인을 했던 혁리가의 인물로, 혁리공이라고 합니다."

진산월은 잠시 침음하다가 물었다.

"그가 나를 찾아온 이유가 무엇인지 짐작 가는 것이 있느냐?"

동중산도 난감하기는 마찬가지였으나, 그래도 오랫동안의 강호 경험으로 이런 상황에 대해 나름대로의 현명한 판단을 내릴 수 있었다.

"그가 우리에게 호의를 가지고 있다면 두 번이나 본 파의 비무를 참관하게 된 인연을 보다 두텁게 하기 위함이겠지요."

"호의를 가지고 있는 게 아니라면?"

"본 파나 장문인의 사정을 탐문하여 새로운 일을 획책하려는 의도가 아니겠습니까?"

진산월은 동중산의 말에 일리가 있음을 인정했다.

"우리가 움직이지 않고 계속 이곳에 머물러 있으니 자세한 속사정이 궁금해서 직접 찾아온 것이란 말이지?"

"제자의 생각으로는 그렇습니다."

"그렇다면 필히 만나 봐야겠군."

직접 만나서 상대의 사정을 파악한다는 건 결코 일방적인 게 아니었다. 그쪽에서 이쪽을 살펴보는 동안, 이쪽에서도 얼마든지 그쪽의 사정을 알아볼 수 있는 것이다.

진산월이 동중산을 대동하고 접견실로 사용하는 대청으로 들어가자 차를 마시고 있던 세 사람이 자리에서 일어났다. 백리장손과 사인기는 일전에 만난 적이 있어서 낯이 익었고, 혁리가의 공자라는 한 사람만이 처음 보는 얼굴이었다.

하나 시선이 마주치는 순간, 진산월은 그가 결코 만만한 인물이 아님을 알 수 있었다. 조용한 듯 웃고 있는 얼굴 뒤에 무어라 형용키 어려운 악의가 느껴졌던 것이다.

서로 가벼운 인사를 주고받은 후 자리에 앉자 백리장손이 먼저 축하의 말을 전해 왔다.

"우선 남궁세가와의 비무에 승리한 것을 축하하네. 소림사에서 처음 진 장문인을 만난 게 얼마 되지도 않은 것 같은데 그 짧은 시간 동안에 종남파와 진 장문인의 명성이 천하를 경동하고 있으니, 제법 세상을 오래 살았다고 생각하는 노부로서도 실로 놀라지 않을 수 없었네."

소림사에서 처음 만났을 때 진산월을 향해 제대로 된 인사도 하지 않던 모습을 생각해 본다면 격세지감이라고 할 만큼 달라진 태도였다.

그도 그럴 것이 종남파는 그 기간 동안에 청의방과 남궁세가를 비롯한 크고 작은 여섯 개 문파와의 비무에서 모두 일방적인 승리를 거두었고, 진산월은 강호의 전설인 무림구봉의 한 사람마저 꺾었으니 아무리 오만하고 콧대가 높은 백리장손일지라도 상대의 업적을 인정해 주지 않을 수 없었던 것이다.

백리장손은 점창파의 열두 명이나 되는 장로들 중에서도 서열로는 다섯 번째였고, 그 실력이나 비중은 세 손가락 안에 드는 인물이었다. 점창파의 최고 원로이며 강호 무림 전체를 놓고 보아도 가장 배분이 높은 편인 점창일독 백리궁의 친조카였고, 점창파의 당대 장문인인 신풍우사(神風羽士) 장거릉(張居陵)의 사형이기도 했다. 종남파의 종남삼검과 같은 배분이어서 진산월로서도 그를 강호의 선배로 대접하지 않을 수 없었다.

실제로 그는 종남삼검과 어느 정도의 안면이 있었는지 전풍개의 안부를 물어 왔다.

"전풍개, 전 대협은 지금도 정정하신가? 일전에 듣기로는 초가보와의 싸움에서 적지 않은 상처를 입었다고 하던데, 후유증이 없으신지 모르겠군."

"사숙조께선 당시의 부상을 털어 버리고 일어나 지금은 정상적으로 활동하고 계십니다."

"다행스런 일이군. 그러고 보니 진 장문인도 얼마 전에 뜻하지 않은 부상을 당했다고 들었네."

그의 시선이 자연스레 진산월의 붕대를 맨 오른손으로 향했다.

진산월은 대수롭지 않다는 듯 가볍게 대꾸했다.

"피육의 상처일 뿐이어서, 손을 사용하는 것에는 별로 지장이 없습니다."

"다행이군."

백리장손 또한 짤막하게 고개를 끄덕이고는 곧 화제를 돌렸다.

"이제 남궁세가와의 비무까지 마쳤는데, 아직도 비무행을 계속할 생각인가? 남궁세가마저 물리친 이상 더 이상의 마땅한 상대를 찾는 것도 쉬운 일은 아닐 텐데……."

"그렇지 않아도 그 점 때문에 이곳에 며칠 머물면서 고민을 하고 있었습니다."

"그러리라고 짐작했네. 다음 상대는 정했는가?"

"아무래도 강남으로 가야 할 듯싶습니다."

백리장손의 두 눈에서 날카로운 신광이 번뜩이고 지나갔다.

"강남이라…… 설마 형산파로 가려는 건 아니겠지?"

"언젠가 들러 볼지는 모르겠지만, 이번에는 그곳까지 갈 생각이 없습니다. 강남에는 신흥 명문도 많고 강북과는 여러모로 분위기가 다르다고 하니, 이번 기회에 제자들과 강남의 정취를 느껴

볼 생각입니다."

백리장손은 진산월의 의중을 파악하려는 듯 그의 얼굴을 물끄러미 바라보다가 고개를 끄덕였다.

"확실히 강남의 문물(文物)은 강북과는 많이 다르지. 사람들도 다르고, 무공 또한 그럴 걸세. 강남이라…… 마땅한 문파가 어디에 있더라?"

백리장손은 자신이 마치 종남파의 일원이라도 되는 양 비무의 상대로 어울릴 만한 곳을 몇 군데 짚어 주었다.

"우선 떠오르는 게 강소성(江蘇省) 최고의 명문인 담씨세가로군. 그들의 도법은 정말 화려하면서도 위력적이지. 강서(江西) 쪽에는 남창(南昌)의 진천벽력문(震天霹靂門)과 무공산(武功山) 자락의 포검산장(抱劍山莊)이 유명하네."

진산월은 묵묵히 백리장손의 말을 듣고 있었다.

"절강은 항주(抗州)의 금응방(金鷹幇)과 보타산의 남해청조각 정도가 떠오르는군. 그 외에 광동성의 패자인 백학문이나 복건성의 천웅보(天雄堡)도 결코 남궁세가에 못지않은 성세를 자랑하는 문파들일세."

백리장손이 거론한 곳들은 하나같이 구궁보와 구대문파를 제외하고는 당금 무림에서 가장 널리 알려진 방파들이었다. 그들 모두를 상대하려고 했다가는 얼마의 시일이 소요될지도 모르고, 더구나 그 반향(反響) 또한 만만치 않을 게 분명했다.

백리장손이 그들을 거론한 의도는 확실치 않았지만 진산월은 그의 말에 사의를 표했다.

"알려 주셔서 감사합니다. 백리 대협의 말씀을 고려하여 신중히 생각한 다음 본 파의 진로를 결정하도록 하겠습니다."

"노부가 작은 도움이나마 되었다니 다행이군. 어느 길을 가든 후회 없는 선택이길 바라네."

진산월은 담담하게 미소 지었다.

"후회 같은 건 없습니다. 종남의 산문을 나올 때 그런 건 모두 던져두고 왔으니 말입니다."

조용한 음성이었으나 백리장손은 살짝 눈빛이 변했다. 그 짤막한 말속에 필설로는 형용키 어려운 결연한 의지 같은 것을 느낄 수 있었기 때문이다.

종남파는 어떤 일이 있어도 결코 자신들의 행도를 멈추지 않을 것이다!

백리장손은 그 사실을 새삼스럽게 절감할 수 있었다.

장내의 분위기가 잠깐 경직되었으나, 그때 마침 혁리공이 활기찬 음성으로 입을 열었다.

"강남으로 가실 예정이라면 본가에도 꼭 들러 주시길 갈망하겠습니다. 아버님을 비롯한 본가의 모든 사람들이 진 장문인과 종남파의 방문을 진심으로 환영할 것입니다."

"고마운 말씀이오. 하나 소주(蘇州) 쪽으로 갈 수 있을지는 장담할 수 없구려."

"강호에서의 일을 누가 알 수 있겠습니까? 다만 혹시라도 강소

성을 지나시게 되면 본가를 잊지 말고 찾아 주시기를 바랄 뿐입
니다."

"알겠소."

소주 혁리가는 장사의 구양가와 함께 강남의 상계(商界)를 양분
하고 있는 거대한 가문이었다. 낙양에 있는 석가장과 함께 그들을
삼대 부귀 가문이라고 부를 정도로 그들의 금력과 위세는 대단한
것이었다.

혁리가의 당대 가주인 혁리아에게는 일곱 명의 자식이 있었는
데, 하나같이 뛰어난 인재들로 널리 알려져 있었다. 하나 혁리공
은 그들 중 가장 덜 알려진 인물로, 진산월도 이곳에 와서야 겨우
그의 이름을 들어 볼 수 있을 정도였다. 그런 혁리공이지만 직접
그를 만나 본 진산월의 소감은 그가 결코 호락호락한 인물이 아니
라는 것이었다.

지금도 입가에 엷은 웃음을 지은 채 진산월을 응시하는 그의
시선은 보는 이의 마음을 자극하는 묘한 기운을 담고 있었다.

"진 장문인께 작은 청(請)이 하나 있습니다."

진산월은 혁리공의 유난히 창백하고 메마른 얼굴을 가만히 바
라보고 있다가 조용한 음성으로 물었다.

"무엇이오?"

"소호(巢湖) 쪽에 저의 개인적인 산장이 있는데, 그곳에서 진 장
문인을 모실 수 있는 기회를 주셨으면 좋겠습니다."

소호라면 이곳 회남에서 강남으로 가기 위해서는 필히 지나쳐
야 할 곳이기는 했다. 그렇다고 오늘 처음 만나는 사람의 초청을

수락하는 것도 선뜻 내키지 않는 일이었다.

하나 무슨 생각에서인지 진산월은 별로 고민하지도 않고 그의 청을 기꺼이 승낙했다.

"좋소. 귀하의 산장이 소호의 어느 쪽에 있는지 자세한 위치를 알려 주시오."

혁리공은 진산월이 자신의 초청을 이토록 순순히 받아들일 줄은 미처 몰랐는지 눈이 다소 커지더니, 이내 비쩍 마른 얼굴이 일그러지도록 활짝 웃었다.

"감사합니다. 소호의 호수 한가운데에 모산도(姥山島)라는 제법 큰 섬이 있습니다. 그 섬 일대의 풍광은 가히 안휘 제일경(安徽第一景)이라 해도 모자라지 않을 정도로 수려합니다. 미흡하나마 제 추한산장(追閑山莊)은 그 모산도의 한쪽 귀퉁이에 자리하고 있습니다."

"추한산장이라…… 마음에 드는 이름이군."

"제가 워낙 번잡한 걸 싫어하고 유유자적한 삶을 원하는지라 지은 이름입니다만, 그러한 삶을 살게 될지 아직은 자신할 수 없군요."

"자신이 원하는 삶을 사는 사람이 얼마나 되겠소? 다만 그러한 삶을 추구하는 자체만으로도 충분한 의미가 있다고 생각하오."

혁리공은 그 말에는 아무 대꾸도 하지 않고 빙긋 웃기만 했다.

진산월은 아예 추한산장을 방문할 날짜까지 못 박았다.

"내일 출발하면 삼 일 후에 도착하겠군. 그때 잠시 신세를 지도록 하겠소."

혁리공은 눈을 빛내며 고개를 끄덕였다.

"삼 일 후. 알겠습니다. 진 장문인을 모시는 데 소홀함이 없도록 만전을 기하겠습니다."

"너무 무리할 필요는 없소. 나도 번잡한 걸 별로 좋아하지 않소."

혁리공의 얼굴에 잠깐 미소가 스치고 지나갔다.

"걱정 마십시오. 저도 너무 소란스러워지는 건 원치 않습니다."

혁리공은 진산월을 대접할 생각에 마음이 급한지 이내 자리에서 일어났다. 별수 없이 백리장손 또한 몸을 일으킬 수밖에 없었다.

하나 막 그들이 진산월에게 인사를 하고 떠나려 할 때, 지금까지 묵묵히 한쪽에 앉아 있던 사인기가 조심스레 진산월을 향해 입을 열었다.

"진 장문인, 한 가지 여쭈어 봐도 되겠습니까?"

진산월은 사인기의 다소 특징 없어 보이는 얼굴을 응시한 채 고개를 끄덕였다.

"그러고 보니 사 소협과는 제대로 말도 나누지 못했구려. 말해 보시오."

사인기는 잠깐 머뭇거리다 마음을 먹은 듯 조금 전보다는 한결 차분해진 음성으로 말했다.

"진 장문인의 사제인 낙일방 소협을 만나 볼 수 있겠습니까?"

"일방을?"

"낙 소협이 다른 종남파의 고수분들과 회남에 도착했다는 소문을 듣고 이번 비무에서 모습을 볼 수 있게 되길 기대했었는데 그러지 못해 아쉬웠습니다. 그래서 오늘 잠깐이라도 만나서 인사라도 나누려고 장로님을 따라온 것입니다."

사인기의 얼굴은 비록 평범하고 볼품없는 편이었지만, 눈빛만큼은 누구보다도 맑고 투명했다. 진산월은 그의 눈을 가만히 바라보다가 부드러운 음성으로 말했다.

"일방은 급한 일이 있어 잠시 다른 곳으로 갔소. 그가 돌아오면 사 소협이 찾아왔다는 말을 전해 줄 테니, 오늘은 이만 돌아가는 게 좋을 것 같소."

사인기의 얼굴에 아쉬움의 빛이 진하게 떠올랐다.

"알겠습니다. 다음에 다시 뵐 수 있게 되길 기대하겠습니다."

사인기가 정중하게 포권을 하고 돌아서자 백리장손과 혁리공이 그의 뒤를 따라 걸음을 옮겼다.

동중산이 세 사람을 배웅하고 돌아오니 진산월은 그때까지도 무언가 깊은 생각에 잠겨 있는 모습이었다.

"그들은 갔느냐?"

"예, 장문인."

"백리장손이 나를 찾아온 목적이 무엇인지 알겠느냐?"

"그가 한 질문이나 태도가 너무 평범해서 그의 의도를 파악할 수가 없었습니다. 다만 그가 본 파의 다음 행선지를 물어볼 때, 그가 본 파의 이동 경로에 관심을 가지고 있는 것이 아닐까 하는 느낌이 들었습니다."

진산월은 조금 다른 면을 생각하고 있었다.

"나는 그자가 나의 부상에 대해 신경을 쓰고 있는 것 같더구나."

동중산은 흠칫하는 표정을 숨기지 않았다.

"장문인께서 그렇게 생각하시는 이유가 있으신지요?"

진산월은 담담한 눈으로 붕대가 매어져 있는 자신의 오른손을 내려다보았다.

"강호의 고수들 사이에서 상대의 부상 정도를 면전에서 직접 물어보는 건 금기(禁忌)에 가까운 일이다. 더구나 그는 내 손의 움직임이 자연스러운지 눈으로 직접 확인하기까지 했다."

동중산이 비록 종남파에 입문한 지 사 년에 가까운 시간이 흘렀으나, 그는 원래 떠돌이 낭인으로 더 오랜 시간을 강호에서 보낸 인물이었다. 그래서 그는 강호의 명문 정파들 사이의 불문율(不文律)이나 묵계(默契)에 대해 아직은 정확하게 알지 못했다.

구대문파나 명문 세가 같은 강호에서 일정한 지위를 가진 세력들은 서로 간에 상당한 교분 관계에 있으면서도 한편으로는 강력한 경쟁자이기도 하다. 그래서 상대의 약점이나 흠에 대해 묻는 것을 금기시하고 있었던 것이다.

백리장손이 전풍개의 안위를 묻는 정도야 충분히 이해 가능한 일이지만, 그가 진산월의 앞에서 당사자인 진산월의 부상에 대해 거론한 것은 그동안의 명문 정파 간 관례에 비추어 보면 다소 뜻밖의 일이 아닐 수 없었다. 더구나 진산월의 신분이 일파의 장문인인 점을 생각해 본다면 예의(禮儀) 문제를 거론할 수도 있는 상황이었다.

동중산은 뒤늦게 자신의 실태를 깨닫고 자책하지 않을 수 없었다.

"아…… 제자가 불민하여 상대의 무례함을 미처 인식하지 못했습니다. 용서해 주십시오."

"문파 간의 관행(慣行)에 대해서는 나중에 본산으로 돌아가면 정해에게 따로 가르침을 받는 게 좋을 것이다. 그런 쪽으로는 정해가 가장 정통하니 말이다. 그보다 백리장손이 나의 부상에 관심을 가지고 있는 이유가 무엇이라고 생각하느냐?"

동중산의 외눈이 어느 때보다 날카롭게 빛났다.

"장문인께서 검을 사용하실 수 있는지 알고 싶은 것일 겁니다. 부상 부위를 눈으로 직접 확인하기까지 했다면 그 점 외에는 다른 이유가 있을 수 없습니다."

"나도 그렇게 생각한다."

"별로 안면도 없던 그가 일부러 찾아와서 장문인의 부상 부위를 살핀 것은 무언가 다른 의도를 가지고 있기 때문일 겁니다. 그 의도가 무엇인지는 정확히 알 수 없지만, 본 파에 좋지 않은 것임은 분명해 보입니다."

진산월도 그 점을 느끼고 백리장손이 자신의 손을 보려고 할 때 순간적으로 손목 부위로 지나는 내공의 흐름을 잠시 끊어 놓기도 했다. 겉으로 보아서는 별 차이를 알아차릴 수 없을지 몰라도 백리장손같이 오랫동안 검을 수련해 온 검도의 고수라면 손으로 내공이 원활하게 흐르고 있는지와 그렇지 않은지를 어떤 식으로든 파악할 수 있을 것이다.

백리장손이 자신의 손이 아직 검을 잡을 수 없는 상황이라고 판단하게 되면 어떠한 일이 벌어질지 진산월은 가만히 지켜볼 생각이었다. 백리장손의 선택 여하에 따라 점창파를 대하는 진산월의 행동 또한 달라질 것이다.

　손의 부상은 진산월의 예상보다 훨씬 빨리 아물고 있었다.

　동중산은 진산월의 회복이 빠르다는 것에 별 생각 없이 안도하고 있지만, 진산월은 마음속으로 상당한 의문을 느끼고 있었다. 손아귀는 일단 찢어지게 되면 아물 때까지 상당한 시일이 경과되는 부위인데, 자신의 상처가 이상하리만치 빨리 나아지고 있었기 때문이다. 무엇이든 지나치게 빠르거나 늦는 것은 좋지 않은 일이었다.

　특히 자신의 몸을 상세하게 파악하고 있어야 할 무림의 고수라면 무조건 상처가 빨리 낫는다고 해서 안심하고 있을 수만은 없었다.

　진산월은 그것이 자신의 몸속에 잠복되어 있는 정체를 알 수 없는 기운의 효과일지 모른다고 추측하고 있었다. 운공을 할 때마다 그 기운이 조금씩 자신의 진기에 흡수되고 있으며, 그때마다 몸의 감각이 미세하게나마 예민해지고 있었기 때문이다.

　진산월은 음공을 익히면 감각이 예민해지고 상처가 빨리 낫는다는 말을 들은 적이 있었다. 그렇다면 자신이 의식을 잃었을 때 주입되었던 그 정체 모를 기운은 정녕 음공의 일종인 것일까?

　그 기운이 사라지지 않고 조금씩 자신의 진기 속으로 흡수되는 것을 진산월은 복잡한 심정으로 지켜보고 있었다. 달리 그 기운만을 밖으로 배출할 수도 없었고, 그렇다고 몸의 한쪽에 몰아 봉쇄할 수도 없었다. 운공할 때마다 조금씩 자연스럽게 흡수되는 기운을 무슨 수로 막는단 말인가?

자신에게 그 기운을 주입한 자가 만리무영개 나자행이라면 그 기운은 어쩌면 개방의 비전 신공이라는 옥류대하신공(玉流大河神功)일지 모른다. 옥류대하신공은 정파의 무공 중에서 상당히 음기의 성질이 강한 신공으로 알려져 있었다.

그리고 남해청조각의 전인인 이동심의 기운이라면 남해청조각 비전의 음공일 것이다. 그 기운이 성락중의 경우와 마찬가지로 자신에게도 같은 효과를 보인다면, 남해청조각의 내공이 종남파의 내공과 어떤 식으로든 관계가 있다고 의심하지 않을 수 없었다.

서로 다른 성질의 내공은 어떠한 경우에도 서로 섞이지 않기 때문이었다.

한 문파의 내공이란 것은 겉으로 보이는 외양적인 성격과 달리 그 본질은 서로 일맥상통한다. 양강지공(陽剛之功)이든 음유지공(陰柔之功)이든 같은 문파의 내공이라면 서로 간에 배척하지 않았고, 심지어는 융합도 가능했다. 같은 문파의 내공을 여러 개 익히는 것이 가능한 것도 그런 이유에서였다. 반대로 타 파의 내공을 함부로 익힐 수 없는 것도 그럴 경우에는 지금까지 익혔던 자신의 내공이 무용지물이 되기 때문이다.

그런데 지금 진산월의 체내에 숨어 있는 그 정체 모를 기운은 저절로 사라지거나 배척되지 않고, 오히려 시간이 흐를수록 진산월의 본신 내공에 조금씩 흡수되고 있으니 실로 기이한 일이 아닐 수 없었다. 그것은 적어도 그 기운의 연원(淵源)이 종남파의 내공과 같은 곳에서 비롯된 것이 아니면 불가능한 일이었다.

그 기운이 개방의 것이든 남해청조각의 것이든 진산월로서는 실로 고민스럽지 않을 수가 없었다.

진산월이 그런 심중의 복잡한 생각으로 잠시 상념에 빠져 있을 때 동중산이 조심스런 음성으로 물었다.

"그런데 혁리공의 초청을 수락하신 특별한 이유라도 있습니까?"

진산월은 생각에서 벗어나 그에게로 시선을 돌렸다.

"내가 혁리공의 초청을 받아들인 것이 뜻밖이냐?"

"이런 민감한 시기에 아직 본 파에 호의적인지 그렇지 않은지 불분명한 자의 초청을 받는다는 것이 왠지 꺼림칙한 생각이 드는군요."

"남궁세가와 친분이 있고 참관인까지 했던 자가 본 파에 호의를 가지고 있기를 기대하는 건 무리겠지."

"그런 줄 아시면서도 그의 초청을 선뜻 승낙하셔서 조금 의아했습니다. 더구나 그 장소가 섬이라는 점도 마음에 걸립니다."

섬은 지극히 폐쇄적인 공간이었다. 호수 속의 섬이라 해도 크게 다를 것은 없었다. 의도를 알 수 없는 자의 초청으로 그런 공간에 제 발로 들어간다는 것은 위험스런 일이 아닐 수 없었다.

"나는 낙일방을 유인해 간 자가 어떤 식으로든 다음 행동을 할 것으로 예상했다. 지난 이틀간 많은 문파가 접촉을 해 왔지만 뚜렷하게 의심을 할 만한 곳은 보이지 않았지. 그런데 이제 비로소 혐의를 둘 만한 자가 초청을 해 왔으니 어찌 응하지 않을 수 있겠느냐?"

"장문인께서는 그가 의심스럽다고 생각하십니까?"

"그에게서 나에 대한 희미한 적의(敵意) 같은 것이 느껴졌다. 더구나 그는 본 파의 이동 행로를 예측하고 미리 피할 수 없는 곳으로 장소를 지정해 본 파를 초대했으니, 사전에 치밀하게 계획하지 않으면 불가능한 일이지."

동중산은 진산월에 대해 절대적인 믿음을 가지고 있기 때문에 그의 말에 반대를 표하거나 다른 의견을 내지는 않았다. 그도 혁리공이란 자에 대한 인상이 썩 좋은 편은 아니었던 것이다. 무엇보다 사람의 내심을 훤히 알고 있다는 듯한 그 야릇한 미소가 마음에 들지 않았다.

그래도 한 가지 의문이 떠오르는 것은 어쩔 수 없었다.

"만약 혁리공이 낙 사숙을 유인한 것이라면 그 이유가 대체 무엇인지 궁금하군요. 혁리가와 본 파는 아무런 은원 관계가 없는데 말입니다."

"그것을 알기 위해서라도 혁리공의 초대를 받아들일 수밖에 없었다."

그제야 동중산은 진산월의 정확한 의중을 파악할 수 있었다.

진산월 또한 어떤 확신을 가지고 있는 것은 아니었다. 다만 지금까지 만났던 인물들 중 혁리공이 가장 의심스러운데, 그가 마침 자신을 초청했으니 그것이 유인책이든 그렇지 않든 일단 찾아가 볼 필요성이 있다고 판단한 것이다.

"사실 초청을 승낙할 때만 해도 반신반의했는데, 나중에 사인기의 말을 듣고는 조금 더 많은 가능성을 두게 되었다."

동중산의 외눈이 번쩍 빛났다.

"사 소협이 낙 사숙에게 친분을 느끼고 찾아온 것은 별로 이상할 게 없지 않습니까?"

"물론 그렇지. 문제는 그가 백리장손과 동행을 했다는 것이다. 자신의 개인적인 친분 때문에 다른 문파를 방문해야 하는 제자가 굳이 문파의 어른을 따라올 필요가 있겠느냐?"

"장문인의 말씀을 듣고 보니 확실히 조금 이상하긴 합니다. 그렇다면 장문인께서는 사 소협이 낙 사숙의 행방을 물은 것이 백리장손의 지시 때문이라고 생각하십니까?"

"사인기 본인은 순수한 마음일지 몰라도, 그를 대동한 자는 전혀 다른 의도를 가지고 있을지 모르지. 그리고 그를 대동한 자는 백리장손은 아닐 것이다."

동중산은 의아한 얼굴로 물었다.

"왜 그렇게 생각하십니까?"

"백리장손이었다면 굳이 사인기를 대동하여 의심을 살 필요 없이 나중에 사인기에게서 보고를 받으면 그만이다. 하지만 혁리공이라면 사인기에게 지시를 하거나 보고를 받을 수 없으니 이런 식으로 그를 동행시키는 것이 가장 좋은 방법이라고 할 수 있지."

"그렇다면 혁리공이 낙 사숙과 사인기가 서로 친분이 있는 사이라는 것을 알고 있다는 말씀입니까?"

"혁리공이 일방과 본 파에 어떤 의도를 가지고 있는 자라면 충분히 사전에 조사를 했을 테니, 인적 관계도 넓지 않은 일방에 대해서는 자세하게 파악하고 있을 것이다. 마침 일방의 행방을 궁금해 하고 있던 사인기를 슬쩍 부추겨 동행시키는 것은 그리 어려운 일이 아니지."

동중산은 잠시 생각에 잠기더니 무거운 표정으로 고개를 절레절레 흔들었다.

"강호의 일이란 정말 어렵군요. 당연하다고 생각하면 아주 당연한 일이 일단 의심스럽다고 생각하니 한도 끝도 없이 의심이 깊어지니 말입니다."

"일방이 그런 일을 당하고 본 파에 적의를 가진 누군가가 노리고 있다는 것을 알지 못했다면 나도 이렇게까지 생각하지는 않았을 것이다. 하나 지금은 어떤 일이든 최악의 상황을 가정하고 판단을 내릴 수밖에 없다. 아무리 사소한 만남도, 아무리 사소한 일일지라도 말이지."

그때 비로소 동중산은 진산월이 지금까지 종남파를 찾아온 그 많은 고수들을 만날 때마다 그들에 대한 의심을 거두지 않고 계속 그들의 일거수일투족을 주의 깊게 살펴보았음을 깨달았다.

혹시라도 그들 중 종남파에 적의를 가지고 낙일방을 유인한 자가 있을까 봐 노심초사했을 진산월을 생각하자 동중산은 단지 사람을 안내하는 일만으로도 벅차 했던 자신이 부끄러워졌다.

"장문인의 노고가 너무 크십니다. 제가 좀 더 주위의 일에 신경을 쓰도록 하겠습니다."

"너는 지금으로도 충분히 네 할 일을 잘해 내고 있다. 어쨌든 이것으로 한 가지 일은 안심할 수 있게 되었구나."

동중산은 마지막으로 묻지 않을 수 없었다.

"그게 무엇입니까?"

진산월은 깊은 눈으로 허공을 응시했다.

"혁리공이 사인기를 대동하면서까지 일방의 행방을 알려고 했던 것은 그의 행적을 놓쳐 버렸다는 의미이다. 그러니 적어도 일방이 참변을 당하거나 그들의 수중에 떨어지지는 않았다는 것을 알게 되었으니 참으로 다행스러운 일이 아니겠느냐?"

제 244 장
종남신객(終南新客)

제244장 종남신객(終南新客)

　종남산의 봄은 무한한 정취가 있다. 특히 온 산이 신록(新綠)으로 물들고 사방에서 꽃들이 천채만홍(千彩萬紅)을 이룰 때면 그 정취는 절정에 다다라 사람들의 마음을 취하게 만들어 버린다.
　서문연상은 그 정취에 취했는지 양쪽 무릎에 턱을 고인 채 하염없이 산 아래를 내려다보고 있었다.
　이곳은 종남파가 빤히 내려다보이는 높은 구릉에 있는 커다란 바위 위였다.
　예전에 서문연상은 종남파의 고수들을 따라 종남산을 오르다가 이곳에서 처음으로 종남파의 본산을 보게 되었는데, 그때 느꼈던 감흥이 상당히 컸던지 그 뒤로도 심심하면 이곳에 올라와서 본산을 내려다보고는 했다. 이곳에서 내려다보는 종남파의 풍광은 너무도 아름다울 뿐 아니라 누구의 방해도 받지 않고 조용히 사색에 잠길 수 있어서 서문연상은 이 장소를 다른 어느 곳보다도 좋아했다.

"흐음……."

한동안 멍하니 주위의 경치를 보고 있던 서문연상이 돌연 깊은 한숨을 내쉬었다. 언제나 발랄하고 활력에 가득 차 있던 그녀에게서는 좀처럼 볼 수 없는 무거운 한숨이었다.

그녀는 복잡한 눈으로 멍하니 허공을 응시하다가 다시 땅이 꺼져라 한숨을 내쉬었다.

"후우……."

그녀가 한숨을 내쉬는 까닭은 자신의 처지가 너무 답답하다고 느꼈기 때문이었다. 그녀는 얼마 전부터 월녀검법을 배우기 시작했는데, 깊은 산중과도 같은 종남파에 파묻혀 하루 종일 월녀검법의 수련에만 매달려 있으니 그녀가 아무리 무공을 좋아하고 종남파에 애정을 가지고 있다 해도 지루함과 갑갑함을 느끼는 것은 어쩔 수가 없었다.

더구나 오늘처럼 화창한 날이면 소녀다운 감상(感傷)마저 겹쳐서 그녀를 더욱 힘들게 했다.

종남파가 비록 부활했다고 하지만 평상시에는 찾아오는 사람도 그리 많지 않았고, 문파의 고수라고 해도 자기 나이 또래의 젊은 사람은 오직 방화뿐이었다. 그런 방화마저도 요즘에는 무공 수련에 단단히 맛이 들렸는지 하루 종일 연무장에만 처박혀 있어서 식사 때에나 간신히 볼 수 있을 정도였다.

방화를 제외하면 한 배분이나 차이 나는 사숙들과 나이 많은 식객들뿐이니 그녀가 마음을 터놓고 사귈 수 있는 사람은 거의 없는 형편이었다. 게다가 요즘 들어 종남파에 입문하겠다며 찾아오는 사람들이 제법 되었지만, 그들 중 대부분은 부모 손에 이끌려 온 꼬맹이들이어서 오히려 귀찮기만 한 존재들이었다.

서문연상은 한창 나이의 자신이 종남산의 깊은 산자락에 묻혀서 시들어 간다는 생각에 울적해지지 않을 수 없었다. 종남파의 부활을 위해 목숨을 걸고 위험천만한 싸움을 할 때가 오히려 그리워질 정도였다. 그때는 적어도 지금 같은 지루함을 느낄 겨를이 없었고, 자신이 살아 있다는 생생한 감정을 듬뿍 맛볼 수 있었다.

"아…… 억지로 졸라서라도 장문인을 따라갔어야 했는데…… 손풍, 그 자식을 몰래 두들겨 패 버렸으면 내가 대신 갈 수 있었는데 그때는 왜 미처 그 생각을 못했는지 몰라."

그녀는 손풍이 들었으면 질색을 할 소리를 내뱉으며 인상을 찡그렸다. 그러다 급히 얼굴을 펴며 손으로 자신의 이마와 눈자위를 문질렀다.

"주름살 생길라…… 이러다 정말 폭삭 늙어 버리는 거 아냐?"

그녀는 검보로 돌아갈까 하는 마음마저 들었다. 모처럼 부모님을 뵈러 간다고 하면 아무리 깐깐한 방취아라도 허락하지 않을 수 없을 것이다.

"그러고 보니 한 달 후가 아버지 생신이네? 정말 검보 구경이나 갔다 올까?"

자신의 집을 생각하자 그녀의 얼굴에 조금씩 화색이 돌기 시작했다.

"지금쯤은 검보 뒷산에 행화(杏花)가 절경을 이루고 있을 텐데…… 이맘때쯤이면 그 행화 속에서 술판을 벌이고는 했는데, 올해도 다들 신나게 즐기고 있겠지?"

그녀는 실없는 웃음을 흘리기도 했다.

"풋…… 작년에는 막 숙부(莫叔父)와 방 숙부(方叔父)가 술 내기를 하다가 모두 뻗어 버리고 오히려 위 숙부가 끝까지 남아 있었는데 올해는 어떻게 되었으려나? 무당산에 간 방아(方兒)는 집에 돌아왔는지 궁금하네."

중얼거릴수록 그녀의 눈이 반짝거리며 얼굴에 엷은 홍조마저 어렸다. 그러다 그녀는 자리에서 벌떡 일어났다.

"안 되겠다. 사고의 치마폭을 붙잡고 늘어지는 한이 있더라도 이번에 본가에 갔다 와야겠다."

막 자리에서 일어나 산 아래로 몸을 날리려던 그녀가 무엇을 보았는지 몸을 멈춘 채 한곳에 시선을 고정시켰다. 그녀의 시선이 향한 곳은 종남파의 본산이 있는 방향으로, 그중에서도 정문과 멀지 않은 숲 속이었다. 정문이 빤히 보이는 숲 속의 한쪽 구릉 위에 두 명의 인물이 잠복해 있음을 발견한 것이다.

"소 사숙께서 요즘 본산 일대를 지켜보는 자들이 있으니 조심하라고 했는데, 저놈들이 바로 그들이로구나."

무슨 생각이 들었는지 서문연상의 두 눈이 반짝반짝 빛나며 표정에 생기가 감돌았다.

"감히 본 파의 정문을 얼쩡거리며 염탐하려 하다니…… 본 낭자가 오늘 네놈들의 정체를 낱낱이 밝혀 주마."

그녀는 경쾌한 동작으로 그 인물들이 숨어 있는 곳을 향해 몸을 움직이기 시작했다.

가까이 다가가니 두 사람의 얼굴이 확연히 드러나 보였다. 둘 모두 삼십 대 초반의 장한들이었는데, 태양혈이 불룩하고 체격이 단단한 것으로 보아 내외공(內外功)을 겸비한 상당한 실력의 고수들임을 어렵지 않게 알 수 있었다.

그녀는 절로 바짝 긴장하여 한결 조심스런 동작으로 그들에게 접근해 갔다.

두 사람은 무언가를 서로 나직하게 상의하고 있더니, 그중 한 사람이 이내 다른 곳으로 몸을 움직였다. 서문연상은 남아 있는 사람을 계속 지켜야 하나 아니면 지금 이동하고 있는 자를 쫓아가야 하나 잠시 고민하다가, 이내 마음을 결정하고는 이동하는 자의 뒤를 조심스레 쫓기 시작했다. 아무래도 그자가 본거지로 돌아가는 것 같았기 때문이다.

그자는 제법 빠른 몸놀림으로 숲 속을 이리저리 돌아가더니, 이내 어느 이름 모를 협곡으로 들어섰다. 그 협곡의 한쪽에 작은 통나무집이 있었는데, 그자는 익숙한 동작으로 그 통나무집 안으로 들어가 버리는 것이었다.

'옳지, 저곳이 놈들의 본거지로구나.'

서문연상은 눈을 반짝이며 그 통나무집 쪽으로 다가갔다. 통나무집은 외견상으로는 평범하기 이를 데 없어 보였으나, 가까이서 보니 의외로 제법 큰 편이어서 당초 예상보다 많은 사람들이 머무를 수 있을 것 같았다.

한데 그녀가 미처 통나무집 근처로 접근하기도 전에 통나무집에서 서너 개의 인영이 뛰어나오더니, 순식간에 그녀의 주위를 에워싸 버리는 것이 아닌가?

매우 창졸간의 일인지라 그녀는 꼼짝도 못하고 그들에게 포위되고 말았다.

'아! 내가 쫓고 있다는 걸 이미 알고 나를 유인한 것이었구나.'

그녀는 뒤늦게 자신의 조심성이 부족함을 자책했으나 때늦은 후회일 뿐이었다. 그녀 딴에는 신중을 기한다고 조심을 하긴 했는데, 고수들의 이목을 속이기에는 턱없이 미흡했던 모양이었다.

그녀를 에워싼 인물들은 모두 네 명인데, 그들 중 한 명은 그녀가 뒤를 쫓던 바로 그 장한이었다.

그녀는 그 장한을 쏘아보며 냉랭한 음성을 내뱉었다.

"흥. 치사하게 여자를 속여 함정에 빠뜨리다니, 이러고도 당신이 당당한 무림인이라고 할 수 있나요?"

장한은 자신의 뒤를 몰래 밟던 그녀가 오히려 기세등등하게 자신을 노려보며 소리를 지르자 어이가 없는지 가만히 그녀를 쳐다보고만 있었다.

대신 다른 한 사람이 낭랑한 웃음을 지으며 그녀의 말에 대꾸를 했다.

"하하, 맹랑한 소저로군. 소저를 속인 게 아니라 소저가 부주의하여 우리의 꼬임에 넘어간 거요."

앞으로 나선 사람은 네 명의 장한들 중 가장 나이를 먹은 사십대 초반의 중년인이었다. 탄탄하고 날렵한 체구에 눈빛이 유난히 형형해서, 한눈에 보기에도 만만한 인물이 아님을 느끼게 했다.

서문연상은 여전히 성난 눈빛을 번뜩이며 그 중년인을 향해 날카롭게 소리쳤다.

"당신들이 본 파를 몰래 감시할 때부터 좋은 자들이 아님은 알고 있었지만, 나를 속이고 이곳으로 유인해 왔다고 희희낙락할 정도로 후안무치한 자들일 줄은 미처 몰랐군요. 이제는 본격적으로 본 파를 향해 마각을 드러낼 생각인가요?"

중년인은 네 명의 건장한 사내들에게 포위되어 있으면서도 조금도 기가 죽지 않고 큰 소리를 치고 있는 그녀의 모습이 어처구니가 없는지 너털웃음을 터뜨렸다.

"하하, 정말 기백이 대단한 소저로군. 그런데 본 파라고 하는 걸 보니 종남파의 문하인 모양이구려."

"본 낭자가 누구인지도 모르고 유인해 왔다는 말인가요?"

"내 수하는 그저 누군가가 자신의 뒤를 쫓아오자 정체를 알기 위해 이쪽으로 모셔 왔을 뿐이었소."

서문연상은 가느다란 허리에 양손을 턱 얹고는 의기양양한 목소리로 말했다.

"그럼 귓구멍을 활짝 열고 잘 듣도록 해요. 본 낭자는 대종남파의 이십이 대 제자인 태을옥녀(太乙玉女) 서문연상이에요."

중년인은 고개를 갸웃거렸다.

"종남파에 무영낭랑이라는 유명한 여고수가 있다는 건 알아도 태을옥녀라는 명호를 가진 여고수가 있다는 말은 들어 본 적이 없는데……."

서문연상은 아미를 치켜뜨며 당당한 음성을 내뱉었다.

"그건 당신의 견문이 형편없기 때문이에요. 종남혈사 때부터 내가 얼마나 열심히 활동했는데…… 앞으로는 세 살 먹은 어린아이라도 알게 될 유명한 이름이니 지금부터라도 똑똑히 새겨 두도록 해요."

중년인의 입가에 희미한 미소가 그려졌다. 서문연상은 그가 자신을 비웃으면 호되게 야단을 치려 준비하고 있었는데, 중년인은 그저 담담하게 고개를 끄덕이는 것이었다.

"알겠소. 소저의 명호를 필히 기억해 두도록 하겠소."

서문연상은 한편으로는 김이 빠지면서도 한편으로는 흡족한 생각이 들어 절로 목소리가 누그러졌다.

"이제 보니 당신은 제법 강호의 도리를 아는 사람이로군요. 그럼 이제 도리를 아는 무림인답게 솔직하게 털어놓아 보아요. 대체 무슨 이유로 본 파를 계속 감시하고 있었던 거죠?"

"감시라니. 당치 않소. 우리는 그저 한 가지 사실을 눈으로 직접 확인하고 싶었던 거요."

서문연상은 절로 궁금해져서 급히 물었다.

"그게 무엇인가요?"

중년인은 선뜻 대답하지 않고 그녀를 가만히 바라보고만 있었다. 답답해진 그녀는 다시 눈을 부릅뜨며 호통을 내질렀다.

"어서 빨리 말해요! 당신들이 본 파에서 확인하려는 사실이 무언지."

그래도 중년인은 여전히 아무런 대꾸가 없었다. 중년인뿐 아니라 그녀를 에워싸고 있는 다른 장한들 또한 묵묵히 침묵을 지키고 있었다.

그녀는 마음을 바꾸어 한결 나긋나긋해진 목소리로 중년인을 달랬다.

"내가 이래 봬도 본 파에 대해서는 모르는 게 없는 사람이에요. 내 말 한마디면 본 파에서 껌벅 죽지 않는 사람이 없다고요. 못된 사고 한 사람만 빼고…… 그러니 내게 순순히 털어놓아 보아요. 본 파에서 확인하려는 게 대체 무엇이에요?"

중년인은 잠시 생각에 잠겨 있다가 마음을 결심한 듯 그녀의 눈을 똑바로 바라보았다. 시선이 마주치자 서문연상은 흠칫 놀라지 않을 수 없었다. 순간적으로 자신의 몸이 쇠사슬에 묶인 듯 꼼짝도 할 수 없었던 것이다. 그 느낌은 이내 사라졌으나 그녀는 내심으로 놀라지 않을 수 없었다.

'이제 보니 무서운 실력을 지닌 고수였잖아? 이거 조심해야 되겠는데…….'

그녀는 무림 세가 중에서도 명문으로 손꼽히는 검보에서 자랐기 때문에 어려서부터 수많은 고수들을 접해 왔다. 그래서 다른 사람의 무공 실력을 알아차리는 능력은 누구보다도 탁월하다고 할 수 있었다. 중년인은 그녀의 아버지인 서문장천이나 종남파의 장문인인 진산월 같은 절대의 고수는 아닐지 몰라도, 검보의 친위대장인 노호검 포천성이나 그녀가 제일 좋아하는 비룡검 위소룡에 못지않은 실력자였던 것이다.

그녀가 절로 긴장하여 마른침을 꼴깍 삼키고 자신을 바라보고 있자 중년인은 엷은 웃음을 지어 보였다.
"그렇게 경계할 것 없소. 내가 알고 싶은 건 한 사람의 행방이오."
"그 사람이 누구인가요?"
"초화(蕉華), 아니 방화라는 이름의 사람이오."
중년인의 말에 서문연상은 얼굴의 표정이 드러내지 않으려고 노력했다. 이런 곳에서 방화의 이름을 듣게 되리라고는 상상도 못했던 일이었다.
"무엇 때문에 그의 행방을 알려고 하는 거죠?"
서문연상이 묻자 중년인의 눈에서 번쩍하는 섬광이 피어올랐다. 그 섬광은 이내 사라졌으나 서문연상은 순간적으로 모골이 송연해지는 느낌이었다.
"소저는 그를 알고 있구려."
"아니에요. 난 그런 이름 몰라요."
그녀는 반사적으로 고개를 저었으나 중년인은 냉랭한 미소를 머금었다.
"그가 누구인지 몰랐다면 먼저 그에 대해 물었을 거요. 그런데 소저는 우리가 그를 찾는 목적을 먼저 물었소. 그것은 곧, 소저가 이미 그를 알고 있다는 것을 뜻하는 거요."
그녀는 마구 도리질을 했다.
"난 그렇게 복잡한 말은 못 알아들으니 자꾸 넘겨짚어 봤자 소용없어요. 어서 말해요. 방화의 행방은 알아서 무엇하려는 거죠?"
중년인은 무슨 생각에서인지 그녀를 더 추궁하지 않고 순순히 자신들의 목적을 말해 주었다.

"우리는 그의 아버지의 부탁으로 그를 찾고 있소."

서문연상은 의심이 가득 담긴 눈으로 그를 빤히 쳐다보았다.

"방화의 아버지가 누구인데요?"

"방룡이란 분이오."

그녀는 머릿속을 재빨리 뒤져 보았으나 방화의 아버지에 대한 말은 누구에게도 들어 본 적이 없었다. 그러고 보니 비단 아버지뿐 아니라 방화의 가족에 대해서는 어떤 것도 알려져 있지 않았다.

한솥밥을 먹고 있는 동문이 많은 것도 아닌데, 그에 대해 자신이 너무 무심했다고 자책하면서도 여전히 서문연상은 의심의 빛을 거두지 않았다.

"그런 이름은 들어 본 적이 없어요."

"방화에게 물어보면 확인할 수 있을 거요."

"그런 소년은 모른다고 했잖아요."

"방화가 소년이라는 말은 한 적이 없는데……."

그녀는 급히 입을 다물었다가 재빨리 화제를 돌렸다.

"그럼 아버지가 아들을 찾는다는데, 그 아들이 나이 많은 꼬부랑 노인네겠어요? 그런데 당신들은 왜 방화를 본 파에서 찾는 거예요?"

"방화는 서안에서 모습을 감추었소. 분명 서안 일대를 떠나지 않은 건 확실한데, 지난 몇 달간 아무리 뒤져도 그의 행방을 알지 못해 초조해 하고 있었소. 그런데 얼마 전에 누군가에게서 그와 비슷한 모습의 소년을 종남파에서 보았다는 말을 들었소."

그녀는 즉시 도리질을 했다.

"그럴 리 없어요."

이번에는 중년인이 물었다.

"왜 그렇소?"

서문연상은 엉겁결에 마음속에 떠오른 의문을 밖으로 내뱉었다.

"그는 본 파의 깊숙한 곳에 처박혀 외인을 만나지도 않고 밖으로 나간 적도 없는데, 대체 누가 그를 볼 수 있단 말인가요? 그러니 당신 말은 모두 거짓이에요."

중년인의 얼굴에 한 차례 격동의 빛이 스치고 지나갔다.

"과연 방화는 종남파에 있구려."

그녀는 아차 싶어 주책맞은 자신의 입을 한 대 치고 싶었으나, 이왕 이렇게 된 이상 방화를 모른다는 발뺌하지 않기로 작정했는지 이내 당당한 음성으로 말했다.

"그래요. 방화는 본 파에 있어요. 그는 내 사제…… 같은 사형이에요."

중년인은 그녀의 말에는 아무런 대꾸도 하지 않고 묵묵히 허공을 응시하고 있었다. 하나 자세히 살펴보면 그의 눈가에 희미한 경련이 일어나며 두 눈에서 실로 형용하기 어려운 복잡한 빛이 감돌고 있음을 알 수 있었다.

"방룡 형님, 마침내 형님과의 마지막 약속을 지킬 수 있게 될 것 같습니다……."

혼잣말처럼 중얼거리는 그의 음성은 나직하기 그지없었으나, 그 음성을 듣자 서문연상은 왠지 마음 한구석이 시큰거렸다. 그 음성 속에 담긴 간절함과 짙은 염원이 절실하게 느껴졌기 때문이었다.

한동안 허공을 올려다보고 있던 중년인은 다시 천천히 고개를 떨구어 그녀를 바라보았다. 그의 두 눈은 언제 격동에 차 있었냐는 듯 차분하고 침착하게 가라앉아 있었다.

"내 말은 거짓이 아니오. 방화를 보았다고 증언한 사람은 종남파에 입문하기 위해 자기 자식을 데려갔다고 하오. 그러다 종남파의 후원에서 검법을 수련하고 있는 소년을 얼핏 보았는데, 그 모습이 우리가 애타게 찾고 있던 사람과 유사한 것을 보고 알려 온 것이오."

서문연상은 그럴 수도 있겠다고 생각했다. 요즘 들어 무작정 자식들의 손을 잡고 종남파에 입문시켜 달라며 찾아오는 자들의 숫자가 제법 많았던 것이다. 그들 중 나름대로 가문의 위세가 대단한 자들은 종남파의 이곳저곳을 안내받기도 했는데, 그때 먼발치에서 방화를 보았을 가능성은 얼마든지 있었다.

그래도 여전히 그녀의 미심쩍은 생각은 완전히 사라지지 않았다.

"그렇다면 직접 본 파로 와서 방화에 대해 물어보면 되었을 텐데, 무엇 때문에 수상하게 본 파 주위를 얼쩡거리고 있었던 거예요?"

중년인의 얼굴에 의미를 알 수 없는 씁쓸한 미소가 떠올랐다.

"그건 우리에게 그럴 만한 사정이 있다고 해 둡시다."

서문연상은 굳이 그 사정이란 것까지 알고 싶지는 않았다. 다만 그녀는 약간은 걱정스럽고 약간은 불안한 눈으로 중년인을 바라보며 신중한 질문을 던졌다.

"방화가 본 파의 제자인 걸 알았으니…… 이제 당신들은 어떻게 할 건가요?"

중년인는 생각할 것도 없다는 듯 분명한 음성으로 말했다.

"종남파로 가서 그를 만나야지."

이어 그는 서문연상을 지그시 응시하며 몇 마디 말을 덧붙였다.

"소저의 이름이 귀에 익고 소저의 낯을 어디선가 본 것 같다고 생각했는데, 소저가 누구인지 이제 생각이 났소. 그래서 소저에게 한 가지 도움을 청하려 하오."

* * *

노해광은 계속 고개를 가로저었다.

"아니야. 이게 아니야."

그는 무엇이 그리 못마땅한지 눈살마저 살짝 찡그린 채 계속 혼잣말을 중얼거리고 있었다.

"이 정도로는 안 돼. 좀 더 확실한 무언가가 필요해."

그때 한 사람이 안으로 불쑥 들어오며 퉁명스런 음성을 내뱉었다.

"대체 아까부터 뭘 그렇게 투덜거리고 있는 거요? 며칠 전에 나하고 술 내기해서 진 걸 가지고 지금까지 불평하고 있는 건 아니겠지요?"

노해광은 그를 힐끔 쳐다보고는 한숨을 내쉬었다.

"아무런 생각도 없이 사는 저런 한심한 종자를 데리고 강호 최고의 거대 문파와 싸울 생각을 하니 아득해지는군. 쓸 만한 자들은 모두 떠나 버리고 저런 쭉정이만 남았으니, 나같이 사형제 복이 지지리도 없는 놈은 없을 거야."

"내가 뭐 어때서? 나같이 술 잘 마시고 화통한 사람 있으면 나와 보라고 하시오."

노해광은 아직도 주독이 가시지 않아 얼굴이 붉게 물들어 있는 그의 얼굴을 한심스런 눈으로 쳐다보았다.

"보아하니 밤새 또 그 장승표라는 자와 퍼마신 모양이구나. 이제는 승부가 가려졌느냐?"

그 사람은 장승표 이야기가 나오자 두 눈을 반짝반짝 빛내며 흥에 겨운 표정을 숨기지 않았다.

"장 형은 내가 지금까지 만난 사람 중 제일가는 진정한 남자이며, 위대한 술꾼이오. 그런 인재가 이 퀴퀴한 종남파의 한구석에 처박혀 있을 줄이야 내가 어찌 알았으리…… 해남 제일의 술꾼과 섬서성 제일의 술꾼이 만났으니 어찌 하루 이틀로 승부가 판가름 날 수 있겠소? 우리는 앞으로도 칠 일 밤낮을 두고 필사의 대전을 치르기로 술동이를 앞에 두고 굳은 약속을 했소."

노해광은 그와 언쟁을 벌이고 싶은 마음도 없는지 그냥 도리질만 했다.

그 사람, 종남파가 배출한 사상 최고의 술꾼이라고 자처하는 하동원은 히죽 웃으며 그의 어깨를 툭 쳤다.

"너무 걱정하지 마시오, 노 사형. 노 사형이 며칠째 화산파 문제로 끙끙 앓고 있다는 건 나도 알고 있소만, 그런 일은 그저 순리로 풀어야지 억지로 머리를 쥐어짠다고 해서 해결될 일이 아니오."

제법 의젓한 하동원의 말에 노해광은 혹시나 하는 마음에서 그를 빤히 쳐다보았다.

"순리로 풀다니. 어떻게 말이냐?"

"화산파가 정식으로 본 파에 도전장을 내민 것도 아니고, 그렇다고 노골적으로 문하 고수들을 풀어 시비를 걸어오는 것도 아니지 않소? 그저 자파의 장로와 일대 제자 몇 명을 유화상단에 파견한 것에 불과한데 그렇게 호들갑을 떨 필요가 있소? 우리도 그저 몇 사람을 서안에 있는 노 사형의 상회로 내보내면 그만이오."

노해광은 제법 그럴듯한 하동원의 말에 자신도 모르게 재차 물었다.

"본 파의 고수라고 해 봤자 몇 명 되지도 않는데 누구를 내보낸단 말이냐?"

"본 파의 장로급인 나와 장문인의 사매인 방취아가 가면 될 거요. 듣자 하니 정해라는 녀석도 노 사형과 함께 있다고 하니 수적으로는 결코 화산파에 꿇리지 않을 게 아니오?"

"그러다 화산파에서 본격적으로 고수들을 투입하면?"

"그때는 우리도 전력을 다해 실력을 발휘하면 그만이오. 강호에서의 방식대로 피에는 피로, 이에는 이로 맞서는 거지. 그러다 우리 힘이 달려서 뒤로 밀리면 장문인이 돌아오실 때까지 그들과 정면 대결을 피하면 되는 거고. 노 사형이 그렇게 혼자 노심초사 할 일이 아니란 말이오."

 듣고 보니 노해광은 며칠 동안 골머리를 싸안고 있던 자신이 우습게 생각되었다.

 '그렇다. 모든 일은 순리로 풀어야 한다. 그들이 창으로 찌르면 방패로 막고, 칼을 휘두르면 같이 칼로 맞서면 되는 것이다. 그러다 힘에 부치면 잠시 몸을 피하면 되는 것을…….'

 노해광은 이제 겨우 본산을 안정시키고 힘을 키우고 있는 종남파가 자신으로 인해 화산파 같은 강력한 상대와 싸우게 되었다는 부담감 때문에 시야가 좁아져서 좀 더 대국적으로 사태를 보지 못했던 것이다. 세상의 모든 고민을 떠안은 사람처럼 무겁게 가라앉아 있던 노해광의 표정이 눈에 띄게 밝아지며 두 눈이 다시 활력으로 번뜩이기 시작했다.

 "네 말이 맞다. 내가 괜한 고민을 했구나."

 그는 새삼스런 눈으로 하동원을 바라보았다.

 "이제 보니 그동안 술만 늘은 게 아니라 배포도 제법 늘은 모양이구나."

 "어떻소? 그럼 오늘부터 노 사형도 우리 술판에 끼는 거요?"

 막 환하게 웃음 지으려던 노해광의 얼굴이 다시 구겨졌다.

 '이 자식이…… 장승표와 술 내기를 계속 벌이려고 입에서 나

오는 대로 아무 소리나 지껄인 거 아냐?'

노해광이 수상하다는 눈으로 자신을 노려보자 하동원은 껄껄 웃으며 그의 어깨를 다시 두드렸다.

"하하…… 노 사형은 다 좋은데, 매사를 너무 꼼꼼하게 신경 쓰는 게 흠이라니까. 참. 어서 나오시오. 다들 기다리고 있을 테니까 말이오."

"무슨 일이라도 있느냐?"

하동원은 혀를 찼다.

"서문연상, 그 여우 같은 계집애가 또 무슨 사고를 쳤는지 아까부터 문파 어른들을 모두 모셔 오라며 호들갑을 떨고 있소."

노해광의 얼굴에 냉엄한 빛이 떠올랐다.

"그래서 감히 사숙조인 너를 부려 사람을 오라 가라 했단 말이냐?"

하동원은 찔끔하여 뒤통수를 긁적거렸다.

"그럴 리 있소? 그냥 내가 마침 사형을 보러 오는 길이니 사형을 모시고 오겠다고 한 거지. 아무려면 내 체면에 그런 말괄량이 계집의 말 한마디에 쪼르르 달려왔겠소?"

하동원이 서문연상에게 폭 빠져 그녀의 말이라면 사족을 못 쓴다는 걸 잘 알고 있는 노해광은 의심쩍은 눈으로 그를 쏘아보다가 참지 못하고 한마디를 내뱉었다.

"너도 이제 어엿한 본 파의 존장이니 존장다운 체통을 지켜야 한다."

"알겠소. 잔소리는 사부님께 듣는 걸로도 충분하니 그만하고

어서 갑시다."

 하동원은 노해광이 다시 무어라고 하기 전에 재빨리 노해광의 팔을 잡아끌었다.

 노해광이 하동원의 팔에 이끌려 태화각에 들어섰을 때는 이미 적지 않은 인원들이 태화각의 대청에 모여 있었다. 종남파의 최고 어른인 전풍개를 제외한 대부분의 문하들이 그들을 기다리고 있는 것이다.

 서문연상은 장승표를 향해 한참 무어라고 열심히 떠들어 대고 있다가 노해광의 모습을 보자 입을 다물고 얌전한 얼굴로 앉아 있었는데, 그 모습이 어찌나 앙큼해 보였는지 노해광은 그녀의 뒤통수를 한 대 때려 주고 싶다는 생각이 들었을 정도였다.

 주위를 둘러본 노해광은 이내 낯선 사람의 모습을 발견하고는 눈을 빛냈다. 상당한 실력을 지닌 고수임을 한눈에 알 수 있는 중년인이 한쪽에 단정한 자세로 앉아 있었던 것이다.

 때마침 소지산이 그를 향해 다가왔다.

 "번거롭게 오시게 해서 죄송합니다, 사숙."

 소지산은 과묵하고 책임감이 강해서 노해광도 그에게는 신심(信心)이 컸다. 자연히 그를 대하는 음성도 부드러울 수밖에 없었다.

 "그렇지 않아도 너를 만나 할 이야기가 있었다. 그런데 대체 무슨 일이냐?"

 "사질녀에게 직접 들으시는 게 더 나을 듯싶습니다."

서문연상이 새침한 표정으로 앉아 있다가, 그 소리를 들었는지 재빨리 자리에서 일어나 노해광 앞으로 다가와 머리를 조아렸다.

"연상이 사숙조를 뵙습니다."

"그래, 대체 무슨 일로 제자 신분에 사문의 어른들을 몽땅 부른 거냐?"

서문연상은 그를 향해 예쁘게 웃어 보였다.

"제자가 이번에 밖에 잠깐 나갔다가 반가운 사람을 만났습니다. 검보에 있을 때 안면이 있던 분인데, 알고 보니 방화 사형의 가까운 친척이라고 하시더군요. 그래서 모시고 왔습니다."

노해광의 시선이 예의 그 중년인에게로 향했다.

중년인은 자리에서 일어나 정중하게 포권을 했다.

"난주(蘭州) 출신의 문옥립(文玉立)이라고 하오."

"종남의 노해광이오."

노해광은 간단하게 그와 인사를 주고받은 다음 지그시 그를 쳐다보았다.

"방화의 친척이라 하셨소?"

"친혈육은 아니지만 그의 아버님을 오랫동안 형님으로 모시고 있어서 그에게는 숙부와도 같다고 할 수 있소. 방화의 행적을 찾느라 제법 오랫동안 서안 일대를 뒤지고 다니다가, 이번에 방화가 종남파의 문하가 되었음을 알고 찾아오게 된 것이오."

노해광은 문득 생각난 듯 소지산을 돌아보았다.

"방화는 어디에 있느냐?"

"수련하느라 땀을 많이 흘려서 옷을 갈아입고 오느라 조금 지체되는 모양입니다."

노해광은 고개를 끄덕이고는 문옥립을 향해 말했다.

"방화를 만나려면 조금 더 기다려야 할 듯싶소."

문옥립이 신중한 표정으로 노해광을 바라보았다.

"그 점에 대해 한 가지 부탁드릴 것이 있소."

"말씀해 보시오."

"방화를 조용한 곳에서 단둘이 만났으면 하오."

"이유를 알 수 있겠소?"

문옥립은 잠시 침묵을 지켰다가 무거운 음성으로 입을 열었다.

"방화에게 형님의 마지막 말씀과 유품(遺品)을 전해 주려 하오."

그 말에 호기심 어린 표정으로 듣고 있던 주위 사람들의 표정이 모두 굳어졌다. 심지어 서문연상마저도 전혀 예상치 못했었는지 눈을 동그랗게 뜬 채 아무 말도 못하고 있었다.

방화는 좀처럼 자신의 신상(身上)에 대해 입을 열지 않았기 때문에 종남파에서는 아무도 그의 가족 관계나 출신을 아는 사람이 없었다. 그러다 모처럼 그의 친척이 찾아왔다고 해서 모두들 기뻐하고 있었는데, 그 친척이 전하는 소식이란 게 방화의 아버지의 죽음이라니 당황할 수밖에 없었다. 방화를 자신의 친조카처럼 아끼고 있던 장승표는 눈알까지 빨개져서 금시라도 울음보를 터뜨릴 것 같은 표정이었다.

"알겠소. 두 사람을 위해 따로 방을 내드리겠소. 방 사질, 네가 수고를 해 줘야겠구나."

노해광은 제일 아래 배분인 서문연상이 있음에도 굳이 방취아에게 부탁을 했다.

"예, 사숙."

방취아는 그가 서문연상에게 따로 물어볼 말이 있음을 알아차리고 공손하게 대답을 한 후 문옥립에게 자신을 따라오라고 말했다. 문옥립은 다시 한 번 감사의 인사를 하고는 방취아의 뒤를 따라 대청을 벗어났다.

두 사람의 모습이 시야에서 사라지자 노해광은 서문연상을 불렀다.

"저자를 검보에서 본 적이 있다고?"

추호의 거짓도 용납하지 않겠다는 듯 노해광이 두 눈을 날카롭게 번뜩이며 물어보자, 서문연상은 순간적으로 몸을 움찔거렸으나 이내 자신 있는 표정으로 고개를 끄덕였다.

"예, 사숙조님. 처음에는 긴가민가했었는데, 확실히 삼 년여 전에 저의 할아버님의 칠순 잔치에서 보았던 사람입니다. 그래서 확인해 보니 그때 방화 사형과 함께 검보에 왔었다고 하더군요."

"그의 이름이 정말 문옥립이냐?"

거듭된 질문에 서문연상의 눈빛이 조금 흐려졌다.

"그건 확실히 모르겠습니다."

노해광은 추상과도 같은 위엄 어린 눈으로 서문연상을 뚫어지게 바라보며 계속 날카로운 질문을 던졌다.

"그럼 정체도 확실치 않은 사람을 본 파로 데려왔단 말이냐? 그것도 모자라 문파의 어른들을 네 마음대로 불러 모으기까지 하다니, 대체 무슨 생각을 한 것이냐?"

노해광의 추궁이 어찌나 매서웠던지 서문연상의 커다란 눈에 살짝 눈물이 고였다. 하나 그녀는 입술을 꼬옥 깨물더니 한결 당당해진 표정으로 다부진 음성을 내뱉었다.

"제자는 그가 방화 사형의 친척이 확실하다면 기꺼이 본 파의 손님으로 맞이할 수 있다고 판단했습니다. 그리고 여러 어른들을 모시려고 한 건 그의 입을 통해서 강호로 나간 장문인과 본 파 고수들의 상황을 전해 들었기 때문에 그걸 알려 드리려고 한 것입니다."

의외로 조리 있는 서문연상의 대답에 노해광은 짙은 눈썹을 꿈틀거리더니 한결 누그러진 음성으로 말했다.

"비무행을 하고 있다는 장문인과 제자들의 최근 소식을 들었단 말이지?"

무섭게 자신을 질책하던 노해광의 기세가 한풀 꺾인 듯하자 그녀는 재빨리 고개를 끄덕이며 빠르게 말을 이었다.

"그렇습니다. 제자는 그 소식을 듣자 본 파의 모든 분들에게 어서 빨리 그 소식을 알려 기쁨을 모두와 함께 누리려고 한 것입니다."

중원으로 간 진산월과 다른 사람들의 소식을 알 수 있다고 하자 모두들 정색을 하고 귀를 쫑긋 세우는 모습이었다.

노해광은 가끔 경솔하고 천방지축으로 행동하는 그녀를 따끔하게 혼내려고 했었는데, 이미 기회가 지나가 버렸음을 알아차리고 속으로 쓴 입맛을 다실 수밖에 없었다.

'이 여우 같은 계집애가 약점을 파고드는 건 귀신같구나. 오늘

만 날이 아니니…….'

서문연상을 단단히 벼르고 있으면서도 노해광 자신도 그녀의 입에서 나올 소식이 궁금해서 묻지 않을 수 없었다.

"그자가 말한 소식이란 게 무엇이냐? 소상히 밝혀 보아라."

서문연상은 중인들의 이목이 자신에게 집중되었음을 확인하고는 이내 입가에 예전의 활기찬 미소를 지어 보였다.

"놀라지 마십시오. 장문인께서 무림구봉 중의 한 사람을 꺾었다고 합니다. 뿐만 아니라 비무행을 벌이고 있는 본 파의 다음 상대는 유명한 명문인 남궁세가였는데, 장문인께서 나오지도 않은 상태에서 일방적인 승리를 거두어 지금 중원 무림 전체가 그 일로 온통 들끓고 있다고 하더군요."

그 말에 중인들의 얼굴이 모두 활짝 펴지며 여기저기서 경호성이 터져 나왔다.

노해광은 중인들의 환호성을 뒤로한 채 급히 물었다.

"장문인이 무림구봉 중 누구와 싸웠다고 하더냐?"

"도봉인 금도무적 양천해와 싸웠는데, 지난 십 년간 강호에서 벌어진 싸움들 중 가장 무시무시한 격전이었다고 하더군요. 그 결과 양천해는 장문인의 검에 죽고, 장문인은 경미한 부상을 입었다고 했습니다."

그 말에 노해광조차도 놀란 표정을 숨기지 못했다.

양천해는 무림구봉 중에서도 순수한 무공 실력만으로는 상위권에 드는 절대 고수이며, 특히 도에 관한 한은 그야말로 전설적인 인물이었다. 무공광(武功狂)으로 유명한 그와 진산월이 어떻게 시비가 붙어 싸우게 되었는지는 모르지만, 정당한 승부에서 그를 쓰러뜨렸다는 건 진산월의 검법이 어떤 경지에 올라와 있는지를 만천하에 똑똑히 보여 준 일대 쾌거라고 하지 않을 수 없었다.

서문연상은 중인들의 들뜬 반응에 고무되었는지 신이 난 얼굴로 계속 입을 조잘거렸다.

"또한 본 파는 남궁세가와 비무를 벌였는데, 장문인과 낙 사숙은 나오지도 않고 꼬마 사형과 전 사숙, 그리고 새로운 고수 한 분이 차례로 나와서 남궁세가에 일방적인 승리를 거두었다고 하더군요. 꼬마 사형도 비기기는 했지만 사실상 이긴 것과 마찬가지 상황이어서 모든 사람들이 놀랐다고 합니다."

"새로운 고수라니?"

"성씨 성을 쓰는 분이라고 하는데, 제자는 처음 듣는 이름이라서…… 그분이 남궁세가의 최고 고수를 꺾었다고 하더군요."

서문연상이 쭈뼛거리며 말하자 노해광은 하동원을 힐끔 쳐다보았다. 하동원은 입을 반쯤 벌린 채 그녀의 말을 듣고 있다가 노해광의 시선을 알아차리고 이내 함박웃음을 지으며 고개를 끄덕였다.

"성 사형이 장문인 일행에 합류한 모양이군요. 제가 말했지 않습니까? 성 사형의 실력이라면 무림구봉을 제외한 누구라도 상대할 만하다고."

노해광의 눈꼬리가 꿈틀거렸다.

"성락중이 남궁세가의 최고수를 이길 정도의 실력을 지녔다고?"

하동원은 입가에 비실비실 미소를 그치지 않았다.

"예전에 백 사형이나 노 사형에게 한 수 지고 들어가던 성 사형이 아닙니다. 그동안 이십 년 넘게 미친 사람처럼 검만 파고들었는데 그 정도 실력이 되지 않을 리 있겠습니까? 그야말로 검귀(劍鬼)나 마찬가지였다니까요."

노해광은 잠시 침음하다가 조용한 음성으로 말했다.

"그때도 백동일은 몰라도 나보다 약한 실력은 아니었다. 다만 성락중의 성격이 너무 온화하고 부드러워서 나에게 양보했던 것이지. 그런 성격으로 용케도 그 정도 실력을 키웠구나."

"그런 성격이라서 가능했던 걸지도 모릅니다. 온화한 사람이 화를 내면 더 무서운 법 아닙니까?"

노해광은 묵묵히 고개를 끄덕였다.

그러다 문득 주위를 둘러보았다. 종남파 사람들은 서문연상의 주위에 모여들어 그녀의 말에 귀를 기울이고 있었고, 서문연상은 잔뜩 흥분한 표정으로 열심히 입을 놀리고 있었다.

자신이 종남파에 머무른 며칠 사이에 그런 큰일이 있었다는 것도 뜻밖이었지만, 화산파와 격돌할지도 모르는 긴박한 상황에서 이런 소식이 들려왔다는 것도 놀라운 일이었다. 노해광은 기쁨과 뿌듯함, 그리고 중원행을 나가 있는 장문인과 제자들에 대한 대견함으로 가슴이 충만해졌다. 화산파와 어떤 일이 벌어져도 능히 감당할 수 있겠다는 자신감이 들었다.

'본 파는 더 이상 예전의 나약한 문파가 아니다. 화산파가 아니라 그 어떤 곳이라도 능히 감당할 수 있는 역량을 갖춘 곳이다. 본 파는…… 강하다!'

이럴 때 문득 종남파의 부흥을 위해 홀로 모진 고생을 하던 임장홍의 모습이 떠오르는 것은 무슨 이유일까?

노해광은 한동안 마음속의 격동을 억누르지 못하고 몸을 가늘게 떨고 있다가 한 차례 깊은 심호흡을 하고는 슬쩍 소지산을 눈짓해 불렀다.

소지산은 이내 그의 눈짓을 알아차리고 조용히 다가왔다.

"제게 하실 말씀이 있으십니까, 사숙?"

소지산의 표정은 여전히 덤덤해서 환호작약하는 중인들의 모습과는 전혀 달라 보였다. 하나 그를 오래 보았던 사람이라면 좀처럼 표정 없는 소지산의 입꼬리가 조금 올라가 있다는 걸 알아차렸을 것이다.

노해광은 다른 사람들과 달리 침착함을 유지하고 있는 그의 모습이 오히려 믿음직스러운지 그를 한동안 부드럽게 바라보더니 이내 목소리를 낮추었다.

"조금 전에 서문연상이 데려온 문옥립이란 자 말이다."

"예, 사숙."

"일전에 그와 비슷한 자의 용모파기를 본 적이 있다."

소지산은 조용히 그의 말에 귀를 기울였다.

"몇 달 전 일이라 기억 속에서 끄집어내는 데 제법 애를 먹기는 했지만, 곧 확실하게 떠올릴 수 있었지. 내 기억이 맞다면 그의 본명은 문옥립이 아니다."

노해광의 눈빛이 어느 때보다 예리하게 빛나고 있었다.

"내가 본 용모파기는 초가보의 수뇌급 인물들에 대한 것이었다. 그때 그 인물화의 밑에 적힌 이름은 '혈화창 우문화룡(宇文化龍)'이었다."

* * *

방화는 무심코 방문을 열고 안으로 들어갔다. 자신을 찾아온 사람이 있다는 소지산의 말에 아무 생각 없이 방 안으로 들어선 방화는 이내 한 사람을 볼 수 있었다.

"오랜만이구나, 화아야."

그 사람이 조용한 음성으로 말하는 모습을 방화는 우두커니 보고 있었다. 마치 무언가에 머리를 강하게 맞은 사람처럼 그는 두 눈을 크게 뜬 채 망연자실한 모습으로 그 사람에게 시선을 고정시킨 채 꼼짝도 않고 있었다. 그러다 자신도 모르게 떨리는 음성을 내뱉었다.

"어…… 어떻게 숙부가 이곳에……."

방화는 갑자기 주위를 둘러보더니 그에게 손짓했다.

"어서 가세요. 그리고 다신 이곳에 오지 마세요. 숙부는 자신이 어떤 신분이었는지 잊었단 말입니까?"

그의 얼굴에는 다급한 표정이 가득 떠올라 있었다.

우문화룡은 고개를 저으며 자신의 앞에 있는 의자를 가리켰다.

"그렇게 불안해 할 필요 없다. 나는 어떠한 일이 닥치든 기꺼이 감당할 각오가 되어 있으니 말이다. 이리 앉아라. 너에게 할 이야기가 있다."

방화는 여전히 불안한 표정을 감추지 못하면서도 우문화룡의 말에 따라 그의 앞에 있는 의자에 앉았다. 우문화룡은 한동안 그를 가만히 살펴보다가, 이내 입가에 엷은 미소를 지어 보였다.

"키가 무척 커졌고, 체구도 많이 건장해졌구나. 남자다운 느낌도 물씬 풍기고…… 형님이 너를 보셨다면 얼마나 기뻐하셨을지 그 모습이 눈에 선하구나."

자신의 아버지에 대한 이야기가 나오자 방화의 얼굴 표정이 더할 수 없이 무겁게 굳어졌다.

우문화룡은 아랑곳하지 않고 말을 계속했다.

"너를 찾아 지난 몇 달간 서안 일대를 이 잡듯이 뒤지고 다녔다. 형수님의 무덤에 네가 왔다 간 흔적이 없었다면 어쩌면 네가 서안을 떠났다 생각하고 너를 찾는 걸 포기했을지도 모르지."

방화는 여전히 입을 굳게 다문 채 아무 말이 없었다.

우문화룡은 방화의 얼굴을 뚫어지게 주시했다.

"네가 종남파의 제자가 되었다는 걸 알았을 때 솔직히 커다란 충격을 받았다. 서안 일대를 그토록 돌아다녔어도 종남파 쪽으로는 신경을 쓰지 않았는데, 네가 설마 종남파에 몸을 담고 있을 줄은 정말 상상도 못했구나."

"……."

"네 선택이 잘못되었다고 탓하고 싶은 생각은 없다. 너도 이제는 스스로의 인생을 결정할 수 있는 나이이며, 나름대로의 생각이 있기에 종남파의 제자가 된 것이겠지. 그 점은 충분히 이해하고 있다."

우문화룡은 품속에서 하나의 물건을 꺼내 방화에게 내밀었다.
"받아라."
그 물건을 본 방화의 눈빛이 크게 흔들렸다.
그것은 푸른빛이 감도는 작은 옥패였다. 그 옥패는 진귀한 청옥(靑玉)으로 만든 것이어서, 몸에 지니고 있으면 머리가 맑아질 뿐 아니라 몸의 잔병을 없애고 진기의 흐름을 원활하게 하는 효능을 지니고 있었다.
그 옥패의 한쪽에는 '행복안강(幸福安康)'이라는 글귀가 음각되어 있고, 그 밑으로 조그맣게 '위부(爲父)'라고 쓰여 있었다. 반대편에는 '붕정만리(鵬程萬里)'라는 문구와 '차생(此生)'이라는 단어가 새겨져 있었다.
이 옥패는 방화의 열두 번째 생일날 그의 아버지가 그에게 준 것으로, 방화가 가장 아끼던 물건이었다. 하나 어머니가 불의의 사고로 세상을 뜬 후 방화는 이 물건을 방 안에 던져 놓고 훌쩍 집을 떠났던 것이다.
방화는 옥패를 받아 든 채 멍하니 그 옥패를 내려다보고 있었다. 우문화룡은 하염없이 옥패만 바라보고 있는 방화를 측은한 눈으로 응시하더니 나직한 음성으로 말했다.
"형님께서는 네 방에서 그 옥패를 발견한 후 돌아가실 때까지도 품에 간직한 채 한시도 떼어 놓지 않으셨다. 네가 가지고 나가는 것을 깜박 잊었을 거라며 언제고 돌아올 때까지 대신 보관하고 있겠다고 하셨지."
"……."

"형님이 어떻게 돌아가셨는지 묻지도 않을 생각이냐?"

방화의 어깨가 크게 흔들렸다. 하나 그는 입을 굳게 다문 채 끝까지 아무 말도 하지 않았다.

우문화룡은 한동안 묵묵히 그를 바라보고 있다가 뜻 모를 한숨을 내쉬었다.

"초가보가 무너지는 것을 직접 본 형님은 더 이상 세상을 살아갈 기력이 없으셨다. 그분에게는 그것이 처음이자 마지막으로 주어진 기회였으니까. 결국 생(生)의 유일한 기회마저 놓치고 만 형님은 스스로의 인생을 포기할 수밖에 없었다. 그분의 시신은 내가 좋은 곳으로 모셨으니 걱정하지 않아도 된다."

방화는 두 눈을 질끈 감았다. 유난히 기다란 그의 속눈썹이 끊임없이 떨리는 모습이 애처로워 보였다.

무거운 침묵이 방 안의 공기를 짓누르고 있었다. 방화는 여전히 눈을 감은 채 미동도 않고 있었고, 우문화룡도 더 이상은 말을 잇지 못한 채 침울한 표정으로 앉아 있었다.

침묵을 깬 사람은 의외로 방화였다. 그는 거의 알아차릴 수도 없을 만큼 조그만 목소리로 무어라고 중얼거렸다. 다행히 우문화룡은 누구보다도 귀가 예민한 사람이어서 그의 웅얼거리는 듯한 말을 용케도 알아들을 수 있었다.

그것은 아버지가 자신에게 남긴 말은 없었느냐는 물음이었다.

우문화룡은 짤막하게 답변했다.

"두 마디뿐이었다."

방화가 감았던 눈을 뜨고 자신을 쳐다보자 우문화룡은 천천히 허공으로 시선을 돌렸다.

그의 뇌리에는 공허한 눈으로 자신을 응시한 채 눈물짓고 있던 방룡의 마지막 모습이 선명하게 떠오르고 있었다. 벌써 몇 달 전의 일이건만 마치 어제의 일처럼 모든 것이 너무도 분명히 기억에 생생하게 남아 있었다. 그때의 떨림, 그때의 허탈함, 그때의 깊은 슬픔과 고독. 그 모든 감정들이…….

우문화룡은 그 모든 기억들을 방화에게 전해 주고 싶었지만, 그가 해 줄 수 있는 말은 방룡이 남긴 마지막 말뿐이었다.

"미안하다. 정말 미안하다……."

그의 음성은 깊은 울림을 담고 방 안을 한동안 메아리치는 것 같았다.

방화의 두 눈에 촉촉한 물기가 배어 나왔다. 그 물기는 이내 두 줄기 뜨거운 눈물이 되어 그의 뺨을 적셨다. 한 번 흘러내린 눈물은 멈추지 않고 계속되었다. 방화는 두 손을 입에 대고 목구멍에서 흘러나오는 흐느낌만큼은 들리지 않게 하려고 했지만 그것은 불가항력적인 것이었다.

이제는 제법 건장해진 그의 어깨가 끊임없이 흔들리며 나직한 흐느낌이 흘러나왔다. 우문화룡은 그의 어깨를 두드려 주려고 손을 내밀었다가 거두고 말았다. 이럴 때의 위로란 불필요한 것임을 깨달았던 것이다.

방화 일가는 감숙성(甘肅省) 난주(蘭州)가 고향이었다. 방룡은 어려서부터 난주의 후미진 뒷골목에서 어렵게 자라났지만, 마음

만은 누구보다도 넓고 해활(海闊)했다. 그는 지금은 한없이 비루하고 초라한 자신이지만, 언젠가는 저 넓은 중원을 호령하는 뛰어난 인물이 될 것이라고 입버릇처럼 말하고 다녔다.

그것을 위해서 그는 자신이 할 수 있는 모든 것을 다했다. 날품팔이를 하여 조금씩 모은 돈으로 작은 무관(武館)을 다녔고, 거기에서 배운 것을 필사적으로 연습했다. 그러다 실력이 늘어나고 돈을 모으면 좀 더 큰 무관으로 옮기는 생활을 몇 년이고 계속했다.

그의 노력과 재질이 빛을 발한 건 그가 세 번째로 무관을 옮겼을 때였다. 난주 제일의 무관인 백룡관(白龍館)의 관주인 청천백룡(靑天白龍) 채만익(蔡萬翊)은 방룡의 재질이 범상치 않은 것을 한눈에 알아보고 일개 문하생인 그를 자신의 직전 제자(直傳弟子)로 받아들였다.

처음으로 채만익의 정식 제자가 되는 날, 방룡은 채만익의 무남독녀인 채소하(蔡小霞)를 알게 되었다. 그녀는 조용한 성품의 아름다운 아가씨였고, 방룡은 야망에 불타는 투지 넘치는 젊은이였다. 두 사람은 처음 본 순간부터 서로에게 호감을 느꼈고, 곧 자신들만의 사랑을 가꿔 가기 시작했다.

우문화룡이 방룡을 만난 것도 그 즈음이었다.

채만익과 가장 친한 사이인 난화신창(蘭花神槍) 탕효(湯梟)의 수제자였던 우문화룡은 남몰래 채소하를 짝사랑하고 있었는데, 그녀가 다른 사람과 사귄다는 말에 불같이 화를 내고 방룡에게 도전장을 내밀었다.

방룡은 서슴지 않고 그의 도전을 받아 주었으며, 불과 오초도 되지 않아 무수히 얻어맞고 말았다. 나중에야 우문화룡은 방룡이 채만익의 정식 제자가 된 지 얼마 되지도 않았으며, 제대로 무공을 배운 것도 그리 오래되지 않은 신출내기임을 알고 허탈한 웃음을 지을 수밖에 없었다. 그런 실력으로 겁도 없이 자신의 도전을 선뜻 받아들였던 것이다.

'내 여자를 지키기 위한 싸움은 결코 피하지 않는다.'는 방룡의 대답에 우문화룡은 쓸쓸히 돌아설 수밖에 없었다.

우문화룡이 방룡을 다시 만난 것은 그로부터 오 년 후였다.

그때 방룡은 전혀 다른 고수가 되어 있었다. 예전에 자신의 창을 제대로 피하지도 못하고 두들겨 맞던 애송이는 어디론가 사라지고 표범처럼 날카롭고 매처럼 사나운 한 명의 강호인이 그의 앞에 서 있었다.

이번에는 방룡이 그에게 먼저 도전을 해 왔다. 그리고 우문화룡은 백여 초 만에 그의 손에 처참하게 패하고 말았다. 그때 우문화룡은 평생 그를 따를 것을 결심했고, 지금까지 그 결심을 단 한 번도 후회한 적이 없었다.

방룡이 채소하와 결혼한 것은 그다음 해였다.

두 사람의 신혼 생활은 무척 단란했으며, 일 년 후에 행복의 결실인 방화가 태어났다. 아마 그때가 방룡의 일생에서 가장 행복하고 평화로운 시기였을 것이다.

하나 그 행복은 이내 어두운 그림자로 물들기 시작했다. 그것은 아마도 방룡의 사부이자 장인인 청천백룡 채만익의 죽음에서 비롯되었을 것이다.

채만익은 난주 제일의 무관을 운영하기는 했지만 무공 실력은 난주 최고라고 하기에는 미흡했다. 실제로 그는 친구인 탕효보다도 아래 수준의 고수로 평가받고 있었다. 그런데 어느 날 화산파의 속가 제자인 장진원(張進遠)이란 자가 난주에 무관을 차린 것이다. 더구나 그가 백룡관의 바로 길 건너편에 쌍룡무관(雙龍武館)이라는 이름을 내걸었으니 채만익으로서는 어이가 없다 못해 분통이 터질 일이 아닐 수 없었다.

항의하는 채만익에게 장진원은 공개 비무를 제안했고, 채만익으로서는 그 제안을 거절할 수가 없었다. 결국 난주의 대로 한복판에서 비무를 벌인 끝에 채만익은 장진원에게 치욕적인 패배를 당하고 말았다. 그때 방룡은 우문화룡과 함께 산서 지방을 여행하고 있었다.

그가 소식을 듣고 난주로 급히 돌아왔을 때는 이미 채만익이 비무에서 입은 부상의 후유증에 화병까지 겹쳐 세상을 떠나 버린 후였다.

방룡은 대노하여 장진원에게 도전장을 냈으나 장진원은 일언지하에 거절하고 말았다. 명목상으로는 채만익이 비명에 갔는데 그의 제자마저 그렇게 만들 수는 없다는 것이었으나, 이미 방룡의 무공이 채만익을 능가한다는 것을 알고 있는 장진원이 의도적으로 그를 피해 버린 것이다.

방룡은 갖은 방법을 다해 장진원과 싸우려 했으나 그를 만날 수조차 없었다. 그리고 때마침 화산파의 장로와 제자 몇 사람이 찾아와 쌍룡무관에 머무르는 바람에 쌍룡무관은 난주에서 일종의 성역처럼 되어 버렸다.

그때 방룡은 자신의 미약함과 명성의 힘을 절감할 수 있었다. 화산파라는 이름은 난주에서 평생을 살아온 채만익의 비극적인 죽음에 누구도 불만을 표출하지 못하도록 하는 막강한 위력이 있었다.

방룡이 자신만의 세를 불려야겠다는 생각을 한 것은 바로 그때부터였다. 방룡은 우문화룡과 함께 감숙성은 물론이고 산서성과 섬서성까지 돌아다니며 마음에 맞는 고수들을 찾아 수하로 받아들이기 시작했다.

하나 그 성과는 미미하기 그지없었다. 뚜렷한 명성도 없고, 뒤를 받쳐 줄 후원 세력도 없는 그를 따르려는 자들은 그리 많지 않았다.

아내인 채소하는 그런 그를 몇 번이나 만류해 보았으나 그는 그토록 사랑하는 아내의 애원도 뿌리치고 미친 사람처럼 세력을 모으기 위해 사방을 돌아다녔다.

그러다 그는 한 사람을 만나게 되었다. 그리고 어느 날부터인가 그의 휘하에 고수들이 모이기 시작했다.

채소하는 자신의 남편 곁에 정체를 알 수 없는 자들이 머무르는 광경을 그저 걱정스럽고 두려운 눈으로 바라보았으나 그녀가 할 수 있는 일은 아무것도 없었다.

세력이 일정 수준이 되자 방룡은 난주를 떠나 섬서성 서안 근처로 거처를 옮겼으며, 이름 또한 초관으로 바꾸어 자신의 신분을 탈바꿈했다. 그것은 자신의 과거를 완전히 버리겠다는 의미였으며,

강호에 새로운 실력자가 등장했음을 알리는 신호탄이기도 했다.

그때부터 방룡, 아니 초관의 행보는 거칠 것이 없었다. 하루가 다르게 늘어난 고수들의 숫자는 어느새 백 명을 넘었으며, 초관은 서안 일대를 장악하는 무시무시한 인물이 되어 버렸다.

하나 그럴수록 채소하와 그의 사이에는 두꺼운 벽이 생겨났고, 그 벽은 갈수록 높고 커져서 그들의 힘으로는 도저히 뚫을 수 없는 거대한 철벽이 되고 말았다.

그녀는 늘 난주로 돌아갈 것을 꿈꾸었고, 과거의 생활을 그리워했다. 하나 초관의 주위에 있는 자들은 그녀가 과거로 귀환하는 것을 결코 원하지 않았다. 그들은 초관이 철저히 신비한 인물로 남기를 원했고, 그가 자신들의 뜻대로 앞을 향해 나아가기만을 바라고 있었다. 그런 그들의 눈에 그녀는 한없이 불편하고 거슬리는 존재일 수밖에 없었다.

그녀는 몇 번이나 난주로 돌아가려 했으나 그때마다 그들에게 제지를 당했다. 그리고 마침내 비극이 일어났다. 다섯 번째로 가출을 실행했던 그녀가 벼랑에서 떨어진 시신으로 발견된 것이다.

그녀가 실제로 남들의 눈을 피하기 위해 위험천만한 벼랑으로 가다가 실족(失足)했는지, 아니면 누군가에 의해 불의의 변(變)을 당했는지는 아무도 알지 못했다. 다만 한 사람, 그녀의 아들인 방화만이 비통과 절망에 차서 울부짖었을 뿐이었다.

"당신을 용서하지 않겠어요!"

방화는 아내의 죽음 앞에서도 눈물 한 방울 보이지 않는 매정한 아버지를 향해 고래고래 악을 썼다. 그리고 그로부터 얼마 후, 방화는 애지중지하던 청옥패를 침상 위에 던져 놓은 채 모습을 감추어 버렸던 것이다.

　　　　　　　＊　＊　＊

"형님은 언제나 너와 형수님께 미안해 하셨다. 하지만 그로서는 다른 방법이 없었다. 때론 멈추거나 내릴 수 없는 마차도 있는 법이다. 형님은 이미 오래전에 그런 마차에 타고 있었던 거야."

묵묵히 우문화룡의 말을 듣고만 있던 방화가 번쩍 고개를 쳐들고 그를 쳐다보더니 처음으로 입을 열었다.

"아버지는 그 마차가 한 번 타면 다시는 내릴 수 없는 마차라는 걸 알고 계셨습니까?"

우문화룡은 잠시 머뭇거렸으나 이내 고개를 끄덕였다.

"그래. 분명하게 알고 계셨다."

"그런데도 그 마차를 타셨단 말입니까? 대체 그 이유가 무엇이었습니까?"

우문화룡은 무거운 한숨을 내쉬었다.

"꿈을 위해서다."

"꿈? 무슨 꿈을 말입니까?"

"어떤 문파, 어떤 고수에게도 굴하지 않고 당당하게 자신의 뜻을 관철시킬 수 있는 힘을 갖기를 원했지. 누구의 눈치도 보지 않고 강호에 오롯이 설 수 있기를 정말 간절히 원했던 거야."

"……!"

"화산파의 속가 제자에게 당하고도 복수조차 하지 못하는 비참한 신세는 절대로 되지 말자고 다짐했지. 그 다짐이 점차로 커져서 하나의 소망이 되고, 마침내는 평생 이루어야 할 커다란 꿈이 되어 버린 것이다."

방화는 다시 묻지 않을 수 없었다.

"그 꿈이 자신의 가족을 버리고 스스로의 인생에 족쇄를 채울 만큼 가치가 있는 것이었습니까?"

우문화룡은 성난 눈으로 자신을 응시하는 방화의 얼굴을 가만히 바라보고 있다가 다시 한 차례 나직한 탄식을 토해 냈다.

"그것은 가치 이전에 생존의 문제였다. 그 꿈조차 꾸지 못했다면 형님은 무림인으로서 더 이상 살아갈 아무런 의욕도 없었을 테니까."

방화는 겨우 그런 이유 때문에 사랑하는 아내와 자식을 내팽개 쳤느냐고 소리치려 했다. 하나 그는 그러지 못했다. 자신 또한 그런 꿈을 위해 살아온 사람들을 보아 왔기 때문이었다.

몰락한 문파를 일으켜 세우고 언젠가는 반드시 군림천하하겠다는 꿈 하나로 모진 세월을 견뎌 온 사람들이 바로 종남파의 고수들 아닌가? 남들이 볼 때는 너무도 터무니없고 이루어질 수 없는 헛된 망상에 불과하다 해도 그들은 절실하게 그 꿈을 갈망해 왔으며, 그것을 이루기 위해서 자신들의 모든 것을 내던져 왔다. 방화 자신도 기꺼이 그 꿈에 동참하여 지금까지 달려오지 않았던가?

종남파가 꾸었던 꿈과 아버지인 방룡이 꾸었던 꿈은 다를 게 없었다. 단지 종남파는 지금도 그 꿈을 향해 착실히 앞으로 나아가고 있는 중이었고, 방룡은 처참하게 실패하고 말았다는 차이뿐이었다.

자신의 꿈을 이루기 위해 모든 것을 던졌다가 실패했다고 해서 그 사람을 비난할 수는 없는 일이었다. 하지만 그렇다면 어머니의 허무한 죽음과 자신의 비참한 소년 시절은 누가 보상해 준단 말인가?

방화는 복잡한 심정이 되어 한동안 말문을 열지 못했다.

우문화룡은 무거운 얼굴로 수시로 변하는 방화의 모습을 가만히 바라보고만 있었다. 방화의 심정을 누구보다도 잘 알고 있는 그로서는 더 이상의 어떤 말도 해 줄 수 없었다. 그것은 순전히 방화 혼자의 힘으로 극복해야 할 일이었다.

장내가 한없이 무거운 침묵에 휘감겨 있을 때, 멀지 않은 곳에서 그 광경을 조용히 지켜보고 있는 두 사람이 있었다. 노해광과 소지산이었다. 그들의 표정 또한 무겁기는 마찬가지였다.

"방화가 초가보주 초관의 아들이었을 줄은 미처 몰랐군."

노해광이 낮은 목소리로 말하자 소지산은 고개를 숙였다.

"제자의 신상도 제대로 파악하지 못했으니 모두 사부인 저의 불찰입니다."

"그렇게 따지자면 신분도 확실치 않은 자를 문하로 받아들인 장문인의 잘못이겠지. 네가 자책할 필요는 없다. 때로는 불가항력적인 일도 있는 법이다. 초가보주의 하나뿐인 아들이 초가보와 싸우고 있는 본 파의 제자로 들어오리라고 누가 상상이나 할 수 있었겠느냐?"

소지산은 묵묵히 고개를 끄덕였으나 표정은 여전히 침울하게 가라앉아 있었다.

노해광은 아직도 입을 굳게 다문 채 마주 보고 앉아 있는 두 사람에게 시선을 고정시키며 천천히 입을 열었다.

"그나저나 혈화창 우문화룡이라니, 의외의 변수로구나. 그와 그가 이끄는 수신대는 초가보에서도 가장 핵심적인 전력이었는데, 그들을 어떻게 대해야 할지 모르겠군."

"초가보가 본 파에 의해 무너졌으니 그들이 본 파에 적개심을 가지고 있지 않겠습니까?"

"그게 일반적인 생각인데, 만약 그랬다면 우문화룡이 정체가 드러날 위험을 감수하면서까지 자기 발로 본 파를 찾아오지는 않았을 게다."

"사숙의 생각은 어떠십니까?"

노해광은 잠시 골똘히 생각에 잠겨 있다가 조용한 음성을 내뱉었다.

"어떤 일은 직접 부딪쳐 보는 것이 올바른 해답일 때가 있다. 잠시 후에 우문화룡을 만나서 그의 입으로 직접 답을 들어 보는 게 좋을 듯하구나."

제 245 장
도과난관(渡過難關)

제245장 도과난관(渡過難關)

야심한 밤이었다.

주위는 아주 조용했고, 짙은 어둠만이 사위(四圍)를 감싸고 있었다.

손풍은 한 차례 주위를 둘러보았다.

준비는 완벽했다. 봇짐은 이미 저녁때부터 조금씩 싸기 시작해서 정리를 마쳤고, 옷도 잘 차려입었다. 빠진 것이 없나 주위를 둘러보았으나 텅 빈 침상만이 동그마니 있을 뿐이어서 더 살펴보고 자시고 할 것도 없었다.

"완벽하군, 완벽해."

손풍은 혼잣말처럼 나직하게 중얼거리고는 이내 한숨을 내쉬었다. 자신이 어쩌다가 야밤에 도둑고양이처럼 남들 눈을 피해 내빼야 하는 신세가 되었는지 한심스럽기 그지없었던 것이다.

손풍은 갑자기 이를 부드득 갈았다.

"이게 모두 그 성락중인지 사숙조(師叔祖)인지 하는 자 때문이다."

종남파에서의 생활이 그럭저럭 마음에 들던 참이었다. 느닷없이 동행하게 된 강호행도 그리 나쁘지 않았고, 처음에는 낯설기만 했던 문파 고수들과도 조금씩 안면을 쌓아서 친한 사이가 되자 나름대로의 재미가 있었다. 그래서 손풍은 이렇게 지내는 것도 괜찮은 인생이라 생각하고 있었다.

그런데 그자가 나타난 뒤로 모든 것이 바뀌고 말았다.

그자에 대한 첫인상부터 그리 좋지 않았다. 대뜸 유소응을 말도 없이 데려가는 바람에 납치당한 줄 알고 한 차례 호들갑을 떨수밖에 없었고, 그로 인해 사람들의 눈총을 받아야 했다.

중년의 나이이긴 하지만 아버지보다 훨씬 어린 자에게 항렬로이 대(二代)나 뒤져서 사숙조라는 호칭을 사용해야 했으며, 말대꾸는커녕 고개조차 제대로 쳐들고 정면으로 바라볼 수도 없는 신분의 차이를 절감해야 했다.

그런 것까지는 다 참을 수 있었다. 더구나 그가 남궁세가의 최고 고수를 검으로 꺾는 광경을 눈으로 직접 목격한 뒤로는 조금씩 존경심도 생겨나고 있던 터였다. 그런데 그 망할 자가 내공을 가르쳐 준다고 자신을 부른 다음부터 모든 일이 꼬이기 시작한 것이다.

처음에 본격적으로 종남파의 진산 내공을 배운다는 말에 얼마나 흥분을 했던가? 장문인에게서 직접 배우지 못한 것이 조금 아쉽기는 했으나, 그래도 남궁세가의 최고수를 꺾은 진정한 실력자가 오랫동안의 노력 끝에 복원한 종남파의 실전 신공을 가르쳐 준다는 말에 흥분과 설렘으로 첫날에는 잠도 설칠 정도가 되었다.

하나 그 흥분은 이내 가라앉고 말았다. 그리고 찾아오는 것은 끝도 모를 지루함과 답답함이었다.

대체 제자리에 꼼짝도 않고 앉은 채 두 시진 동안 구결만 외우고 있으려니, 그게 제정신을 가진 사람이 할 짓인가?

더구나 앉은 자세가 조금만 잘못되어도 기다란 막대로 몸을 툭툭 치는데, 그때마다 뼛골이 시리는 것 같은 통증이 몸속을 마구 헤집어 버리는 것이었다. 어찌나 아팠는지 손풍은 그 막대가 대체 무엇으로 만든 것인지 나중에 몰래 살펴보기까지 했다. 그리고 그냥 나뭇가지를 대충 잘라 만든 평범한 나무 막대임을 알고 묘한 실망감에 한동안 멍하니 그 자리에 서 있어야 했다.

단지 그런 정도뿐이라면 아무리 성질 급한 손풍이라도 이렇게 야밤에 정들었던 문파를 몰래 떠날 생각까지는 하지 않았을 것이다.

문제는 구결을 모두 외우자 내공이 움직이는 길을 알게 해 준다며 성락중이 그의 몸속에 진기를 유입해 줄 때부터였다. 그때 손풍은 칼로 전신을 난자당한다는 검수지옥(劍樹地獄)이 어떤 것인지 알 수 있을 것 같았다. 온몸의 신경 하나하나가 끊어지는 듯한 통증과 불에 달군 쇠젓가락이 혈관 속을 쑤시고 지나가는 것 같은 엄청난 고통에 손풍은 비명을 내지르려 했다.

"절대 입을 열어서는 안 된다!"

성락중은 손풍이 입을 벌리는 것조차 허용하지 않았다. 비명을 지르지도 못하고 고통을 피할 길도 없어서 손풍은 몸부림을 치려고 했으나 어찌 된 일인지 손가락 하나 까닥할 수 없었다.

그런 시간이 무려 반 시진이나 계속되었다. 손풍은 완전히 늘어져서 그로부터 꼬박 한 시진 가까이나 그 자리에 죽은 듯이 쓰러져 있어야만 했다.

간신히 정신을 차린 그의 눈앞에는 성락중이 표정 하나 변하지 않은 얼굴로 앉아 있었다.

"내공이 지나간 길을 기억했느냐?"

성락중의 물음에 손풍은 대답 대신 욕설이라도 퍼붓고 싶었으나 그럴 힘도 없어서 그냥 간신히 고개만 내저을 뿐이었다.

다음 날, 겨우 기력을 회복한 손풍이 설마 이번에도 그러랴 싶어 성락중의 앞에 앉았을 때, 성락중은 어제와 똑같은 말을 하는 것이었다.

"내공이 지나가는 경로를 알게 해 주겠다. 뒤로 돌아앉아라."

손풍은 무심결에 고개를 흔들었다.

"싫습니다."

성락중은 말없이 손을 내밀었다. 손풍은 그 손을 피하려 했으나 이상하게도 꼼짝달싹할 수가 없었다. 결국 손풍은 그날도 어제와 마찬가지로 지옥 속의 반 시진을 보내야 했다. 어제와 다른 것은 검수지옥뿐 아니라 화탕지옥(火湯地獄)도 함께 느꼈다는 것이었다.

온몸이 검에 찔리고 뜨거운 용암굴 속에 들어가 있는 듯한 통증에 시달리던 손풍은 자신이 미치지 않고 멀쩡한 정신을 유지하고 있는 게 신통하게 느껴졌다.

이번에도 한 시진이나 퍼져 있다가 겨우 깨어난 그에게 성락중은 같은 질문을 던졌다.

"내공이 지나간 길을 기억했느냐?"

손풍은 필사적으로 대답했다.

"입 닥쳐."

성락중은 말없이 자리에서 일어나 밖으로 나갔다. 잠시 후에 다시 돌아온 그의 손에는 예의 나무 막대가 쥐어져 있었다. 손풍은 그 나무 막대에 한참이나 시달린 다음에야 겨우 자리에서 일어날 수 있었다.

"존장에게 불손한 말을 하는 것은 기사멸조(欺師蔑祖)에 해당된다. 한 번만 더 이런 일이 벌어지면 네 팔을 자르겠다."

성락중이 바늘로 찔러도 피 한 방울 나오지 않을 것 같은 얼굴로 말하는 광경을 손풍은 말 한 마디 못하고 지켜보아야만 했다.

삼 일째 되는 날, 성락중에게 가는 손풍의 걸음은 영락없이 도살장으로 끌려가는 소를 연상케 했다. 성락중은 이번에는 내공의 경로를 알게 해 주겠다는 말도 하지 않고 그냥 손짓으로 돌아앉으라는 시늉만 했다.

손풍은 여기서 '내가 미쳤느냐?'고 반항할까 하는 고민을 잠시 했으나, 그랬다가는 성락중이 진짜로 자신의 팔을 자를 게 분명한지라 어쩔 수 없이 그의 앞에 등을 돌리고 앉았다. 그때 그의 몸이 덜덜 떨렸던 것은 결코 그가 심약하기 때문만은 아니었다.

이번에는 어제의 두 가지 지옥과 함께 새로운 지옥 하나를 더 경험했다. 그것은 온몸이 빙굴 속에 처박힌 듯한 한빙지옥(寒氷地獄)이었다. 뜨겁고 차가운 느낌을 어째서 동시에 느낄 수 있는지 손풍은 도무지 이해할 수 없었지만, 고통이 어제보다 더 심해진 것은 분명하게 알 수 있었다.

일생보다도 더 긴 듯한 반 시진이 지나고, 그는 다시 한 시진을 누워 있었다. 이대로 그냥 계속 정신을 잃고 싶었지만 어떻게 알았는지 그가 정신을 차리자마자 성락중은 예의 그 지긋지긋한 질문을 던져 왔다.

"내공이 지나간 길을 기억했느냐?"

손풍은 고개조차 흔들지 않았다. 고개를 흔들 여력이 없었는지, 아니면 반발심에서 그랬는지는 아무도 알 수 없을 것이다. 다만 손풍은 욕설을 내뱉지 않은 자신에 대해 스스로를 대견스러워했다.

그리고 그때, 손풍은 야반도주를 결심했다.

이대로 계속 가다가는 불교의 열 가지 지옥을 모두 맛볼 게 분명해진 이상, 하루라도 빨리 이 지옥을 벗어나는 것만이 자신의 살길이라고 생각했다. 대체 자신이 왜 이런 고통을 겪어야 하는지 이유라도 알았다면 이렇게 억울하고 원통하진 않았을 것이다.

성락중은 한없이 점잖게 생긴 외모와는 달리 흉악하고 사람을 괴롭히기 좋아하는 악독한 인물임이 분명했다. 그런 자를 사문의 존장이랍시고 한때나마 존경했었다니, 얼마나 한심스러운 일인가?

종남파 또한 자신을 정당한 한 명의 제자가 아니라 괴롭히고 골탕 먹이는 존재로만 생각하고 있는 것이 확실했다. 그런 줄도 모르고 그들을 따르고 함께 지내며 좋아했던 자신이 너무도 어리석었다. 이제 그 어리석음을 벗어던질 때가 온 것이다.

손풍은 봇짐을 들고 다시 한 차례 방 안을 둘러본 다음 서슴없이 몸을 돌렸다.

'안녕, 종남파여…… 안녕, 무림인의 꿈이여……!'

손풍은 비장한 표정을 지으며 방문을 열었다.

방문 앞에 동중산이 서 있었다.

"어딜 가느냐, 사제?"

"으헉!"

손풍은 지옥에서 온 염라귀(閻羅鬼)라도 만난 사람처럼 소스라치게 놀랐다. 그러다 앞에 있는 사람이 동중산임을 확인하고는 버럭 소리를 내질렀다.

"깜짝 놀랐잖소? 대체 야밤에 왜 남의 방문 앞에 서 있는 거요?"

"무얼 그리 놀라나? 자네야말로 야밤에 어딜 가려고 봇짐까지 싸 들고 나오는 건가?"

동중산의 물음에 손풍은 지그시 입술을 깨물었다. 그러더니 이내 싸늘한 음성으로 말했다.

"비키시오. 당신과는 상관없는 일이오."

"나는 자네의 대사형인데 어찌 자네의 일에 상관이 없겠나? 어찌 된 일인지 내게 말해 보게."

동중산이 부드러운 음성으로 말했으나 손풍은 고개를 흔들며 한층 더 차가워진 음성을 내뱉었다.

"당신과는 할 말이 없소. 어서 비키시오."

"사형제 사이에 못할 말이 뭐가 있겠나? 나에게만 말해 보게."

손풍의 얼굴이 험악하게 일그러졌다.

"비키라니까. 내 말 안 들리오?"

"밤중에 그렇게 소리를 지르면 사문의 어른들이 깨어나지 않겠나? 나에게 사정을 설명해 보게. 어떤 말이든 기꺼이 들어 주겠네."

"이 애꾸야! 빨리 비켜!"

사문의 어른들이 깨어난다는 말에 마음이 급해진 손풍이 벌컥 화를 내며 동중산의 몸을 밀어제쳤다. 하나 동중산은 꿈쩍도 않고 그 자리에 우뚝 선 채 문 앞을 비키지 않았다.

"사제, 한 번만 더 생각해 보게. 사숙조께선 절대로 아무런 의미 없이 남을 괴롭힐 분이 아니네. 만약 사숙조가 그런 분이셨다면 장문인께서 자네를 그분에게 맡기셨을 리가 없네."

손풍은 이미 화가 머리 꼭대기까지 치밀어 올라 동중산의 말이 귀에 들어오지 않았다. 그는 자신의 앞을 막고 있는 동중산이 너무도 미워서 주먹을 마구 휘둘렀다.

"이 애꾸야, 너도 똑같은 놈이야! 이 마귀 같은 놈들!"

퍽퍽!

동중산은 반항하지 않고 그의 주먹을 고스란히 맞았다. 그러면서도 계속 손풍을 설득하려고 애를 썼다.

"그분도 자네가 고통스러워할 때는 항상 심각한 눈으로 자네를 지켜보고는 했네. 자네는 기절하느라 몰랐겠지만, 자네가 누워 있는 한 시진 동안 그분도 자네 곁에 앉아서 꼼짝도 않고 자네를 돌보고 있었네. 그분의 그런 마음을 자네는 알아야 하네."

퍽!

마침내 손풍이 세차게 내지른 주먹에 동중산의 입술이 터져 피가 흘러나왔다. 그래도 동중산은 손풍을 향해 말하는 것을 멈추지 않았다.

"장문인 또한 자네가 고통에 신음할 때는 멀지 않은 곳에서 줄곧 자네를 주시하고 있었네. 전 사숙도 그 시간에는 아무것도 하지 않은 채 우두커니 앉아 있고, 유 사제는 아예 후원에서 미친 듯이 검만 휘두르고 있었다네. 자네뿐 아니라 본 파의 모든 사람들이 자네와 함께 고통스런 시간을 보내고 있는 것일세. 자네의 고통을 조금이라도 나누어 가질 수 있다면 모두들 기꺼이 그렇게 했을 걸세. 나도."

손풍의 손은 어느새 멈추어 있었다. 손풍은 동중산의 가슴을 때리던 자세 그대로 멍하니 선 채 몸을 부르르 떨고 있었다. 그러다 고개를 떨구며 떨리는 음성으로 중얼거리듯 말했다.

"나는…… 나는 참을 수가 없었어……."

동중산은 말없이 손풍의 어깨를 가만히 두드려 주었다.

손풍은 그의 가슴에 얼굴을 묻고 가늘게 흐느꼈다.

"나는…… 나는 정말 참으려고 했지만…… 더 이상은……."

손풍은 한참이나 동중산의 품에 안겨 소리 없는 눈물을 흘리고 있었다. 동중산 또한 아무 말도 하지 않고 그의 어깨를 쓰다듬고만 있었다.

한참 후에야 고개를 쳐든 손풍은 입술에서 피가 나고 여기저기에 멍이 든 동중산의 얼굴을 멀거니 쳐다보다가 힘겹게 물었다.

"대사형…… 괜찮소?"

동중산은 아직도 눈가에 물기가 살짝 고여 있는 손풍을 향해 빙긋 웃어 보였다.

"사제의 주먹은 아직 멀었어. 내공이 담기지 않아서 연약한 여인네의 솜방망이 주먹 같았네."

손풍은 소매로 슬쩍 눈을 훔치며 다시 주먹을 들어 보였다.

"그건 내가 손에 사정을 봐줘서 그런 거요. 다음에는 진짜 제대로 된 주먹맛을 보여 주겠소."

"그때는 나도 맞고 있지만은 않을 걸세."

손풍은 물기 젖은 얼굴로 피식 웃더니 손에 들고 있던 봇짐을 방 안으로 던져 버렸다. 그러고는 동중산을 향해 짐짓 쾌활한 음성을 던지는 것이었다.

"얼굴의 붓기를 빼는 데는 술이 최고인데, 어떻소? 지금 한잔하는 것이?"

동중산은 입가에 엷은 미소를 지어 보였다.

"그런 괴상한 말은 처음 들어 보는군. 그래도 아끼는 사제의 말이니 이번에는 들어주지. 딱 한 잔만일세. 내일은 먼 길을 가야 하니 말일세."

두 사형제는 어깨를 나란히 한 채 밖으로 나갔다.

그들의 모습이 사라진 후 어둠 속에서 두 사람의 인영이 모습을 드러냈다.

성락중은 깊은 빛이 담긴 눈으로 멀어지는 두 사람의 뒷모습을 보고 있다가 조용한 음성으로 말했다.

"아무래도 내가 너무 성급했던 것 같군. 자칫했으면 일을 망칠 뻔했네."

진산월은 담담하게 그의 말을 받았다.

"사숙의 잘못이 아닙니다. 한 번쯤은 겪어야 할 일이었습니다."

성락중은 가벼운 한숨을 내쉬었다.

"그의 몸속에 있는 기운이 그토록 강력한 것이었을 줄 미처 몰랐으니 내 불찰이나 마찬가지일세. 처음에는 그냥 가벼운 타혈(打穴)만으로 충분하다고 생각했었는데 오히려 기운이 폭발하듯 요동치게 만들어 버렸으니……."

원래 성락중의 계획은 손풍의 몸속에 있는 기운을 조금씩 일깨우기 위해 타혈진맥(打穴震脈)을 사용하는 것이었다. 처음에 손풍이 나무 막대로 가볍게 맞은 것이 바로 타혈진맥이었다.

손끝의 힘을 싣는 데 세심한 신경을 써야 하고 정확한 혈도 부위를 찍어야 하기 때문에 상당한 심력을 소비하는 수법이었지만 그래도 체내의 기운을 일깨우는 데는 가장 안전하고 확실한 방법이기도 했다. 그런데 손풍의 몸속에 있는 기운이 그 타혈진맥에 격렬하게 반응해 급속도로 솟구쳐 오른 것이다. 타혈진맥을 할 때마다 손풍이 심한 통증을 느꼈던 것도 바로 그런 이유에서였다.

원래 타혈진맥은 시전자의 공력 소모가 심하고 신경을 많이 쓰는 만큼 지극히 안전한 내공인도술(內功引導術)이었는데, 오히려 손풍의 기운을 강하게 자극하고 말았으니 성락중으로서는 무척이나 당혹스러웠다.

그가 당초의 계획을 포기하고 손풍의 몸속 진기를 자신의 내공으로 직접 인도하기 시작한 것도 타혈진맥만으로는 솟구치는 손풍의 기운을 잠재울 수 없다고 판단했기 때문이다.

손풍이 지옥 같은 고통을 맛본 것은 그만큼 그의 몸속에 있는 기운이 막강한 힘을 지니고 있다는 방증(傍證)이었다. 손풍은 자기 혼자만이 그런 고통을 당하고 있다고 생각했겠지만, 그 막대한 기운을 어긋나지 않게 인도해야 하는 성락중 또한 고통스럽기는 마찬가지였다.

손풍이 한 시진이나 널브러져 있을 때 성락중은 바닥까지 소모된 자신의 내공을 보충하고 심력을 회복시키느라 상당히 힘든 시간을 보내야만 했다. 그래도 성락중은 단 한 번도 손풍 앞에서 힘든 내색을 보이지 않았다. 그래서 손풍은 그가 단순히 자신의 고통을 즐기고 있다 판단해 버린 것이다.

"손풍의 몸속 기운이 경맥(經脈) 하나를 지나칠 때마다 그토록 맹렬하게 반응해 올 줄은 미처 몰랐네. 저 정도 기운이라면 일반적인 영약이 아니라 무언가 특수한 영약을 복용한 것 같은데, 그런 영약을 먹였을 땐 그 후유증에 대한 대비를 해야 함에도 전혀 그런 것 같지도 않으니 어찌 된 영문인지 모르겠군."

성락중의 의문은 당연한 것이었다.

원래 영약이 일정 수준 이상이면 독약과 크게 다를 바가 없었다. 자칫하면 약효가 지나쳐서 오히려 인체에 커다란 해(害)를 끼치게 되는 것이다. 그래서 천고(千古)의 영약을 구했다 하더라도 그것을 복용하기 위해서는 상당히 까다로운 과정을 거치기 마련이다.

손 노태야같이 노련한 대상인이 그런 사실을 모를 리 없을 텐데, 손풍은 별다른 안전장치도 없이 전신에 성락중 같은 강호의 절세 고수도 감당하기 벅찰 만한 기운을 담고 있으니 성락중으로서는 의아함을 느끼지 않을 수 없었다. 사정을 모르는 건 진산월도 마찬가지여서 그 점에 대해 무어라고 할 말이 없었다.

성락중은 무거운 표정으로 한숨을 내쉬었다.

"그나저나 이제 겨우 세 개의 경맥을 뚫었을 뿐인데, 앞으로 과연 그가 얼마나 버티어 줄지 모르겠군."

성락중의 음성에는 짙은 우려와 걱정의 빛이 담겨 있었다.

손풍이 느낀 삼대 지옥은 세 개의 경맥을 뚫기 위한 과정이었다. 십이경맥(十二經脈)을 모두 뚫기 위해서는 앞으로도 아홉 번의 과정이 더 남아 있는데, 과연 손풍이 그 고통을 참을 수 있을지 성락중으로서는 우려하지 않을 수 없었다.

그 십이경맥을 모두 관통해야만 폭발하듯 요동치고 있는 몸속 기운이 가라앉으며 온전하게 뜻대로 움직일 수 있는 그 자신만의 진기가 되는 것이다.

진산월은 조용한 눈으로 걱정에 찬 성락중을 바라보고 있다가 나직하면서도 힘이 담긴 목소리로 말했다.

"버티어 낼 겁니다. 그에게는 같이 고통을 참고 견디어 줄 동료들이 있으니 말입니다."

* * *

낙일방이 눈을 떴을 때 제일 처음 발견한 것은 자신을 빤히 내려다보고 있는 커다란 눈의 소녀였다.

눈이 마주치자 소녀는 화들짝 놀라더니 짤막한 경호성을 터뜨렸다.

"어머, 깨어났어요!"

그녀는 호들갑을 떨며 어딘가로 달려가 버렸다.

낙일방은 잠시 그 자리에 누운 채 자신의 생각을 정리하려고 애를 썼다. 그가 제일 마지막으로 기억하는 것은 무언가에 놀라 황급히 달아나던 교등의 뒷모습이었다. 그 직후에 천상의 옥음같이 영롱하고 한없이 부드러운 음성을 들은 것 같은데, 정확한 기억은 나지 않았다.

진기를 운용해 보았는데 의외로 막힌 곳이 없이 원활하게 흘러서 자신이 오히려 놀랄 정도였다. 무리하게 태인장을 펼치느라 진원지기가 손상되었을까 봐 걱정했는데, 그런 기색이 없어서 절로 안도의 한숨이 흘러나왔다.

당시의 격전은 초가보와의 혈사를 경험했던 그로서도 다시는 겪고 싶지 않은 처절한 것이었다. 종남혈사 때는 그래도 동료들과 같이 싸운다는 생각에 여러 모로 힘이 났는데, 이번에는 철저히 고립된 상태에서 네 명의 무서운 고수들과 목숨이 오가는 싸움을 벌였으니 당시의 상황을 떠올리는 것만으로도 머리끝이 쭈뼛해지고 가슴이 싸늘하게 식어 버릴 것만 같았다.

때마침 어디선가 불어오는 바람에 앞머리가 흔들리자 무심결에 머리를 쓸어 올리려고 손을 들던 낙일방은 살짝 눈을 찌푸렸다. 적지 않은 통증이 밀려왔던 것이다.

내려다보니 양손에 모두 붕대가 단단히 감겨 있었고, 왼쪽 팔은 아예 전체가 부목에 고정되어 있었다.

그제야 자신이 양손에 모두 심각한 부상을 당한 것이 떠오른 낙일방은 쓴웃음을 지으며 손가락을 꼼지락거려 보았다. 다행히 잘려 나가거나 신경이 끊어진 손가락은 없는 것 같았다.

특히 부러졌던 오른쪽 엄지손가락이 괜찮은 것 같아 제일 큰 걱정을 덜게 되었다. 엄지손가락에서 느껴지는 미미한 통증이 오히려 반가울 지경이었다. 통증을 느낀다는 건 신경이 살아 있다는 의미이니 상처만 아문다면 다시 예전처럼 마음껏 주먹을 휘두를 수 있을 것이다.

이번의 싸움이 특히 힘들었던 것은 공교롭게도 양쪽 손을 모두 다치는 바람에 자신의 가장 큰 장기인 권법을 사용할 수 없었기 때문이었다. 덕분에 틈틈이 수련해 왔던 구반장법과 태인장의 위력을 분명하게 알게 되었지만, 두 번 다시는 경험하고 싶지 않은 일이기도 했다.

'너무 묵령갑에만 의존해서는 안 되겠어. 묵령갑을 믿고 손의 방어에 소홀했다가 손가락을 다쳐서 주먹을 쥘 수 없게 되었으니 모두 내 불찰이다. 앞으로는 두 번 다시 이런 일이 일어나지 않도록 묵령갑 없이 싸우는 방법을 연구해야겠다.'

낙일방은 안일했던 자신을 자책하며 지난 싸움의 과정을 하나하나 되새겨 보았다.

'그때 너무 상대를 쓰러뜨리는 데 주력하느라 륜을 가진 자에게 옆구리 공격을 허용한 것은 아무리 생각해도 소탐대실(小貪大失)이었다. 싸움이 장기전으로 갈 것에 대비해서 좀 더 수비에 신경을 써야 했어. 급한 성격을 많이 고쳤다고 생각했는데, 아직도 결정적인 순간에는 마음이 급해지니 문제로군.'

낙일방이 이런저런 생각에 빠져 있을 때 몇 사람이 그가 누워 있는 방 안으로 들어왔다.

한 명의 남자와 두 명의 여자였다. 남자는 사십 대 중반의 다소 강퍅하게 생긴 딱딱한 인상의 중년인이었는데, 얼굴 표정이 너무 차가워서 무언가에 화를 내고 있는 사람 같았다.

두 명의 여자 중 한 명은 조금 전에 보았던 눈이 커다란 열다섯 살쯤 되어 보이는 소녀였고, 다른 한 명은 삼십 대 초반의 궁장을 한 미부였다. 단정한 이목구비에 눈빛이 너무 맑아서 절로 보는 이에게 경외감을 불러일으키게 하는 아름다운 여인이었다.

중년인은 무뚝뚝한 얼굴로 낙일방에게 다가와서 그의 눈을 빤히 들여다보더니 몸의 몇 군데를 쿡쿡 찔러 보았다. 그때마다 낙일방이 몸을 꿈틀거리자 이내 퉁명스런 음성을 내뱉었다.

"손가락을 움직여 보게."

낙일방은 그가 자신의 눈을 내려다볼 때부터 의원임을 직감하고 있었기 때문에 낮은 목소리로 공손하게 대답했다.

"모두 괜찮습니다."

중년인은 그의 말을 듣지 않은 사람처럼 다시 말했다.

"당분간 왼쪽 팔은 움직이지 말도록 하게. 상처가 덧나서 신경을 건드리기라도 하면 회복하는 데 상당한 시일이 소요될 테니."

"알겠습니다."

"다른 곳은 그런대로 잘 아물었는데, 왼쪽 옆구리는 봉합한 지 얼마 되지 않아서 조심해야 하네. 봉합한 곳이 완전히 아물 때까지 몸을 격하게 움직이는 일은 절대로 피해야 하네."
"명심하겠습니다."
중년인은 자신이 할 말만을 하고는 낙일방이 무어라 하기도 전에 휑하니 몸을 돌려 밖으로 나가 버렸다. 낙일방은 그에게 자신을 치료해 줘서 고맙다는 사례의 말을 하려고 했는데, 그가 훌쩍 나가 버리자 당혹스런 표정을 감추지 못했다.
"킥킥……."
그 모습이 우스웠는지 눈이 커다란 소녀가 나직한 웃음을 터뜨렸다.
낙일방의 시선이 소녀에게 향했다. 소녀는 그의 시선을 받자 웃음을 멈추고 새침한 표정을 짓고 있었다. 그녀가 아무 말이 없자 낙일방의 시선은 자연히 그 옆에 있는 궁장 미부에게로 향했다.
궁장 미부는 단정한 얼굴에 조용한 미소를 지어 보였다.
"별다른 후유증 없이 회복되는 것 같아 정말 다행이군요. 부상이 너무 심해서 후유증이 남으면 어쩌나 걱정했었어요."
그 음성을 듣자 낙일방은 이내 그 목소리가 자신이 정신을 잃기 직전에 들었던 천상의 옥음과 같은 것임을 알아차렸다.
그는 그녀에게 사례하기 위해 자리에서 일어나려 했으나 이내 옆구리를 칼로 찌르는 듯한 통증을 느끼고 인상을 찡그렸다.
궁장 미부는 손을 내밀어 그를 제지했다.
"노 신의의 말씀대로 당분간은 가만히 누워 계세요."

낙일방은 어리둥절하여 물었다.

"노 신의라면……."

"조금 전의 그분이 바로 무림 제일 신의인 철면군자 노방, 노신의랍니다."

"아!"

낙일방은 노방에 대한 전설적인 소문을 익히 들었기 때문에 자신도 모르게 짤막한 감탄성을 터뜨렸다. 더구나 노방이라면 사 년 전에 장문인인 진산월의 치명적인 부상을 고쳐 준 은인이 아니었던가? 그때 부상에서 회복하는 진산월을 만나러 간 낙일방은 노방이라는 일대 신의가 그를 살려 주었다는 말만 들었을 뿐 그의 코빼기도 볼 수 없었는데, 그 인물이 조금 전의 딱딱하게 생긴 중년인이었을 줄이야 어찌 상상이나 했겠는가?

'본 파는 두 번씩이나 그에게 큰 은혜를 입었구나.'

낙일방은 새삼 그에게 감사하는 마음이 들었다. 강호에 알려진 소문대로 그의 외모는 차갑고 냉정해 보였으나, 그의 손을 거쳐 살아난 사람의 입장에서는 오히려 한없이 믿음직하고 자상하게 느껴졌다.

낙일방은 자리에 누운 채로 궁장 미부를 향해 고마움의 눈빛을 보냈다.

"저를 구해 주신 것에 감사드립니다. 은인의 귀명(貴名)을 알 수 있겠습니까?"

궁장 미부는 차분한 음성으로 그의 말을 받았다.

"내 이름은 능자하이고, 이 아이는 내 사매인 송옥령(宋玉鈴)이라고 해요."

"이제 보니 능 여협과 송 소저이셨군요. 저는 종남파의 이십일 대 제자인 낙일방이라고 합니다."

"알고 있어요. 사실 우리는 그때 낙 소협이 그들과 싸우는 중간 쯤에 그 자리에 도착해 있었어요."

낙일방의 눈가의 의혹의 빛이 떠올랐다.

"예? 그렇다면 어째서……."

"어째서 낙 소협이 그렇게 될 때까지 가만히 지켜보고만 있었냐는 것이지요? 솔직히 그때 우리는 낙 소협의 앞에 모습을 드러내야 하나 말아야 하나 최후의 순간까지 고민하고 있었답니다."

낙일방은 묵묵히 그녀의 말에 귀를 기울였다.

"우리는 낙 소협이 아니라 서장의 고수들 뒤를 쫓고 있었어요. 강남에서부터 수백 리나 그들의 뒤를 추적했는데, 우리가 그곳에 있다는 걸 그들에게 들킬 수는 없었습니다. 아마 낙 소협이 그런 상황에 처해 있지 않았다면 계속 몸을 숨긴 채 그들의 뒤를 밟았을 겁니다."

"그런 사정이 있었군요. 저 때문에 계획이 어그러지게 되었으니 송구스런 일입니다."

"아니에요. 사실은 좀 더 일찍 나서야 하는 일이었어요. 사람의 목숨보다 소중한 것은 없는데, 내가 괜한 욕심으로 지체하는 바람에 낙 소협이 큰 낭패를 당하게 되어 미안하군요."

그녀가 오히려 사과를 하자 낙일방은 무슨 말을 해야 할지 몰라 잠시 머뭇거렸다. 그 모습이 강호에 명성이 높은 고수답지 않게 무척이나 순진해 보였기 때문에 옆에서 송옥령이 다시 또 키득거리며 나직한 웃음을 터뜨렸다.

능자하는 그녀에게 살짝 꾸짖는 듯한 시선을 보낸 다음 다시 낙일방을 향해 조용한 음성으로 말을 이었다.

"너무 늦게 낙 소협을 구한 게 아닌가 하여 불안했는데, 노 신의 덕분에 위급함을 넘기게 되어 얼마나 다행인지 모르겠어요. 불편한 곳은 없나요?"

그녀의 목소리가 너무나 부드럽고 포근하여 마치 밖에 나갔다가 다치고 돌아온 막내 동생을 걱정하는 큰누님 같았으나, 낙일방은 특별히 기분이 나쁘거나 자존심이 상하지는 않았다. 오히려 자신을 걱정해 주는 그 모습이 예전의 임영옥을 떠올리게 해서 마음 한 구석이 편안해짐을 느꼈다.

"염려해 주신 덕분에 제가 무사할 수 있었군요. 다시 한 번 도움에 감사드립니다."

낙일방이 누운 상태에서 억지로 포권 자세를 취하려 하자 능자하는 살짝 미소 지으며 그를 제지했다.

"사례는 낙 소협이 무사한 것으로 이미 충분히 받은 셈이니 너무 부담스러워하지 마세요."

낙일방은 그녀의 제지를 뿌리치지 못하고 다시 편하게 누운 채 아까부터 묻고 싶었던 물음을 던졌다.

"그런데 서장의 고수들은 무슨 일로 쫓고 계셨던 겁니까?"

능자하는 그의 물음에 잠깐 고민하는 듯하더니 이내 차분한 음성으로 말했다.

"서장 무림 측에서 중원에 몇 군데의 거점을 만들었다는 것은 알고 계시나요?"

낙일방은 고개를 끄덕였다.

"알고 있습니다. 섬서성의 흑갈방이 그런 경우이지요."

"그래요. 그런데 강북뿐 아니라 강남에도 그들의 거점이 있어요."

낙일방은 흠칫 놀라지 않을 수 없었다. 섬서성이야 서장과 그다지 떨어져 있지 않은 곳이니 서장에서 영향력을 발휘할 수 있다고 해도 머나먼 강남에까지 이미 서장 세력이 침투했다니, 전혀 예상치 못한 일이었다.

"그곳이 어디입니까?"

능자하의 고운 얼굴에 씁쓸한 빛이 떠올랐다.

"아쉽게도 그걸 정확하게 알 수가 없었어요. 서장의 고수들이 강남에서 암약하는 것을 발견하고 그 뒤를 추적했지만 번번이 그 흔적을 놓쳐 버리고 말았지요. 누군가 강남의 유력 인물이나 세력이 그들의 뒤를 봐주고 있지 않다면 불가능한 일이에요."

"……!"

"그러다 이번에 서장의 고수 몇 사람이 갑작스레 급하게 이동하느라 우리에게 행적을 들켜서 우리로서는 그들의 꼬리를 잡을 수 있는 좋은 기회를 얻었다고 생각했지요."

"그런데 저 때문에 실패하고 마셨군요."

능자하는 가볍게 웃었다.

"덕분에 낙 소협 같은 인재를 알게 되어서 다행이라 생각하고 있어요."

 낙일방은 그녀의 마음 씀씀이가 정말 고맙게 생각되었다. 사실 그가 지금까지 강호에 나와서 만난 여인들은 외모는 정말 뛰어났으나 그 행태나 마음씨는 그다지 마음에 들지 않은 경우가 대부분이었다. 그래서 그는 강호의 여인들은 모두 성정(性情)이 차갑고 독선적이라 생각하고 있었다.

 그런데 지금 능자하를 보게 되니 전혀 그렇지 않은 여인도 있음을 알게 되었다.

 이런 여인을 아내로 맞이하는 남자는 얼마나 행복할 것인가? 잠시 엉뚱한 생각을 하던 낙일방은 이내 정신을 차리고 마음속에 떠오른 의문을 다시 물었다.

 "그런데 아까부터 계속 우리라고 하셨는데……."

 능자하는 한동안 허공을 가만히 응시하며 무언가를 생각하는 듯하더니, 이내 결심을 굳힌 듯 고개를 내려 낙일방을 보며 천천히 입을 열었다.

 "서장 무림의 뒤를 쫓는 건 우리 성숙해의 가장 큰 임무예요. 나는 성숙해의 십이비성 중 실녀좌(室女座)를 맡고 있어요."

제 246 장
우중조우(雨中遭遇)

제246장 우중조우(雨中遭遇)

비가 내리고 있었다. 봄비는 소리 없이 온다고 했는데, 이번 비는 폭우에 가까운 것이어서 소란스럽기 그지없었다.

진산월 일행은 회남을 떠난 지 반나절도 되지 않아 좀처럼 보기 힘든 세찬 봄비에 가로막혀 버렸다. 다행히 멀지 않은 곳에 주루를 발견하고 몸을 피할 수 있었으나 더 이상 길을 떠나기는 힘들어 보였다.

동중산은 먹물이라도 뿌린 듯 검게 변해 있는 하늘을 올려다보며 조금 걱정스런 표정을 지었다.

"쉽게 그칠 비가 아니로군. 적어도 내일까지는 계속 내릴 듯한데……."

그가 걱정하는 것은 진산월 일행이 이틀 이내로 소호까지 도착해야 하기 때문이었다. 늦지 않게 출발했다고 생각했는데 뜻하지 않은 폭우 때문에 상당한 시간을 지체하게 생겼으니, 일정을 책임지고 있는 그로서는 걱정이 되지 않을 수 없었다.

지금 그들이 있는 곳은 장풍(長豊)이란 곳으로, 아직도 소호까지는 상당히 먼 길을 가야 했다. 당초 계획은 오늘 저녁까지 합비(合肥)에 도착할 예정이었기 때문에 이곳에서 하루를 지체해 버리면 일정 자체가 상당히 빡빡해지게 된다.

그렇다고 엄청나게 퍼붓고 있는 폭우 속을 뚫고 갈 수도 없는 일이라 동중산은 검게 변한 하늘을 원망스레 쳐다볼 수밖에 없었다.

마침 그때 진산월이 그를 불렀다.

"중산, 오늘은 길을 떠나기 힘들 것 같으니 이곳에서 여장을 풀도록 하자."

"알겠습니다, 장문인."

동중산은 힘차게 대답하고는 머물 곳을 찾기 위해 주루의 장방에게로 다가갔다.

동중산이 장방과 이야기를 하고 있는 모습을 물끄러미 바라보고 있는 진산월에게 성락중이 다가왔다.

"내일까지 소호에 도착하지 못할지도 모르겠군."

성락중 또한 이 폭우가 쉽게 그칠 비가 아님을 직감하고 있었다.

의외로 진산월은 별로 걱정하는 표정이 아니었다.

"하루쯤은 늦어도 괜찮을 겁니다. 우리만 지체되는 건 아닐 테니 말입니다."

진산월의 말에 성락중은 이내 무언가를 떠올린 듯 고개를 끄덕였다.

"그렇군. 혁리가의 공자도 이 빗속에 갇혀 있겠군. 그래도 그는 하루 먼저 출발했을 테니 우리보다는 사정이 낫지 않겠나?"

"오늘 아침에 출발했다고 하더군요. 그렇다면 우리보다 겨우 몇 시진 앞섰을 뿐이니, 지금쯤이면 아마도 이곳과 합비의 중간 지점에 머무르고 있을 겁니다."

성락중은 신통한 얼굴로 그를 쳐다보았다.

"그걸 어찌 아는가?"

"회남을 떠나기 전에 몇 가지 물어볼 것이 있어서 개방의 분타주를 잠깐 만났습니다. 그에게서 혁리공이 오늘 묘시(卯時)경에 머물러 있던 남궁세가에서 나갔다는 말을 들었습니다."

진산월 일행이 회남을 출발한 것은 사시(巳時)경이니 겨우 두 시진밖에 차이가 나지 않는 시간이었다. 그제야 마음을 놓게 된 성락중은 다소 느긋한 표정으로 주위를 둘러보았다.

"그렇다면 오늘 하루는 편히 쉴 수 있겠군. 이 주루는 제법 오래된 듯한데, 우중(雨中)에 이런 곳에 머무를 수 있다는 것도 운치 있는 일이겠군."

"술 한잔하시겠습니까?"

"가볍게 한 잔만 하도록 하지."

저녁에는 다시 손풍의 십이경맥을 뚫기 위해 힘을 써야 하므로 마음 놓고 술에 취할 수는 없었다.

진산월은 뇌일봉까지 모셔와 세 사람이 함께 내리는 비를 벗 삼아 술잔을 기울였다. 안주는 산채나물 몇 가지에 불과했지만, 모처럼 내리는 폭우 속에서 고색이 완연한 오래된 주루에 앉아 술잔을 기울이는 것은 성락중의 말마따나 상당히 운치 있는 일이었다.

멀찌감치 앉은 손풍이 이쪽을 바라보며 침만 꼴까닥 삼키고 있자 동중산이 슬며시 그를 잡아끌고 어딘가로 사라졌다. 아마 그들도 자신들끼리 한잔하려는 것일 게다.

뇌일봉이 그 광경을 봤는지 술을 한 잔 훌쩍 들이켜고는 어깨를 들썩이며 웃었다.

"흐흐, 참새가 방앗간을 보고 그냥 지나치진 못하겠지. 그나저나 저놈이 무척 힘들어하는 것 같은데, 대체 무슨 요상한 무공을 익히기에 그렇게 야단법석인 게냐?"

"무공 때문이 아니라 손풍의 몸속에 있는 기운을 다스리려고 하다 보니 예상보다 어려움이 많더군요. 손 노태야가 그에게 특별한 영약이라도 먹인 것 같습니다."

"몸속에 그런 기운을 지니고 있으니 저놈이 사고를 치고 다녔던 것도 당연하지. 용케도 큰 사고를 터뜨리지 않고 지금까지 참고 있었구나."

뇌일봉은 자신도 높은 내공을 지닌 무림인이기 때문에 몸속에 막대한 기운을 지니고 있으면 어떤 결과를 초래하게 될지 너무도 잘 알고 있었다. 솟구치는 기운 때문에 성질이 급해지고 난폭해져서 함부로 사람에게 주먹을 휘두르기도 하고, 때로는 폭급함을 이기지 못하고 흉기를 휘둘러 인명(人命)을 살상하기도 하는 것이다.

그러다 어설프게 무공을 배우면 살인귀가 되거나 악명을 떨치는 마인(魔人)이 되기 십상인데, 그런 점에서 손풍은 매우 운이 좋은 편이라고 할 수 있었다.

진산월은 뇌일봉의 비어 있는 잔에 새롭게 술을 따르며 담담한 음성으로 말했다.

"아마 그의 본성이 그리 나쁘지 않은 데다 친구를 잘 만났기 때문일 겁니다. 말을 들어 보면 파락호 생활을 하면서도 나름대로 괜찮은 친구들을 사귀었더군요. 그래서 나쁜 길로 빠지지 않았던 것 같습니다."

"좋은 친구를 사귀는 건 정말 중요하지. 문제는 그런 친구를 만나기가 정말 힘들다는 거야."

말을 하는 뇌일봉의 얼굴에 잠시 아련한 빛이 떠오르고 있었다. 자신의 절친한 친우였던 임장홍이 생각나는 모양이었다.

"오랫동안 강호를 행도하면서 제법 많은 사람을 만난 것 같은데, 막상 친구라고 할 만한 사람은 손가락으로 헤아릴 정도에 불과하지. 그렇게 어렵게 만난 좋은 친구는 대개가 일찍 세상을 떠나더군."

뇌일봉의 음성에는 씁쓸함과 아련함이 잔뜩 묻어나 있었다. 뇌일봉은 손안에 들고 있던 술잔을 만지작거리더니, 다시 단숨에 입 안에 털어 넣고는 무거운 얼굴로 진산월을 바라보았다.

"너는 제발 오래 살아라. 친구를 놔두고 일찍 죽는 건 정말 몹쓸 짓인 거야."

"알겠습니다. 그래도 뇌 대협께는 아직 친한 친구분이 남아 계시지 않습니까?"

뇌일봉의 얼굴에 그제야 밝은 빛이 감돌았다.

"그래. 곽자령, 그 녀석이 있지. 그런데 너무 멀리 떨어져 있어서 얼굴 본 지가 오 년도 넘은 것 같군. 친구라고 이제 달랑 하나 남은 녀석 만나기가 그렇게 힘드니, 이게 진짜 친구인지 아닌지 가끔은 의아한 생각이 든다니까."

말과는 달리 그를 생각하기만 해도 마음이 기쁜지 뇌일봉의 입가에는 살짝 미소가 어려 있었다.

생각해 보면 이상한 일이 아닐 수 없었다.

뇌일봉과 곽자령은 임장홍의 가장 친한 친구들인데, 막상 임장홍이 사고로 세상을 떠났을 때는 뇌일봉만이 장례식이 끝난 후 뒤늦게 왔다 갔을 뿐 곽자령은 모습조차 보이지 않았다. 그 전에도 그들이 만나는 경우란 몇 년에 한 번씩 서로 방문하거나 강호에서 우연히 조우할 때 외에는 거의 없었으니, 남들의 눈으로 볼 때 친구라고 하기에는 영 미흡한 수준이 아닐 수 없었다.

하나 사정을 알고 보면 이해가 되지 않는 것도 아니었다.

뇌일봉은 집이 산서성 태악산(太岳山) 인근에 있는지라 대부분의 생활을 산서성에서 보내고 있었다. 반면에 곽자령은 절강성의 안탕산이 주 활동 무대였다. 서로 거주하는 곳이 너무나 멀리 떨어져 있기 때문에 왕래하기가 무척 힘이 드는 것이다.

그나마 뇌일봉은 태악산에서 종남산까지의 거리가 가까운 편이라 일 년에 한두 번씩은 종남파에 들르고는 했는데, 곽자령은 머나먼 절강에서 섬서까지 오기란 특별한 일이 없는 한 거의 불가능에 가까운 일이었다.

그래서 임장홍의 사망 소식을 들었을 때 뇌일봉은 미친 듯이 달려서 장례식 직후에라도 도착할 수 있었으나 곽자령은 올 수 없었던 것이다. 아마 곽자령이 임장홍의 사망 소식을 들은 것은 장례식이 지나고 나서도 한참 후였을 것이다.

그렇게도 멀리 떨어진 세 사람이 서로 막역지우가 된 것은 정말 하늘의 운이 닿았다고밖에는 생각할 수 없는 일이었다.

이십여 년 전, 당시 종남파의 일 대 제자였던 임장홍은 우연히 강호를 행도하다가 하남성의 정주(鄭州)에서 우연히 시비에 휘말리게 되었다.

주루에서 식사를 하던 중에 어떤 젊은 남자가 부녀자를 희롱하는 광경을 본 임장홍은 그 남자를 제지하다가 그 남자의 얼굴에 손이 닿고 말았다. 뺨을 맞았다고 하기에도 민망할 정도로 손이 살짝 스친 것에 불과했으나, 젊은 남자는 자신이 폭행을 당했다며 길길이 날뛰었다. 곧이어 젊은 남자의 일행인 듯한 세 명의 남자들이 나타나 임장홍을 에워싸고 시비를 걸어왔다.

나중에야 임장홍은 그들이 정주의 유명한 망나니들인 낙화사랑(落花四郞)임을 알았으나, 당시에는 그런 사실을 전혀 모르고 담담한 얼굴로 그간의 사정을 설명하며 그들을 이해시키려 했던 것이다. 그러다 낙화사랑 중의 한 명이 느닷없이 휘두른 칼에 옆구리를 찔리고 말았다.

사실 낙화사랑의 무공은 그리 높은 편이 아닌지라 임장홍이 주의만 기울였다면 충분히 피할 수 있었으나, 사람이 좋은 임장홍은 그들이 사정을 몰라 흥분한 것으로 착각하고 그들을 납득시키려고 애를 쓰다 불의의 일격을 맞고 만 것이다.

아무리 사람 좋은 임장홍이라도 자신이 칼을 맞자 발연대노하

제246장 우중조우(雨中遭遇) 187

여 두 주먹을 휘둘러 그들을 쓰러뜨리고 말았다. 낙화사랑 중 세 명은 임장홍의 손에 턱과 옆구리를 맞고 쓰러지고, 처음에 사달을 일으켰던 젊은 남자만이 두고 보자는 욕설을 내뱉으며 도망쳐 버렸다.

임장홍이 칼에 찔린 옆구리를 부여잡고 어이가 없는 얼굴로 우두커니 서 있을 때 누군가가 걱정스런 얼굴로 말했다.

"어서 정주를 떠나시오. 방금 도망친 자의 아버지는 정주에서 가장 큰 세력을 형성하고 있는 혈자문(血字門)의 문주인 냉혈진군(冷血眞君) 마천봉(馬天奉)이라오."

임장홍도 혈자문에 대한 소문은 들은 적이 있었다. 정주 일대에서 제일 큰 문파이면서도 평판이 그리 좋지 못해서 많은 사람들의 손가락질을 받고 있는 곳이라고 했다. 하나 문주인 마천봉의 실력이 워낙 뛰어나 아무도 그들의 면전에서 그들을 욕하진 못한다는 것이다.

어쩐지 사람이 많은 백주 대낮에 함부로 아녀자를 희롱해도 아무도 말리는 자가 없다고 했더니, 그 망나니가 마천봉의 아들이기에 그런 모양이었다. 그래도 임장홍은 자신의 행동을 후회하지 않았다.

오히려 마천봉이 두려워 그런 일을 보고도 눈을 감았다면 크게 부끄러워했을 것이나, 자신은 마음이 떳떳하여 추호도 거리낌이 없었다. 설사 이번 일로 마천봉의 분노를 사서 그와 싸우게 된다 할지라도 임장홍은 이번 일을 후회하지 않을 것이다.

그가 옆구리를 지혈하고 당당한 얼굴로 그 자리에 우뚝 서 있자 지켜보고 있던 주위 사람들이 오히려 호들갑을 떨었다.

"어서 떠나라니까. 마천봉은 아들놈에게 맹목적인 인간이라 자기 아들이 맞고 들어왔다고 하면 만사를 제쳐 두고 뛰어올 거란 말이오."

그래도 임장홍은 꿈쩍도 하지 않았다. 아무리 자신이 몰락한 문파의 제자라고 해도 상대가 무서워서 꼬리를 말 수는 없었다. 그런 줄도 모르고 중인들은 걱정스런 얼굴로 그를 닦달했으나 그가 떠날 기미를 안 보이자 이내 포기하고는 고개를 절레절레 흔들었다.

"저러다 큰 변을 당해야 정신을 차리지."

"놔두게. 마천봉이 어떤 인간인지 모르니 저런 게지."

"생긴 걸로 보나 말하는 걸로 보나 참으로 점잖은 사람인데 안타까운 일이로군."

중인들의 말이 끝나기도 전에 아들을 대동한 마천봉이 나타났다.

"저놈이에요, 아버지. 저놈이 나와 내 친구들에게 폭력을 휘둘렀습니다."

아들이 손가락으로 임장홍을 가리키자 마천봉은 불문곡직하고 임장홍에게 덤벼들어서 정주의 길거리 한복판에서 난데없는 무림인들 간의 싸움이 벌어지고 말았다.

마천봉의 무공은 듣던 대로 과연 뛰어난 것이어서 임장홍은 정신없이 몰리게 되었다. 아마 그때 누군가가 중간에 끼어들지 않았다면 임장홍은 마천봉의 손에 처참한 꼴을 당했을 것이다.

"멈추시오!".

굉량한 음성과 함께 세찬 경풍이 그들 사이로 날아오자 두 사람은 서로 떨어질 수밖에 없었다.

그때 임장홍은 이미 어깨와 가슴에 일장(一掌)씩을 맞은 채 비틀거리고 있었다. 마천봉은 살기가 이글거리는 눈으로 자신을 방해한 자를 노려보았다.

"웬놈이냐?"

그들 사이에 끼어든 인물은 당당한 체구의 삼십 대 초반쯤 되어 보이는 장한이었다.

"나는 산서의 뇌일봉이라 하오."

마천봉의 몸이 잠깐 멈칫거렸다.

"이제 보니 요즘 들어 진산수라는 명칭으로 제법 이름을 날리고 있는 자로군. 그런데 무슨 일로 내 일을 방해하는 건가?"

마천봉은 오십 대 초반인 자신이 나이도 더 많고 강호에서의 명성도 더 높다고 생각하여 서슴없이 하대를 했다. 그러자 뇌일봉이 짙은 눈썹을 꿈틀거리며 굵직한 목소리로 말했다.

"나는 처음부터 이번 일을 계속 지켜보았소."

"그래서?"

"이번 일은 애초에 마 문주의 망나니 아들이 아녀자를 희롱했기에 벌어진 일이었소. 저 사람은 예의를 갖추어 그러지 말라고 했을 뿐인데, 마 문주의 아들은 물러나기는커녕 오히려 일행까지 가세해서 말리는 사람을 칼로 찌르기까지 하는 만행을 서슴없이 저질러, 보고 있던 나조차도 어안이 벙벙할 지경이었소."

"……!"

"그런데 마 문주가 그런 무뢰배들을 혼내기는커녕 자신의 아들이 있다고 그들의 편을 들어 불문곡직하고 살수를 휘두르고 있으니, 강호인들이 이를 알면 무어라고 할지 걱정이 드는구려."

마천봉의 두 눈에 냉혹한 빛이 번뜩이고 지나갔다.

"그래서 나를 말렸단 말인가?"

뇌일봉은 마천봉의 살기등등한 눈초리에도 전혀 두려운 기색 없이 당당한 태도를 유지했다.

"그렇소. 아무리 마 문주가 정주 최고 문파의 주인이라고 해도 이런 식의 일 처리는 많은 사람들의 지탄을 면치 못할 것이오."

마천봉은 살기가 뚝뚝 떨어지는 눈으로 뇌일봉을 쏘아보더니 곧 주위를 둘러보며 외쳤다.

"이자의 말이 사실이냐? 내 아들이 잘못했다고 생각하는 자는 앞으로 나서라. 만약 이자의 말이 사실이라면 아들 녀석에게 엄한 벌을 내리겠다."

그의 음성에는 진득한 살기가 잔뜩 묻어 있어서 심약한 사람은 제자리에 서 있지도 못할 만큼 무시무시했다. 주변을 둘러싸고 있던 사람들이 일제히 뒤로 주춤 물러서더니, 이내 하나둘씩 꼬리를 말고는 등을 돌렸다.

"난 아무것도 못 봤어. 자네는 봤나?"

"아니. 자네도 알지 않나? 내가 금방 여기에 온걸. 무슨 일이 있었나?"

"그러고 보니 할 일이 있었는데 깜박 잊었네. 늦기 전에 어서 가봐야지."

이내 사람들로 북적거렸던 거리는 한산해졌다.

뇌일봉은 사람들의 반응을 전혀 예상치 못했는지 당혹스러운 표정을 감추지 못했다. 정주에서 마천봉이 얼마나 무서운 명성을 떨치고 있는지 미처 알지 못했던 그의 실수였다. 사람들은 공연히 마천봉의 눈 밖에 나서 혹독한 보복을 당할 것을 두려워했던 것이다.

마천봉의 얼굴은 득의만면함과 냉혹한 살기로 뒤덮여 있었다.

"흐흐…… 어떤가? 이래도 내가 잘못했다고 생각하는가?"

뇌일봉은 어이가 없기도 하고 사람들의 작태가 한심스럽기도 해서 순간 아무 말도 하지 못했다.

"조용히 한쪽으로 물러나 있게. 이놈은 감히 내 아들을 폭행하고 정주의 대로 한복판에서 행패를 부렸으니 정주를 책임지고 있는 나로서는 응징하지 않을 수 없네."

뇌일봉이 이러지도 못하고 저러지도 못해서 그 자리에 우두커니 서 있을 때였다. 누군가가 앞으로 성큼 나서며 퉁명스런 음성을 내뱉었다.

"정말 눈꼴 시려서 도저히 그냥 못 지나가겠군. 아들놈은 천하의 후레자식이고, 그 아비란 작자는 강압으로 사람들을 위협하는 천하의 무뢰한이니 그야말로 그 아버지에 그 아들이로구나."

난데없는 독설에 마천봉의 얼굴이 푸르뎅뎅하게 굳어졌다.

"어떤 미친놈이냐?"

마천봉이 살광이 이글거리는 눈으로 돌아보니 죽립을 깊게 눌

러쓴 호리호리한 체구의 사나이가 앞으로 걸어 나와 뇌일봉의 옆에 나란히 섰다.

"내가 누구인지는 알 것 없고, 이 사람의 말은 하나도 틀리지 않은 사실이니 공연히 멀쩡한 사람에게 죄를 뒤집어씌울 생각 하지 말고 너의 그 색에 발광하는 미친 아들놈이나 두들겨 패든지 해라."

거침없는 말을 내뱉는 죽립인의 기도는 날카롭기 그지없어서 마천봉은 내심 껄끄러운 생각이 들었으나, 중인환시(衆人環視)리에 이런 말을 듣고도 그냥 있을 수만은 없었다. 지금도 거리의 곳곳에는 적지 않은 사람들이 골목이나 건물 뒤에 숨어서 이곳을 지켜보고 있었다.

"죽고 싶어 환장을 한 놈이로군. 누구냐? 무명 잡배가 아니라면 떳떳하게 이름을 밝혀라."

"내 이름이 중요한 게 아니다. 네 아들이 잘못했다고 생각하는 자는 나오라고 해서 나왔는데 왜 엉뚱한 소리만 지껄이느냐? 저 못된 후레자식에게 어떤 벌을 내릴지 똑똑하게 지켜보도록 하마."

"죽일 놈! 입이 찢어진 다음에도 아가리를 놀릴 수 있는지 한번 보겠다."

마천봉은 더 이상 참지 못하고 노성을 터뜨리며 죽립인을 향해 달려들었다.

그것이 냉혈진군 마천봉의 최후였다. 놀랍게도 죽립인은 불과 삼십여 초 만에 마천봉을 자신이 흘린 피바다 속에 눕게 만들었던 것이다.

정주 일대를 장악한 채 온갖 패악을 일삼던 혈자문이 멸문한 것은 그날 저녁이었으며, 강호에 팔비신살 곽자령의 명성이 퍼지기 시작한 것도 그때부터였다.

* * *

"그때 마천봉을 쓰러뜨린 죽립인이 바로 곽자령이었다. 우리는 마천봉의 시신 앞에서 서로 통성명을 나누고는 함께 힘을 합쳐서 혈자문을 때려 부수었지. 솔직히 그때 나와 임장홍은 별로 한 것이 없었고, 대부분은 곽자령의 솜씨였다. 당시의 곽자령은 정말 손속이 매서워서 일단 손을 쓰면 반드시 피를 보고야 말았다. 그의 별호에 '살(煞)' 자가 들어간 것도 다 그때의 영향 때문이지."

진산월은 곽자령에 대해서는 별로 아는 바가 없어 묵묵히 뇌일봉의 말을 듣고 있을 뿐이었다. 지금까지 그가 곽자령을 본 것은 두 번뿐이었고, 그나마도 사부인 임장홍에게 소개를 받은 것에 불과해서 제대로 이야기조차 나눠 본 적이 없었던 것이다.

"아무튼 우리는 혈자문을 무너뜨린 다음 정주의 구석에 있는 한 술집에서 술잔을 기울였는데, 몇 마디 나누지 않아 서로의 마음이 잘 맞는다는 것을 알고 곧 의기투합하여 그다음 날까지 꼬박 밤을 새우며 그 술집의 술을 모두 비우다시피 했다. 그때가 벌써 이십삼 년 전이었으니 정말 오래된 이야기지."

뇌일봉은 당시가 생각나는 듯 눈가에 아련한 빛이 감돌았다.

"그로부터 삼 년이 지났을 때, 우리는 우연히 용문산(龍門山) 부근에서 다시 만나게 되었다. 서로 멀리 떨어져 있는 세 사람이 약속도 하지 않았는데 한자리에서 조우한다는 것은 정말 천운(天運)이 닿지 않고서는 힘든 일이었지."

당시의 일은 진산월도 들어서 알고 있었다.

그때 임장홍은 장문인의 자리에 오른 후 종남파를 재건하기 위해 땀을 쏟고 있었다. 하나 이 년 전에 벌어진 기산취악으로 인해 문파의 고수들이 대부분 종남파를 떠나 버렸고, 그나마 남아 있던 제자들마저 하나둘씩 모습을 감추어서 그야말로 이름만 남은 유명무실한 문파가 되어 가고 있었다.

하루가 다르게 피폐해져 가는 문파를 힘겹게 지탱하고 있던 임장홍에게 다시 한 가지 큰 불행이 닥쳤다. 아내인 두란향이 병을 얻어 쓰러져 버린 것이다. 문파 재건에 정신이 없는 임장홍을 뒷수발해 주다 가뜩이나 허약한 몸이 무리를 해서 일어난 일이었다.

아내의 병에 발을 동동 구르던 임장홍은 때마침 산서성의 용문산 계곡에서 화리(火鯉)가 나타났다는 말을 듣고 아내의 병에 도움이 될 거라는 생각에 그것을 구하기 위해 종남산을 내려가게 되었다.

용문산에는 원래 잉어가 많아서 그 잉어 떼들이 계곡을 거슬러 오르는 장면이 마치 용이 하늘로 올라가는 것 같다 하여 '용문(龍門)'이라는 이름이 붙게 된 것이다. 간혹 그 잉어들 중 화기(火氣)를 품은 붉은색 잉어가 나타나기도 하는데, 그것이 바로 화리였다. 화리는 발견하기도 힘들뿐더러 잡기는 더욱 힘들어서 십 년에 겨우 한두 마리 정도 잡을 수 있을 뿐이었다.

용문산에 도착해 보니 이미 그 일대는 모처럼 나타난 화리를 잡으려는 사람들로 북적거려서 임장홍은 은근히 걱정이 되지 않을 수 없었다. 개중에는 상당한 수준의 고수들도 눈에 띄었기에 그들을 제치고 화리를 잡는다는 것이 수월치 않아 보였던 것이다.

그곳에서 임장홍은 뜻밖에도 뇌일봉과 곽자령을 보게 되었다. 뇌일봉은 자신의 거처인 태악산에서 멀지 않은 용문산에 화리가 나타났다는 말을 듣고 호기심이 동해서 온 것이고, 곽자령은 장성 쪽으로 가던 중 우연히 용문산을 지나게 되었던 것이다.

삼 년 만에 우연히 다시 만난 세 사람은 놀라움과 반가움을 금할 수 없었다. 그리고 임장홍의 사정을 알게 된 두 사람의 적극적인 도움으로 임장홍은 여러 고수들과의 경쟁에서 승리하여 화리를 잡을 수 있었다.

임장홍은 그들에게 정식으로 교우 관계를 제의했고, 두 사람이 선뜻 승낙하여 세 사람은 한 잔의 술을 나누어 마시며 서로 간의 우의를 다짐했다. 하나 아내 때문에 마음이 급한 임장홍은 그들에게 조만간 반드시 종남파로 찾아오라는 부탁의 말만 남기고 황급히 종남산으로 돌아왔다.

어렵게 구해 온 화리 덕분인지 두란향은 한동안 병세가 나아지는 듯했다. 그러나 결국 허약해진 몸이 병마(病魔)를 이기지 못해 다시 시름시름 앓다가 일 년 후에는 세상을 떠나고 말았다.

뇌일봉과 곽자령이 종남파를 찾아온 것은 두란향이 죽은 지 두 달 후의 일이었다.

그때부터 세 사람은 이십 년 가까운 세월 동안 누구보다 두터운 친구 관계를 유지해 오고 있었다. 뇌일봉은 무슨 일이 있어도 일 년에 한두 번씩은 꼭 종남파로 임장홍을 찾아왔고, 곽자령은 거리가 멀어서 뇌일봉만큼 자주는 아니었으나 그래도 사오 년에 한 번씩은 임장홍을 만나기 위해 종남산에 들르고는 했던 것이다.

"우리가 좀 더 일찍 찾아왔다면 장홍의 처(妻)가 세상을 떠나기 전에 얼굴이라도 볼 수 있었을 텐데, 그러지 못한 것이 두고두고 아쉽더구나."

진산월은 묵묵히 뇌일봉의 말을 듣고 있다가 조용한 음성으로 물었다.

"곽 대협은 어떤 분이십니까?"

뇌일봉은 눈을 살짝 크게 뜨고 진산월을 바라보더니 이내 고개를 끄덕였다.

"그렇지. 너는 곽자령을 만난 게 몇 번 되지 않으니 그에 대해 아는 게 별로 없겠구나."

"두 번 뵈었지만 그때마다 간단하게 인사만 하고 말아서 그분에 대한 기억은 거의 남은 게 없군요."

"그럴 것이다. 그때 이후 그가 종남파에 온 것도 모두 세 번뿐이고, 그중 한 번은 네가 입문하기도 전이었을 테니 말이다."

뇌일봉은 잠시 손에 든 술잔을 빙글빙글 돌리며 생각을 정리하더니, 술잔을 단숨에 입에 털어 넣고는 말문을 열었다.

"내가 곽자령을 알게 된 것은 이십 년도 넘었지만, 그를 만난 것은 열 번 정도밖에 되지 않는다. 그래도 나는 처음 그를 본 순간부터 그가 어떤 인물인지 알 수 있었지."

진산월은 물론이고 지금까지 옆에서 조용히 그의 말을 듣고 있던 성락중도 호기심 어린 표정으로 그의 다음 말을 기다리고 있었다.

"그는 전형적인 가슴이 뜨겁고 행동은 과격한 남자다. 좋게 보면 열혈남아(熱血男兒)라고 할 수 있지만, 그를 난폭하다고 생각하는 자들도 제법 있는 편이지. 젊었을 때는 이런 성향이 더욱 심해 무림에서 상당한 살명(殺名)을 날리기도 했다."

곽자령이란 이름은 해남에만 처박혀 있던 성락중도 곧잘 들어 본 이름이었다. 비륜(飛輪)의 고수이고, 안탕산뿐 아니라 절강성 전체를 통틀어서 다섯 손가락 안에 드는 무서운 실력의 소유자라고 했다. 일단 그의 손에서 비륜이 날게 되면 누군가는 반드시 피를 뿌리며 쓰러진다는 소문이 강남 일대에 자자하게 퍼져 있었다.

그의 비륜을 날리는 솜씨가 어찌나 빠르고 매섭던지, 마치 여덟 개의 팔을 가진 것 같다고 하여 붙은 별호가 팔비신살이다.

"사실 강호에는 곽자령의 손속이 너무 잔인하다고 생각하여 그를 사도(邪道)의 고수로 오해하는 자들도 있으나, 곽자령은 냉혹한 솜씨만큼이나 뜨거운 정의감이 넘치는 사람이다. 단지 그가 사용하는 암기의 위력이 너무 날카로워서, 일단 격중되면 사람의 팔다리가 무 토막처럼 잘라지기 때문에 그런 악명을 얻게 된 것이다. 하지만 그도 나이를 먹으면서는 살수를 쓰는 것을 많이 자중하고 있다 하더구나."

뇌일봉은 오랫동안 만나지 못한 친우를 회상하듯 두 눈을 가늘게 뜨고 잠시 허공을 올려다보았다.

"행동은 거칠고 말도 투박하지만, 그래도 그를 아는 주변 사람들은 모두 그를 좋아하고 있다. 너무 직설적이어서 종종 사람을 당혹스럽게 하기도 하지만, 그건 그만큼 그가 순박하고 솔직한 성격이란 뜻이기도 하지. 그가 환상제일창 유중악과 친한 사이가 된 것도 유중악이 그의 그런 점을 높이 샀기 때문일 것이다."

진산월은 곽자령에 대해 들을수록 사부인 임장홍과 너무 다른 성격임을 알고 재미있다는 생각이 들었다. 전혀 판이한 성격의 두 사람이 뜻하지 않은 일로 알게 되어 오랜 세월 동안 각별한 우정을 쌓게 되었으니 참으로 보기 드문 일이 아닐 수 없었다.

진산월이 곽자령을 처음 본 것은 종남파에 입문한 다음 해였다. 그때만 해도 아직 사람 대하는 것이 서툴렀던 진산월은 난데없이 불쑥 종남파를 찾아온 곽자령을 어리둥절한 눈으로 쳐다보았을 뿐이었다. 두 번째로 곽자령이 왔을 때는 그가 종남파의 대제자가 되어 다음 대 장문인으로 내정받은 후였다.

그제야 비로소 진산월은 임장홍에게서 정식으로 곽자령을 소개받을 수 있었다. 그러나 아직 나이가 어렸던 그로서는 그들 간의 대화에 끼어들거나 술 한 잔 같이 나눌 수 없었다.

곽자령은 연락도 없이 불쑥 찾아왔다가 밤새도록 임장홍과 술을 마시고는 간다는 말도 없이 훌쩍 떠나 버려서 임장홍조차도 '참으로 정신없는 친구로군.' 하며 혀를 내두를 정도였다.

그로부터 얼마 후에 서안의 명문 호족인 이씨세가에서 곽자령이 임장홍과 친분이 있음을 알고는 임장홍을 초대해 곽자령과 안면을 트려고 했다. 결국 그 일은 곽자령이 임장홍의 서신을 가지고 찾아온 이씨세가의 고수를 홀대해 쫓아 버림으로써 흐지부지

되었지만, 곽자령의 친우라는 사실 때문에 한동안 임장홍의 이름이 여러 사람들의 입에 오르내리기도 했었다. 그만큼 강남을 넘어 강북에까지 곽자령의 명성이 널리 알려져 있었던 것이다.

뇌일봉은 표정에 한 줄기 어두운 빛이 떠오르더니, 문득 무거운 한숨을 내쉬었다.

"그도 틀림없이 종남파에 대한 소문을 들었을 텐데, 아직까지 아무런 연락도 보내 오지 않고 있으니 이상한 일이 아닐 수 없다. 겉으로 내색은 안 해도 장홍을 누구보다 좋아하던 친구인데, 그에게 무슨 변고라도 생긴 건 아닌지 걱정이 드는구나."

"곽 대협의 강호에서의 명성으로 보아 그분 신상에 무슨 일이 생겼다면 필시 강호에 소문이 났을 겁니다. 이번 여정이 끝나면 절강성에 한번 들러 보시지요."

"그렇지 않아도 그럴까 생각하고 있었다. 옥아(玉兒)가 구궁보에 있다고 하니 구궁보까지만 동행하고, 옥아를 본 후에는 안탕산으로 가 볼 생각이다."

구궁보가 있는 구화산에서 절강성까지는 그리 멀지 않은 거리였다.

그들이 이런저런 대화를 나누고 있을 때, 주루의 문이 열리며 우의(雨衣)를 입은 한 사람이 뛰어 들어왔다. 잠깐 열린 문 사이로 세찬 폭우가 물방울을 튀기며 쏟아지는 광경이 세세하게 보였다.

기름 먹인 피풍의를 뒤집어쓴 그 사람은 안으로 들어오자 주루 안에 먼저 온 손님들이 있음을 알고는 날카로운 눈으로 주위를 둘러보았다. 그러다 이내 한 사람을 발견하고는 눈을 빛내며 앞으로 성큼 걸어왔다.

그가 일행의 앞으로 다가와서 피풍의를 벗자 중인들은 놀라지 않을 수 없었다.

파리한 안색에 초췌한 몰골의 그 사람은 뜻밖에도 남궁세가의 대공자인 다정군자 남궁선이었던 것이다.

불과 며칠 전에 전흠과의 비무로 사경을 헤매던 그가 이런 폭우 속을 뚫고 나타난 것은 도무지 믿어지지 않는 일이었다. 언뜻 보기에도 그의 얼굴은 핏기 하나 없이 핼쑥하여, 아직도 몸 상태가 정상이 아님을 누구라도 쉽게 짐작할 수 있었다.

"진 장문인, 과연 이곳에 계셨구려."

그의 시선은 줄곧 진산월에게 고정되어 있었다.

진산월은 그의 느닷없는 등장에 놀라움과 약간의 당혹감을 느꼈다.

남궁세가에서 의원들의 보살핌을 받으며 병상에 누워 있어야 할 그가 대체 이곳에는 무슨 일로 나타난 것일까? 그의 태도로 보아 자신에게 용건이 있는 것 같았기에 의아한 생각이 들지 않을 수 없었다.

"남궁 공자가 아니오? 이 빗속에 어인 일이오?"

남궁선은 눈도 깜박이지 않고 진산월을 응시하며 나직한 음성으로 입을 열었다.

"진 장문인이 오늘 회남을 떠났다는 걸 뒤늦게 알고 진 장문인을 뵈러 달려오던 길이었소. 비 때문에 진 장문인이 멀리 가지 않았을 거라고 짐작했는데, 다행히 이곳에서 만날 수 있었구려."

진산월은 아직 그와 정식으로 인사조차 나눈 적이 없었는데, 그가 자신을 만나기 위해서 일부러 이 폭우 속을 뚫고 왔다는 말에 마음속의 의구심이 더욱 커졌다.

"남궁 공자의 상세가 위중한 것으로 아는데, 성치 않은 몸으로 나를 만나러 이곳까지 왔단 말이오?"

남궁선의 창백한 얼굴에 한 줄기 결연한 빛이 떠올랐다.

"사실 지금 서 있기도 힘이 들지만, 그래도 나로서는 달려오지 않을 수 없었소."

과연 그의 얼굴에는 힘겨운 기색이 역력했다. 자세히 보니 비에 젖은 줄로만 알았던 그의 얼굴은 땀으로 흠뻑 젖어 있었다.

"어서 이쪽으로 앉으시오. 무슨 일인지는 모르지만, 일단 몸을 녹인 후에 천천히 이야기를 나누도록 합시다."

진산월은 그를 의자에 앉게 한 후 따뜻한 차를 건네주었다.

봄비라고는 해도 지나치게 내리는 폭우 때문인지 기온은 서늘함을 느낄 정도였다. 비에 젖은 상태라면 서늘함을 넘어 상당한 추위를 느끼고 있을 것이다.

남궁선은 차를 세 잔이나 거푸 마신 다음에야 겨우 조금씩 혈색을 되찾아갔다.

"후우…… 이제야 살 것 같군. 솔직히 이 주루까지만 둘러보고 진 장문인을 만나지 못하면 포기하려고 했었소. 다음 주루는 최소한 칠팔십 리 밖에서나 볼 수 있는데, 더 이상은 도저히 달려갈 기운이 없었기 때문이오."

이런 폭우 속을 뚫고 온다는 것은 정상적인 사람도 힘이 드는 법인데, 하물며 며칠 전에 심각한 부상을 입고 혼수상태에 빠졌던 사람이라면 더 말할 나위도 없을 것이다. 아무리 남궁선이 강호의 고수이며 높은 내공의 소유자라 해도 이런 몸 상태로 무리를 하게 되면 치명적인 결과를 초래하게 될지도 몰랐다.

"남궁세가에서는 남궁 공자가 이런 날씨에 길을 나서도록 내버려 두었단 말이오?"

진산월의 물음에 남궁선의 얼굴에 씁쓸한 미소가 스치고 지나갔다.

"세가에서는 아직 아무도 모르오. 아마 지금쯤은 알고 있겠지만 말이오."

진산월로서는 묻지 않을 수 없었다.

"대체 무슨 일이기에 이런 무리를 하면서까지 나를 만나려고 했단 말이오?"

남궁선은 그 말에는 대답하지 않고 주위를 둘러보았다. 그의 눈에 흥미 어린 표정으로 자신을 보고 있는 뇌일봉과 성락중의 모습이 들어왔다.

그의 시선이 의미하는 바를 알아차렸는지 성락중이 먼저 자리에서 일어났다.

"나는 뇌 대협과 함께 후원에 가서 못다 한 이야기를 나누고 있겠네."

뇌일봉은 일어나기 싫은 눈치였으나 어쩔 수 없다는 듯 어깨를 한 차례 으쓱하고는 몸을 일으켜 성락중과 함께 후원 쪽으로 걸어갔다.

제246장 우중조우(雨中遭遇)

그들의 모습이 사라지자 그제야 남궁선은 한숨을 내쉬었다.

"두 분께 송구스런 짓을 했소."

진산월은 담담하게 웃으며 대꾸했다.

"걱정 마시오. 두 분 모두 이런 일로 마음 상하실 분들이 아니오. 내가 나중에 두 분께 잘 말씀드리겠소."

"그렇다면 다행이오."

진산월은 눈을 빛내며 남궁선의 얼굴을 정면으로 쳐다보았다. 오늘따라 유난히 창백한 남궁선의 얼굴은 그래서 더욱 준수해 보이기도 했다.

"자, 이제 말씀해 보시오. 남궁 공자가 나를 만나려고 한 이유가 무엇이오?"

남궁선은 선뜻 대답하지 않고 가만히 진산월을 쳐다보았다. 마치 진산월이 어떤 사람인지 눈으로 직접 확인해 보고 싶다는 듯 한참 동안이나 그를 물끄러미 바라보고 있었다.

그러다가 낮게 가라앉은 음성으로 입을 열었다.

"진 장문인은 귀 사매가 구궁보에서 어떤 처지에 놓여 있는지 알고 있소?"

제 247 장
일견경심(一見傾心)

제247장 일견경심(一見傾心)

진산월은 누구보다도 침착하고 평정심이 대단한 사람이었으나 지금은 표정이 흔들리지 않을 수 없었다. 대체 남궁선의 입에서 왜 이런 말이 나온단 말인가?

아니, 남궁선이 어떻게 임영옥을 알고 있단 말인가?

진산월은 한 차례 숨을 고르고 나서야 겨우 들끓는 마음을 가라앉힐 수 있었다.

진산월은 조용한 눈으로 남궁선을 응시했다.

"남궁 공자는 내 사매를 알고 있소?"

남궁선은 주저하지 않고 고개를 끄덕였다.

"물론이오. 지난 삼 년간 나는 줄곧 그녀를 지켜봐 왔소."

그 말속에 담긴 의미를 진산월이 모를 리 없었다.

진산월은 한동안 묵묵히 남궁선을 바라보고 있었다. 남궁선의 두 눈은 아직도 부상의 여파로 붉은 실핏줄이 여기저기 나 있어서 썩 보기 좋은 모습은 아니었다. 하나 눈빛만큼은 더할 수 없이 맑고 투명했다.

진산월은 한참이나 그의 눈을 보고 있다가 담담한 음성을 내뱉었다.

"사매에 대한 이야기를 해 주시오."

조용한 음성. 참으로 조용한 음성이었다. 그래서 오히려 그의 현재 심정을 더 절절하게 느낄 수 있었다. 적어도 남궁선은 그렇게 생각했다.

"말하리다. 내가 귀 사매를 처음 본 것은 삼 년 전의 어느 늦은 봄날이었소."

* * *

그때는 남궁선이 부친과의 불화로 남궁세가를 훌쩍 떠난 지 두 달 정도 되었을 때였다.

막상 세가를 나왔으나 그는 특별하게 갈 곳이 없었다. 처음에는 강호를 주유하면서 세상의 다채로운 맛을 느껴 보자고 생각했으나, 그가 어디에 가든 남궁세가의 대공자라는 꼬리표가 따라붙게 되었고, 그가 움직일 수 있는 여지는 그만큼 축소될 수밖에 없었다.

대부분의 사람들이 그에게 과도한 편의를 봐주거나 그를 향해 지나칠 정도의 친절을 베풀었고, 심지어는 그와 친해지려고 의도적인 접근을 하기도 했다.

불과 한 달도 안 되어서 남궁선은 그러한 강호인들의 거짓된 행동과 노골적인 접근에 크게 실망하고 말았다.

그것은 그가 꿈꾸었던 주유 강호(周遊江湖)와는 전혀 달랐다. 그리고 그것이 자신이 처한 현실이라는 것도 깨닫게 되었다.

얼마 동안 남궁선은 이름과 신분을 숨기고 강호의 후미진 곳만을 돌아다니기도 했으나, 그래서는 자신이 세가를 나온 의미가 없다는 것을 알고 이내 그런 행동을 포기해 버렸다. 도망자도 아니고 큰 잘못을 저지른 것도 아닌데, 남들의 시선을 피해 숨어 사는 것이 무슨 의미가 있겠는가?

강남 일대를 이리저리 떠돌던 그의 발길이 우연히 닿은 곳이 바로 구궁보였다.

구궁보의 혁혁한 명성과 모용 대협에 대한 전설적인 이야기를 듣고 자라 온 남궁선은 한동안 고민하다 구궁보의 대문을 두드렸다. 그리고 그곳에서 처음으로 마음에 드는 사람들을 만나게 되었다.

그들이 바로 절정수사 군유현과 정검 부옥풍이었다. 그들은 하나같이 기개가 헌앙하고 인물 됨됨이가 관옥(冠玉) 같을 뿐 아니라 서로 비슷한 연배여서 통하는 점이 많았다. 무엇보다도 자신을 경배하거나 자신에게 다른 의도를 가지고 있지 않다는 점이 남궁선으로 하여금 기꺼이 그들을 친구로 사귈 수 있게끔 했다.

그들과 몇 차례 어울리다 보니 언제부터인가 주변 사람들이 그들을 강호삼정랑이라고 불렀다.

남궁선은 잠깐 인사만 하고 떠나려 했던 구궁보에 계속 머물며 다른 사람들과 조금씩 친분을 넓혀 가기 시작했다. 하나 어찌 된 일인지 구궁보의 실질적인 주인이라고 할 수 있는 모용봉과는 일정한 거리를 두고 있었다. 모든 사람들이 그것을 알고 의아해 했고, 모용봉 또한 한때는 남궁선과의 관계 개선을 위해 자신이 먼저 자리를 마련하기도 했다.

그럴 때마다 남궁선은 기꺼이 참석했으나, 모용봉과 일정 이상의 친분은 쌓으려 하지 않았다. 모용봉이 그 이유를 알게 된 것은 몇 달 후의 일이었다. 자신의 생일날에 축하해 주러 나온 임영옥을 남궁선이 아련한 눈으로 쳐다보고 있는 광경을 본 순간, 모용봉은 어째서 남궁선이 자신과 친해지려 하지 않았는지 알 수 있었던 것이다.

남궁선이 임영옥을 처음 본 것은 구궁보에 온 지 보름쯤 지난 어느 늦은 저녁이었다.

그날따라 날씨는 선선했고, 노을은 유난히 붉었다. 구궁보에서 지내는 생활에 그럭저럭 만족하고 있기는 했으나, 집을 떠나 타지(他地)에서 젊은 시절을 보내고 있는 자신의 신세가 왠지 처량해서 남궁선은 구궁보의 후원을 이리저리 서성거리고 있었다. 세상을 온통 붉은색으로 물들여 놓은 노을을 바라보고 있자니 마음속의 울적함이 더욱 짙어져서 한없이 깊은 고독 속으로 침잠되어 갔다.

그는 저 붉은 노을 속에 풍덩 빠져 죽고 싶다는 생각을 하고 있다가, 문득 누군가가 멀지 않은 곳에서 자신처럼 멍하니 노을을 바라보고 있음을 깨달았다.

그쪽으로 고개를 돌린 남궁선은 환상(幻想) 속의 여인을 볼 수 있었다.

자신이 늘 마음속으로 꿈꿔 왔던 가장 이상적인 여인이 그곳에 서 있었다. 그린 듯 고운 자태에 우아하면서도 차분한 분위기, 무엇보다도 붉은 노을 속을 가만히 응시하고 있는 깊은 눈빛이 그를 사로잡았다. 어이없게도 남궁선은 단 한 번 보는 것만으로 그녀에게 매혹당하고 말았던 것이다.

한동안 남궁선은 무언가에 홀린 사람처럼 정신없이 그녀를 쳐다보고 있었다. 그의 시선을 느꼈는지 그녀가 천천히 그를 돌아보았다. 시선이 마주치자 남궁선은 전신에 짜릿함을 느꼈다. 이 여자야말로 자신이 원하는 바로 그 여자라는 확신이 들었다.

그녀는 노을에 물들어 붉게 빛나고 있는 남궁선의 얼굴을 한동안 묵묵히 응시하고 있다가 조용한 음성으로 입을 열었다.

"처음 뵙는 분이군요. 후원에 머무르는 식객이신가요?"

남궁선은 그녀의 목소리마저 마음에 들었다. 이런 목소리로 당신만을 사랑한다는 말을 듣는다면 그것은 과연 어떤 기분일까?

그는 최대한 침착해지도록 노력하며 애써 담담한 음성으로 대답했다.

"그렇습니다. 내 이름은 남궁선이라고 합니다."

"당신이 남궁 공자로군요."

남궁선은 귀가 번쩍 뜨여 황급히 물었다.

"나를 알고 계십니까?"

그녀의 고개가 알 듯 모를 듯 살짝 끄덕여졌다.

"일전에 군 공자에게서 들은 적이 있어요. 모처럼 마음에 드는 사람을 만났다고 하더군요."

군 공자라면 필시 군유현을 가리키는 말이리라. 군유현은 이런 여자를 알고 있다는 걸 왜 자신에게 한 마디도 언급하지 않았단 말인가?

남궁선은 나중에 군유현을 만나면 단단히 따지리라고 결심하며 다시 말문을 열었다.

"이곳의 노을은 유달리 붉게 보이는군요. 아니면 오늘만 그렇게 보이는 건지도 모르겠습니다."

그녀는 다시 노을을 바라보았다. 그러면서 나직한 음성으로 소곤거리듯 말하는 것이었다.

"남궁 공자의 눈에만 그렇게 보이는 것이겠죠. 오늘의 노을도 평상시와 별로 다를 바가 없네요. 늘 볼 때마다 가슴을 아프게 하는 것도 똑같고……."

그녀의 마지막 말은 제대로 들리지 않았다. 그런데도 남궁선은 그녀의 음성을 듣는 순간 가슴 깊숙한 곳에서 울컥하는 것이 치밀어 올랐다. 그것은 아마도 그 말을 할 때 그녀의 눈빛이 세상에 없는 무언가를 보는 듯한 아련함으로 물들어 있기 때문일 것이다.

남궁선은 아무 말도 하지 못하고 우두커니 그녀를 바라보고 서 있었다. 후원의 작은 언덕에서 두 남녀는 세상을 온통 붉은색으로 물들이는 노을 속에 언제까지고 잠겨 있을 듯했다.

노을이 점차로 사라지며 하늘이 조금씩 어두워져 올 때, 그녀는 뜻 모를 한숨을 내쉬더니 천천히 몸을 돌렸다. 남궁선을 향해 살짝 고개를 숙여 인사를 한 그녀가 후원 뒤쪽으로 걸음을 옮길 때까지도 남궁선은 한 마디도 하지 않았다.

몇 번이나 그는 그녀에게 무슨 말이라도 해야 한다고 생각했으나, 어떤 말을 해야 할지 아무것도 머릿속에 떠오르지 않았다. 그녀의 모습이 어둠 속에 사라지고 나서야 그는 그녀의 이름조차 물어보지 않았다는 것을 깨달았다.

숙소로 돌아온 남궁선은 그날 밤을 뜬눈으로 지새웠다. 눈을 감고 잠을 청하려 해도 그녀의 모습이 떠올라 잠이 들 수가 없었다. 그녀의 눈빛, 그녀의 음성, 그녀의 독특한 분위기가 잊히지 않았다.

다음 날, 아침 해가 뜨자마자 그는 군유현을 찾아갔다.

"해가 서쪽에 뜰 일이로군. 날이 훤히 밝은 다음에야 간신히 자리에서 일어나는 늦잠꾸러기가 이런 꼭두새벽에 나를 찾아오다니."

군유현이 장난스럽게 말하는데도 남궁선은 전혀 웃음기 없는 얼굴로 그를 뚫어지게 바라보았다. 군유현의 표정도 덩달아 굳었다.

"자네의 그런 표정은 처음 보는군. 대체 무슨 일인가?"

남궁선은 더할 나위 없이 진지한 얼굴로 군유현을 바라보더니 불쑥 입을 열었다.

"그녀가 누군가?"

밑도 끝도 없는 질문에 군유현은 어안이 벙벙한 모습이었다.

아침 일찍 불쑥 쳐들어와서는 심각한 표정을 지으며 물어본다는 것이 그녀가 누구냐라니?

 남궁선도 자신의 물음이 너무 성급했음을 깨달았는지 한 차례 숨을 고르고는 한결 침착해진 음성으로 말했다.

 "며칠 전에 서로가 가장 바라는 여인상(女人像)에 대해 이야기 한 적이 있는데, 기억하고 있나?"

 군유현은 고개를 끄덕였다.

 "물론이지. 나는 열정을 위해서 자신의 모든 것을 태워 버릴 수 있는 정열적인 여자를 좋아한다고 했고, 옥풍은 지적이고 냉정을 잃지 않으면서도 자신에게는 한없이 부드러운 여자를 찾고 있다고 했지. 그리고 자네는……."

 "보는 순간 내 영혼까지 앗아 갈 수 있는 여자……."

 "그래. 조금 터무니없다고 생각했지만, 그래도 그건 개인의 취향이니까 우리는 기꺼이 존중해 줬지."

 남궁선의 눈동자 속에는 불이 담겨 있었다.

 "그런 여자를 보았네."

 군유현은 남궁선을 힐끔 쳐다보는 것만으로도 그의 눈속에 담긴 불길을 알아차렸다.

 "어디서 보았나?"

 "어제 후원의 언덕에서. 붉은 노을과 함께 서 있더군."

 군유현의 얼굴에 한 줄기 이상한 표정이 떠올랐다.

 "언덕? 어느 언덕 말인가?"

 "후원 뒤쪽으로 걸어가면 작은 정자가 있지 않나? 그 정자를 뺑 돌아 화원 두 개를 지나치니 야트막한 담장에 둘러싸인 그림같이 아름다운 언덕이 나오더군.”

"자네가 그곳까지 갔는데도 아무도 말리지 않았단 말인가?”

남궁선의 얼굴에 한 줄기 의아한 빛이 떠올랐다.

"나를 막는 사람은 없었네. 그곳은 내가 가서는 안 되는 곳인가?”

"그런 건 아니지만…… 그 언덕은 내원(內院)의 특정한 사람들만 출입하는 곳이라, 식객들은 잘 가지 않는 곳이라네.”

남궁선은 고개를 갸웃거렸다.

"그런가? 후원에 있다 보니 가슴이 답답해서 무심코 좀 더 트인 곳으로 걸음을 옮기다가 그곳까지 발길이 닿았네. 아무튼 그곳에서 그녀를 보았지. 처음 본 순간 영혼까지 앗아 가 버리는 그런 여자를…….”

어찌 된 일인지 군유현은 그의 말에 아무런 대꾸도 없이 무언가 생각에 잠긴 듯한 모습이었다. 남궁선은 별로 신경 쓰지 않고 허공을 올려다보며 어제의 일을 회상하듯 아련한 표정을 지어 보였다.

"솔직히 자네들에게 말을 해 놓고도 내 평생에 그런 여자를 만날 수 있을 것인지 의문이 들기는 했었지. 그런데 불과 며칠 되지도 않아 실제로 그런 여인을 눈앞에 보게 되었으니, 참으로 너무도 공교로운 일이 아닌가? 그런 여인이 실제로 존재할 줄은 상상도 못했네. 그것도 나와 같은 곳에 머물러 있다는 것이…….”

"그녀는 잊게.”

군유현의 서늘한 말에 남궁선은 퍼뜩 고개를 돌려 그를 쳐다보았다.

"그게 무슨 말인가?"

군유현은 입가에 웃음도 지우고 냉정한 표정으로 그를 응시하고 있었다.

"그녀에 대한 모든 것을 잊게. 그런 여자는 만나지 않은 것으로 생각하란 말일세. 이게 내가 자네에게 해 줄 수 있는 마지막 충고일세."

남궁선은 한편으로는 어이가 없으면서도 한편으로는 의아한 생각이 들었다.

"그녀가 누구인지 아는가?"

"그 언덕이 있는 공간은 오직 한 사람만을 위한 곳일세. 그러니 자네가 그곳에서 보았다는 사람이 누구인지는 어렵지 않게 알 수 있지."

"그녀가 누구인가?"

군유현은 냉엄한 음성으로 잘라 말했다.

"내 말을 듣지 못했나? 그녀에 대한 건 더 이상 떠올리지 말란 말일세. 자네가 나를 친구로 생각한다면 반드시 지켜 줘야 하는 일일세."

남궁선은 무어라고 말하려다 군유현의 차갑게 빛나는 눈을 보고는 입 밖으로 나오려는 음성을 눌러 삼켰다. 그것은 그가 지금까지 군유현을 사귀어 오면서 한 번도 본 적이 없던 냉랭한 시선이었다. 그 시선 속에는 분명한 경고의 빛이 담겨 있었다.

'더 이상은 그녀에 대해 알려고 하지 마라.'

군유현의 눈은 남궁선을 향해 그렇게 소리치고 있었던 것이다.

그날의 만남은 그렇게 어색하게 끝나 버렸다. 남궁선은 저녁이 되기를 초조히 기다려 주위에 조금씩 노을이 번지기 시작하자 다시 어제의 그 언덕으로 향했다. 하나 정자를 지나 작은 화원을 통과하려 할 때 제지를 받았다.

"이곳은 지나가실 수 없습니다."

소리도 없이 나타난 백삼인 한 명이 그의 앞길을 가로막았다.

남궁선은 그가 모용봉의 수족과 같은 수하들인 창룡무사 중의 한 사람임을 알아보고 황급히 물었다.

"어제는 이곳을 지나갔는데 오늘은 왜 갈 수 없단 말이오?"

백삼인은 남궁선의 얼굴을 물끄러미 쳐다보더니 무감각한 음성으로 말했다.

"어제 이곳을 지키던 자가 잠시 자리를 비운 사이에 그런 일이 있었던 모양입니다. 그자는 합당한 처벌을 받을 테니 공자께서는 더 이상 신경 쓰지 않으셔도 됩니다."

처벌이라는 말에 남궁선은 내심 꺼림칙한 느낌이 들었다. 자신을 막지 않았다고 누군가가 처벌을 받는다면 그로서는 마음이 무거워지지 않을 수 없었다.

"그렇다면 한 가지만 말해 주시오. 이곳을 지나면 어느 분의 거처가 나오는 거요?"

백삼인의 두 눈에는 아무런 감정의 빛이 담겨 있지 않았다.

"그건 제가 알려 드릴 수 있는 사항이 아니군요. 죄송합니다."

결국 남궁선은 허탈하게 돌아설 수밖에 없었다.

그날 밤, 그는 고민을 하다가 부옥풍을 찾아갔다. 군유현보다는 훨씬 유연하고 심성이 온화한 그에게서 언덕의 여인에 대한 실마리를 찾을 수 있지 않을까 하는 마음에서였다. 그리고 그의 기대는 헛되지 않았다.

부옥풍은 열정적으로 어제 일을 설명하는 남궁선의 얼굴을 한참 동안이나 물끄러미 쳐다보고 있다가 무거운 한숨을 내쉬었다.

"흐음, 자네는 정말 사람을 곤란하게 하는군. 세상에는 간혹 봐서는 안 될 일이 있고, 만나서는 안 될 사람이 있는 걸세. 자네도 그 정도는 알고 있지 않나?"

남궁선은 열기를 담은 음성으로 대답했다.

"물론 나도 알고 있네. 하지만 이미 지나간 일은 어쩔 수 없다는 것도 알고 있지. 누가 무어라 해도 내가 그녀를 만난 건 분명한 사실일세. 숨기고 피한다고 해서 그 일이 없던 일이 되는 건 아니라는 말일세."

부옥풍은 씁쓸하게 웃으며 고개를 내저었다.

"그건 단지 말장난에 불과한 걸세. 때로는 모르고 지내는 것이 더 나은 법도 있네. 이번 일이 바로 그런 경우일세."

"그녀를 다시 만나지 않아도 좋네. 그 언덕에 찾아가지 말라면 그렇게 하지. 다만 그녀가 누구인지만 말해 주게. 명색이 내가 자네의 친구라면, 그 정도쯤은 말해 줘도 되지 않겠나?"

부옥풍는 간절한 눈으로 자신을 바라보는 남궁선의 얼굴을 가만히 보고 있더니 다시 탄식을 토해 냈다.

"정불의(情不意)라더니…… 정녕 그녀를 잊지 못하겠나?"

"내가 말했지 않나? 한 번 본 것만으로 내 영혼을 앗아 간 여인이라고. 자네라면 자신이 직접 눈으로 확인한 그런 여인을 만나지 못한 것으로 치고 깨끗이 잊어버릴 수 있겠나?"

"내가 그런 경우를 당하지 않은 걸 다행으로 알아야겠지……."

부옥풍은 혼잣말처럼 중얼거리더니 다시 고개를 들어 남궁선을 쳐다보았다. 그때 그의 눈빛은 어느 때보다 날카롭게 빛나고 있었고, 표정은 더할 나위 없이 진지함으로 가득 차 있었다.

"한 가지만 약속해 주게."

"말하게."

"그녀의 정체를 알게 되더라도 이후에는 절대 그 언덕으로 그녀를 찾아가서는 안 되네."

"약속하겠네."

부옥풍은 다시 한 차례 한숨을 내쉰 다음에야 비로소 그녀의 이름을 말해 주었다.

"임영옥. 모용봉이 자신의 배필로 생각하고 있는 여인일세."

그 말을 듣고 나서야 남궁선은 자신이 그녀에 대해 물었을 때 왜 군유현이 그런 반응을 보였는지 비로소 이해할 수 있었다.

임영옥…… 이름마저 사랑스럽지 않은가?

그런데 그녀가 모용봉의 여인이라니…….

이 무슨 얄궂은 하늘의 장난이란 말인가?

부옥풍은 창백하게 굳어 있는 남궁선의 얼굴을 한참이나 바라보고 있다가 무겁게 가라앉은 음성을 내뱉었다.

"그녀를 잊으라는 말은 하지 않겠네. 다만 앞으로 자네는 절대로 그녀에 대한 마음을 밖으로 표현해서는 안 되네. 그것이 자네가 할 수 있는 유일한 선택일세."

남궁선은 부옥풍의 충고를 충실히 따랐다. 적어도 겉으로는 누구에게도 자신의 속마음을 드러내지 않았고, 후원의 그 언덕으로 그녀를 찾아가지도 않았다. 하나 언제부터인가 그의 얼굴에는 미소가 사라져 있었고, 입 밖으로는 의미를 알 수 없는 한숨이 흘러나오기 시작했다.

남궁선은 구궁보를 떠나야 한다고 생각했으나, 그 결심을 실행에 옮길 수가 없었다. 그는 자기가 어디를 가든 무엇을 하든, 그녀의 그림자를 벗어날 수 없다는 사실을 깨달았다. 우습게도 단 한 번 만에 말 그대로 그는 자신의 영혼을 빼앗겨 버린 것이다.

두 달 후, 모용봉의 생일에 그는 또다시 그녀와 운명적인 재회(再會)를 하게 되었다.

모용봉의 생일 전부터 그는 혹시나 하는 막연한 기대를 가지고 있었으나, 그 기대가 실현되리라고는 그다지 믿지 않고 있었다. 하나 모용봉이 자신에게 소개시켜 줄 사람이 있다는 말을 했을 때부터 남궁선의 가슴은 세차게 뛰기 시작했다. 그리고 마침내 그녀가 그림처럼 조용히 나타났을 때, 그는 첫사랑에 빠진 철부지 소년처럼 그녀에게 넋을 잃고 말았다.

그녀가 무슨 옷을 입었는지, 머리 모양은 어떠했는지 하나도 기억나지 않았다. 오직 그녀의 한없이 영롱한 두 눈과 차분히 가라앉은 표정만이 뇌리에 가득 들어올 뿐이었다.

그녀가 그를 보고 살짝 머리를 숙여 아는 척을 했을 때, 그는 말 못할 기쁨을 느꼈다. 그리고 그녀가 모용봉의 옆으로 가서 앉았을 때, 그는 가슴이 메어지는 듯한 아픔을 느껴야만 했다.

부옥풍이 몰래 그의 소매를 잡아끌지 않았다면 그는 언제까지고 그 자리에 멍하니 서서 그녀를 바라보고 있었을 것이다.

"이리 앉게, 이 한심한 친구."

부옥풍은 살짝 그를 꾸짖었으나, 화를 내거나 조롱하는 기색은 보이지 않았다. 다만 그의 눈가에는 걱정스런 빛이 떠올라 있을 뿐이었다.

모용봉은 결코 마음이 넓거나 품성이 인자한 사람이 아니었다. 자신의 것을 남이 넘보게끔 내버려 두는 성격은 더더욱 아니었다.

이제 모용봉은 남궁선의 마음을 알았을 것이다. 모용봉이 아니라 장내에 있는 누구라도 남궁선이 임영옥에게 정신을 빼앗기고 있다는 것을 알아차렸을 것이다. 모용봉이 앞으로 남궁선을 어떻게 대할지 부옥풍으로서는 실로 우려하지 않을 수 없었다.

그날의 자리는 어색하기 그지없었고, 경직된 분위기로 인해 전혀 흥겹지 않았다. 연회가 끝날 때쯤, 모용봉은 좌중을 둘러보며 조용한 음성으로 입을 열었다.

"오늘의 모임은 이쯤에서 그치는 게 좋겠군. 나는 내일부터 한 달쯤 본가(本家)를 다녀와야겠는데, 나와 동행할 사람이 없소?"

말을 하면서도 모용봉의 시선은 곧장 남궁선에게 향해 있었다.

부옥풍이 남궁선의 옆구리를 손가락으로 살며시 찔렀다. 따라가겠다고 말하라는 무언(無言)의 독촉이었다.

남궁선 또한 이것이 모용봉이 자신에게 주는 마지막 기회임을 알 수 있었다. 여기서 그의 제안을 승낙한다면 그는 모용봉의 측근으로서 지금처럼 평온하고 안락한 삶을 영위할 수 있을 것이다. 반면에 그녀에게는 추호도 불측한 마음을 품어서는 안 되며, 그녀는 영원히 잡을 수 없는 별이 되고 마는 것이다.

그의 제안을 받아들이지 않는다면? 자신의 인생은 지금보다 한결 힘해질지 모르지만, 언제까지고 그녀를 마음속에 담아 둘 수 있을 것이다.

남궁선의 입가에 씁쓸한 미소가 떠올랐다.

어째서 인생은 꼭 한 가지를 얻으면 다른 한 가지를 상실하게 되는 것일까?

하지만 이런 결과라면 자신의 선택은 너무도 분명하지 않겠는가? 평온하고 안락한 삶을 원했다면 세가를 나오지도 않았을 것이다. 더구나 그 대가가 자신의 영혼을 앗아 간 여인에 관한 것이라면 더 생각할 나위도 없었다.

남궁선은 부옥풍의 은밀한 부추김에도 불구하고 아무 말도 없이 그 자리에 묵묵히 앉아 있었다. 그리고 군유현을 비롯한 대부분의 사람들이 기꺼이 동행하겠다는 의사 표시를 하는 광경을 가만히 지켜보고만 있었다.

부옥풍은 한참 후에야 남들이 알기 힘든 한숨을 내쉰 다음 자신도 동행하겠다고 말했다.

장내에 모인 사람들 중 부득이한 사정이 있어서 따라갈 수 없음을 밝힌 몇몇 사람 외에 아무런 의사 표시도 하지 않은 자는 남궁선이 유일했다.

모용봉은 이내 남궁선에게서 시선을 거두었다. 그의 얼굴에는 특별한 표정이 떠올라 있지 않았지만, 남궁선은 따사롭게 내리쬐던 햇볕이 먹구름 속으로 들어가 버린 것 같은 기분이 들었다.

모용봉의 시선은 마지막으로 자신의 옆에 앉아 있는 임영옥에게로 향했다.

"임 소저의 의향은 어떻소?"

임영옥은 차분한 표정으로 그의 시선을 받으며 낮게 가라앉은 음성으로 물었다.

"나도 따라갈 수 있는 건가요?"

"물론이오. 임 소저를 위해서 특별한 마차를 준비해 두었소."

임영옥은 한동안 깊은 시선으로 그의 두 눈을 바라보더니 문득 고개를 저었다.

"아직 몸 상태가 완전하지 않아서 한 달이나 되는 여행은 어려울 것 같군요. 나는 이곳에 있겠어요."

모용봉은 물끄러미 그녀를 바라보았다. 마치 그녀의 대답을 듣지 못한 사람처럼 그는 담담한 얼굴로 그녀에게 말했다.

"임 소저는 이제 겨우 신공(神功)에 입문한 단계라서 몸속의 후유증을 아직 스스로의 힘으로 제어할 수 없소. 소저는 한 달 동안 참을 수 있겠소?"

"한 달이라면."

임영옥이 주저 없이 대답하자 모용봉은 더 이상 아무 말도 하지 않았다. 하나 모용봉을 오래전부터 알고 있는 사람이라면 그의 입꼬리가 아주 살짝 떨렸음을 알아볼 수 있을 것이다. 그것은 그의 마음이 흔들렸을 때 나타나는 현상이었다.

잠시 후 그는 자리에서 일어났고, 그날의 연회는 그것으로 끝나 버렸다.

다음 날, 모용봉과 그의 일행들이 구궁보를 떠나자 구궁보는 텅 빈 절간처럼 조용해졌다. 그리고 그날 저녁, 남궁선은 그녀로부터 뜻밖의 초대를 받았다.

두근거리는 마음으로 후원의 화원으로 간 남궁선은 이번에는 아무의 제지도 받지 않고 화원을 지나 언덕에 도착할 수 있었다.

언덕의 노을은 그날처럼 붉었다. 그녀는 그날처럼 그 자리에 가만히 선 채 노을을 바라보고 있었다. 노을 속의 그녀를 보는 순간, 남궁선은 왠지 모르게 풋내기 어린 소년처럼 왈칵 눈물을 쏟아 낼 뻔했다.

그가 눈물을 흘리지 않은 것은, 그때 그녀가 고개를 돌려 그를 쳐다보았기 때문이었다. 남궁선은 필사적으로 흘러내리려는 눈물을 참았다.

그녀는 언제나처럼 조용한 음성으로 입을 열었다.

"남궁 공자를 이곳까지 오시게 해서 미안합니다. 나로서는 남궁 공자를 뵙지 않을 수 없었어요."

남궁선은 자신의 목소리가 떨려 나오지 않기만을 간절히 빌었다.

"나는 오히려 임 소저께서 초대해 주어 너무나 고마웠소."

남궁선의 가슴이 온통 설렘과 기대감으로 떨리는 것과 달리 그녀의 표정은 여전히 차분하게 가라앉아 있었다.

"남궁 공자에게 한 가지 청(請)이 있습니다. 아무리 주위를 둘러보아도 남궁 공자 외에는 이런 부탁을 할 수 있는 사람이 없군요. 그래서 실례를 무릅쓰고 남궁 공자를 뵙자고 한 것입니다."

그녀의 음성은 나직했으나, 남궁선은 찬물을 뒤집어쓴 듯한 기분을 느껴야 했다. 무언지 모를 아쉬움과 허전함이 짙은 상실감을 동반한 채 그의 가슴속을 마구 헤집고 있었다.

남궁선은 간신히 담담함을 유지할 수 있었다.

"임 소저께서 불초불민한 이 사람에게 청이 있다니 기쁘고 설레는 일입니다. 무슨 일인지 말씀해 주시면 제가 할 수 있는 최선을 다하겠습니다."

그녀는 그를 향해 공손하게 허리를 숙였다.

"남궁 공자의 친절에 미리 감사를 드립니다."

예의를 다하는 모습이었으나, 남궁선은 그만큼 서운한 감정이 들지 않을 수 없었다.

"아무것도 하지 않았는데 소저의 사례를 먼저 받으니 참으로 민망하군요. 어떤 일인지 말씀하십시오. 저는 기꺼이 경청하도록 하겠습니다."

"어렵지 않은 일입니다. 강호로 나가셔서 한 곳의 소식을 알아오신 후 저에게 알려 주시면 됩니다."

예상치 못했던 말에 남궁선의 얼굴에 의아한 빛이 떠올랐다.

"어느 곳의 소식 말입니까?"

그녀는 왠지 선뜻 입을 열지 않고 잠시 고개를 돌려 노을을 바라보았다. 붉은 노을에 비친 그녀의 옆모습은 누구라도 매혹당하지 않을 수 없을 정도로 아름다웠다.

남궁선은 순간적으로 갈증을 느끼고 이를 악물어야만 했다. 갈증의 순간이 지나가자 조금은 냉정한 눈으로 그녀를 볼 수 있었다.

그녀는 그가 지금까지 보아 온 최고의 미녀(美女)는 아니었다. 그는 그녀보다 아름다운 미녀를 적어도 세 명 이상은 떠올릴 수 있었다.

하나 그녀는 그가 지금까지 보아 온 최고의 여인(女人)이었다.

그 사실을 남궁선은 다시 한 번 절감할 수 있었다.

'내 영혼의 여인은 이 여자뿐이다. 이 여자가 아니면 안 된다…….'

남궁선이 속으로 다짐하고 있을 때 그녀가 다시금 그에게로 시선을 돌렸다. 그때 그녀의 눈빛은 왜 그렇게 애처로워 보였는지…….

그녀는 낮게 가라앉은 음성으로 말했다.

"종남파의 소식을 알아봐 주세요."

남궁선은 자신도 그녀처럼 낮은 목소리로 되물었다.

"섬서성의 종남파 말입니까?"

"그래요. 섬서성의 종남파."

그 말을 할 때 그녀의 표정을 남궁선은 오래도록 잊지 못했다. 한 사람의 얼굴에 그처럼 다양한 감정이 떠오를 수 있다는 것을 전혀 상상도 못했던 것이다. 그녀의 고운 얼굴에는 아련한 그리움과 애틋함, 원망과 후회, 서러움과 간절함, 기대하는 마음과 두려워하는 마음, 설렘과 격정의 온갖 다채로운 감정들이 뒤섞여 소용돌이치고 있었다.

"제 부탁을 들어주실 수 있으신가요?"

남궁선은 그녀의 얼굴을 한참이나 보고 있다가 간신히 고개를 끄덕였다.

"물론입니다. 너무 쉬운 일이라 부탁이라고 할 수도 없는 일이로군요."

종남파라면 지금은 비록 몰락했으나 한때는 구대문파에도 속해 있던 유명한 명문 정파였다. 비록 멀리 강북에 있기는 했으나, 그들의 소식을 듣는 것은 그다지 어려운 일이 아니었다. 당장 번화한 거리로 나가서 주루에 한나절만 앉아 있어도 되었고, 개방의 분타를 찾아가면 최근의 소식까지 상세하게 알 수 있을 것이다.

이렇게 간단한 일을 그녀는 이토록 왜 어렵사리 그에게 부탁하는 것일까?

구궁보의 누구라도 할 수 있는 일을 낯선 자신에게 부탁하는 그녀의 마음이 처음에는 이해가 되지 않았다. 하나 이내 그녀가 한 말 중 한 부분이 뇌리에 떠올랐다.

"아무리 주위를 둘러보아도 남궁 공자 외에는 이런 부탁을 할 수 있는 사람이 없습니다."

남궁선은 가슴이 덜컥 내려앉음을 느꼈다. 그녀의 말에 담긴 의미를 채 깨닫기도 전에 그녀는 그를 향해 정중하게 허리를 숙였다.
"다시 한 번 남궁 공자의 도움에 감사드립니다."
남궁선은 얼떨결에 자신도 그녀를 향해 포권을 했다.
"겨우 이런 일로 임 소저의 인사를 두 번이나 받게 되니 송구스럽기 그지없습니다."
그녀는 담담한 눈으로 그를 바라보았다.
"제게는 '겨우'가 아니랍니다."
남궁선은 순간 아무 말도 할 수 없었다. 그녀의 말속에 담긴 깊은 의미가 그의 머리를 어지럽혔다.
남궁선이 구궁보 밖으로 나가서 장문인이 실종된 종남파에 대한 소식을 가지고 다시 그녀를 찾은 것은 그로부터 오 일 후의 일이었다.

* * *

"그때부터 나는 가끔씩 그녀를 만날 수 있었소. 열흘에 한 번 그녀는 나를 초대해서 강호의 소식을 물었고, 나는 그때마다 내가 조사해 온 것들을 알려 주었소. 하나 제일 마지막에 그녀가 묻는 질문은 언제나 한 가지뿐이었소."
남궁선의 시선이 진산월의 두 눈에 못 박히듯 고정되었다.
"종남파의 장문인이 돌아왔느냐는 것이었소."
그녀가 같은 질문을 두 번째 하고 나서야 남궁선은 그녀가 종남파의 장문인과 각별한 사이임을 눈치챌 수 있었다. 그 질문을 할 때마다 그녀의 얼굴에 떠오른 걱정과 근심, 그리움의 빛이 단순히 문파의 제자가 장문인을 대하는 것과는 차원이 다른 것임을 뒤늦게 깨달은 것이다.

그녀와의 만남은 모용봉이 구궁보로 돌아오기 전까지 계속되었다.

"모용봉이 돌아온 후 나는 한동안 그녀를 만나지 못했소."

남궁선의 음성에는 쓸쓸한 빛이 가득 담겨 있었다.

그녀와의 만남은 비록 한 달이라는 짧은 기간에 벌어진 일이었지만, 그것은 남궁선의 인생을 송두리째 바꿔 놓았다. 그 한 달이 그에게는 지금까지 겪어 보지 못했던 가장 행복한 시간이었고, 또한 고통스러운 시간이었으며, 한없는 기다림과 아쉬움의 시간이기도 했다.

그리고 임영옥이라는 한 여인을 어느 정도나마 이해할 수 있었다.

구궁보에서 그녀의 처지는 실로 미묘했다.

구궁보의 실질적인 주인인 모용봉이 그녀를 아끼고 있다는 건 분명한 사실이었다. 모용봉을 비롯한 구궁보의 모든 식솔들이 그녀를 대하는 태도는 정중하기 그지없어서 영락없이 구궁보의 안주인을 대하는 것 같았다.

하나 그녀는 자기 마음대로 후원을 벗어나지도 못했고, 식솔들에게서 외부의 소식을 전해 들을 수도 없었으며, 내원의 몇 사람을 제외하고는 식객들조차 함부로 만날 수 없었다. 구궁보 밖을 벗어나는 일은 더더욱 불가능했다.

그녀가 구궁보의 식솔들을 제외하고 유일하게 만나는 사람이 남궁선이었다. 역설적으로 그것은 남궁선이 구궁보의 사람이 아니며, 모용봉과는 도저히 친구가 될 수 없음을 뜻하는 것이기도 했다.

남궁선은 몇 번이나 구궁보를 떠나려 했으나, 결국은 떠나지 못했다. 자신마저 없어지면 그녀가 더욱 힘들고 어려운 시간을 보낼 것 같았기 때문이다. 아니면 그것은 단지 자기 자신에게 하는 변명일 뿐이고, 이곳을 떠나면 두 번 다시 그녀를 만나지 못할 것 같은 불안감이 진정한 원인이 아니었을까?

* * *

남궁선이 그녀를 다시 본 것은 해가 넘어간 다음 해의 첫날 신년(新年) 모임에서였다.

그때 구궁보는 모처럼 많은 하객(賀客)들로 붐비고 있었다. 구대문파의 이름난 고수들은 물론이고, 무림에서 좀처럼 모습을 보기 힘들었던 명숙(名宿)들도 상당수 참여해서 신년회는 그야말로 작은 무림 대회를 방불케 할 정도로 성황을 이루었다.

남궁선은 구궁보의 식객들과 함께 있었는데, 그가 있는 자리는 모용봉의 친구들이라는 해천사우나 경천사객들과는 상당히 떨어진 곳이었다.

몇몇 사람들이 그에게 왜 저들과 함께 있지 않느냐고 물어보기도 했으나, 그때마다 남궁선은 쓴웃음을 지으며 말없이 고개만 내저었다. 예전에 친하게 지냈던 군유현과는 이미 멀어진 지 오래였고, 정검 부옥풍과도 다소 소원한 상태가 되어 간혹 안부 인사만 나눌 뿐이었다. 해천사우의 다른 두 사람과는 제대로 된 인사조차 한 적이 없었다.

모용봉이 나타나자 신년식의 분위기는 뜨거워져서 많은 사람들의 웃음과 고함 소리가 조용했던 구궁보를 모처럼 떠들썩하게 만들었다. 신년식이 절정에 달했을 즈음, 소리도 없이 그녀가 나타났다. 대다수의 사람들은 모용봉의 옆에 앉아 있는 그녀를 의아한 눈으로 힐끔거리는 정도였으나, 일부 눈치가 빠른 사람들은 그녀가 소문으로만 나돌던 모용 공자의 여인임을 알아차리고 안광을 번뜩이며 그녀를 주시하고 있었다.

남궁선은 그녀가 나타날 때부터 그녀에게서 시선을 떼지 못한 채 그녀의 일거수일투족에 온 신경을 집중했다. 몇 달 만에 다시 본 그녀는 여전히 아름다웠고, 특유의 분위기 또한 그대로였다.

하나 남궁선은 그녀의 얼굴 한쪽에 짙은 그늘이 드리워져 있는 것을 알 수 있었다. 남궁선은 그녀의 얼굴에서 그 그늘을 거두어 주고 싶었으나, 그것은 지금의 그에게는 불가능한 일이었다.

신년회가 끝날 즈음, 숙소로 돌아가려던 남궁선에게 창룡무사 한 사람이 찾아왔다. 그의 안내로 남궁선은 아직 한 번도 가 보지 못한 구궁보의 내실로 들어설 수 있었다. 그곳에는 해천사우 네 사람이 미리 와서 앉아 있었다.

그들은 남궁선의 등장이 뜻밖인 듯 약간은 놀라고 약간은 호기심 어린 표정으로 그를 맞이했다.

"이곳에는 어찌 된 일인가? 모용봉을 찾아온 것이라면……."

그나마 아직까지도 친분이 있는 부옥풍이 그에게 다가오며 약간은 걱정된 음성으로 나직하게 묻자 남궁선은 고개를 내저었다.

"그의 초대를 받았네. 그것밖에는 나도 아는 게 없네."

"하긴…… 그렇지 않았다면 이 망천정(望天亭)까지 들어올 수도 없었겠군."

"이곳이 망천정인가?"

"그래. 자네는 처음 들어와 보겠군. 나도 이번이 세 번째라네."

구궁보의 내실은 모두 세 개의 공간으로 구분되어 있었다. 각기 망천(望天), 조지(照地), 심인(尋人)이라는 이름이 붙은 이 공간들은 모용봉의 처소로, 이 중 망천정만이 그나마 외부인들이 들어올 수 있는 유일한 곳이었다. 나머지 두 개의 공간은 남궁선도 그저 어렴풋이 이름만 들어 보았을 뿐이었다.

망천정은 생각보다 화려하거나 크지 않았다. 십여 명이 뺑 둘러앉으면 꽉 찰 정도로 작은 대청이 있고, 한쪽으로 주렴이 쳐진 좁은 회랑이 길게 이어져 있었다. 아마 그 회랑을 따라가면 다른 공간으로 이동할 수 있을 것이다.

대청의 벽에는 별다른 장식도 달려 있지 않았고, 천장이나 바닥도 특별한 것이 없었다. 다만 사방으로 창문이 뚫려 있어 좁거나 답답하다는 느낌은 전혀 들지 않았다.

남궁선이 망천정을 찬찬히 둘러보고 있을 때, 주렴이 걷히며 모용봉의 모습이 나타났다. 모용봉은 중인들을 향해 가벼운 목례를 하고는 중앙의 좌석으로 가서 앉았다.

"기다리게 해서 미안하네. 손님들을 배웅하느라 몸을 빨리 뺄 수가 없었네."

부옥풍이 하얀 이를 드러내며 빙긋 웃었다.

"조금 전에 보니 이번에도 자네에게 중매를 서려고 많은 사람들이 미녀들을 대동하고 왔던데, 그녀들을 구경하느라 늦은 건 아니었나?"

모용봉의 얼굴에도 약간은 난처한 듯한 미소가 떠올랐다.

"내가 그런 일에 취미가 없다는 건 자네가 더 잘 알고 있지 않나? 물론 미녀들을 감상하는 게 싫다는 소리는 아닐세."

"물론 그렇겠지. 다만 자네 취향의 여자가 없었을 뿐이겠지."

"하하……."

모용봉은 한 차례 나직하게 웃고는 이내 시선을 남궁선에게로 돌렸다.

"그러고 보니 남궁 공자는 정말 오랜만에 뵙는 것 같소. 같은 공간에 머물러 있으면서도 변변한 안부 인사조차 나누지 못했으니, 주인 된 사람으로서 미안한 일이 아닐 수 없구려."

남궁선은 담담한 음성으로 대꾸했다.

"나야말로 오랫동안 신세를 지고 있으면서도 제대로 감사의 표시조차 하지 못했으니 송구스럽기 그지없소. 나 같은 사람을 마음 편히 머물 수 있게 해 주어 항상 고맙게 생각하고 있소."

"남궁 공자 같은 분이라면 언제든지 환영이오."

모용봉이 한 차례 손뼉을 치자 주렴이 열리며 한 명의 여인이 들어왔다. 눈부신 백의를 입은 그 여인은 안면에 미소를 띠고 있었는데, 가늘게 구부러진 두 눈이 보는 사람의 마음을 앗아 갈 듯 독특한 매력을 풍기고 있었다.

남궁선은 그녀가 모용봉의 시비 중 한 사람인 소국(笑菊) 백교운(白巧雲)임을 알아보았다. 백교운은 찻잔과 찻주전자를 들고 와서 나긋나긋한 동작으로 모용봉과 해천사우에게 차를 따라 주었다. 마지막으로 남궁선에게 차를 따르면서 그와 시선이 마주치자 그녀는 살짝 미소 지었다. 의미를 알 수 없는 묘한 미소였다.

백교운은 중인들에게 차를 따르고는 이내 주렴을 열고 밖으로 모습을 감추었다.

남궁선이 차를 한 모금 마실 때, 모용봉의 음성이 들려왔다.

"남궁 공자에게 청이 하나 있는데, 들어주시겠소?"

남궁선은 움찔하여 절로 모용봉에게 시선을 고정시켰다. 모용봉의 입에서 남에게 부탁한다는 말을 들으리라고는 전혀 생각도 못한 일이었다. 더구나 그 당사자가 자신이리라고는 상상조차 해 본 적이 없었다.

남궁선은 절로 표정이 굳어져서 음성마저 딱딱해졌다.

"말씀하시오. 기꺼이 듣겠소."

모용봉의 입가에 살짝 미소가 걸렸다.

"어려운 부탁은 아니니 그렇게 긴장할 필요는 없소. 아니, 오히려 남궁 공자에게는 반가운 일이 될지도 모르겠군."

남궁선은 더욱 어리둥절할 수밖에 없었다.

"내게 반가운 일이라니?"

모용봉은 여전히 웃고 있었지만, 그의 눈은 남궁선의 얼굴에 고정된 채 전혀 웃고 있지 않았다.

"내가 없는 동안 남궁 공자가 그녀와 몇 번의 만남을 가졌다는 것을 알고 있소."

뜻밖의 말에 남궁선은 가슴이 덜컥 내려앉았다. 모용봉이 지칭한 여인이 누구인지를 너무도 잘 알고 있었던 것이다. 혹시나 하는 자신의 우려가 현실로 닥친 것이 아닌가 하는 불안한 생각이 뇌리를 엄습했다.

하나 모용봉의 다음 말은 그의 예상을 뛰어넘는 것이었다.

"내가 온 뒤로 그녀를 만나지 못했다고 들었소. 앞으로 가끔은 예전처럼 그녀를 만나서 담소라도 나누어 주었으면 하오."

남궁선은 자신이 잘못 들었나 싶어 모용봉의 얼굴을 쳐다보았다. 하나 모용봉의 냉정하게 가라앉아 있는 눈을 보는 순간, 남궁선은 자신이 잘못 들은 것이 아님을 분명하게 알 수 있었다.

"내가 그래도 되겠소?"

남궁선의 물음에 모용봉의 입가에 떠올라 있는 미소가 조금 더 짙어졌다.

"물론이오. 임 소저가 요즘 혼자서 지내다 보니 외로움을 타는 모양이오. 남궁 공자가 한 달에 한 번이라도 그녀를 만나서 말동무가 되어 준다면 나로서는 더 바랄 것이 없소."

그제야 비로소 남궁선은 모용봉의 의도를 알아차렸다. 모용봉은 임영옥의 얼굴에 드리운 그늘을 자기만의 방식으로 지우고 싶어 했던 것이다.

덕분에 남궁선은 다시 또 임영옥을 만날 수 있는 기회를 잡게 되었다. 오직 한 달에 한 번뿐인 기회였으나 그로서는 도저히 거절할 수 없는 제안이기도 했다.

모용봉은 남궁선의 그런 마음을 훤히 짐작한다는 듯 가만히 그의 두 눈을 바라보며 물었다.

"내 청을 수락하시겠소?"

남궁선은 한숨이 흘러나오려는 것을 억누르며 간신히 고개를 끄덕였다.

"그러겠소."

모용봉의 의도에 끌려가는 신세가 되었으면서도 전혀 예상치 못하게 찾아온 의외의 기회에 기뻐하는 자신이 너무도 한심스럽게 생각되었던 것이다.

남궁선은 정확히 한 달에 딱 한 번 임영옥을 만날 수 있었다. 그리고 그런 생활은 이 년 넘게 계속되었다.

* * *

"올봄에 나는 실종되었던 장문인이 다시 돌아왔으며, 종남파가 재건되었다는 소식을 그녀에게 전했소. 그녀는 내 말을 듣고도 한동안 아무 말도 없이 가만히 앉아 있더군."

오랫동안 말하는 것이 무척 힘든지 남궁선의 이마에는 송골송골 땀방울이 맺혀 있었다. 남궁선은 소맷자락으로 이마의 땀을 닦으며 진산월을 향해 웃어 보였다.

"그 소식을 전할 때의 내 마음을 진 장문인은 짐작도 못할 거요. 그때, 사실 나는 그 소식을 그녀에게 전해야 하나 말아야 하나 무척이나 진지한 고민에 빠져 있었다오."

진산월은 말없이 그의 말을 듣고만 있었다.

남궁선은 그의 깊게 가라앉은 눈과 움푹 파인 왼쪽 뺨의 흉터, 그리고 굳게 다물어진 입술을 차례로 바라보다가 다시 입을 열었다.

"내가 무엇 때문에 고민했는지는 진 장문인도 짐작할 수 있을 거요. 하지만 결국은 그녀에게 말해야만 했소. 지난 삼 년간 그녀가 얼마나 애타게 그 소식을 기다려 왔는지 누구보다도 잘 알고 있었기 때문이오."

"……."

"그날 내가 돌아갈 때까지도 그녀는 한 마디도 하지 않고 묵묵히 있었소. 하나 내가 막 방문을 벗어나려는 순간, 그녀는 조용한 목소리로 말하더군. '다음에 오실 때는 그 소식을 좀 더 자세하게 알아오셨으면 좋겠군요.' 라고 말이오. 나는 바보처럼 실없이 웃으며 그러겠다 말하고 밖으로 나왔소. 그리고는 내 방으로 돌아와서 밤새도록 혼자서 술을 마셨지. 그 술맛은…… 내 평생 처음 맛보는 쓰디쓴 것이었소."

남궁선은 다시 한 차례 이마의 땀을 닦고는 돌연 실성한 사람처럼 히죽 웃었다.

"그녀에 대한 이야기를 한다면서 내 넋두리가 되고 말았군. 아무튼 나는 한 달 후에 다시 그녀에게 가서 내가 그동안 알아낸 종남파 부흥과 세칭 '종남혈사' 라 불리는 그 사건에 대해 상세하게 말해 주었소. 그리고 강호인들이 종남파의 장문인을 신검무적이라 부른다고 말해 주었지. 그 후의 일은 진 장문인도 짐작하고 있을 거요."

진산월은 살짝 고개를 끄덕였다.

그녀는 진산월을 만나기 위해서 구궁보를 나왔으며, 그 뒤로 많은 일들이 일어났다. 그 속의 파란만장한 사연들을 어찌 말로 표현할 수 있겠는가?

남궁선은 무표정하게 앉아 있는 진산월을 한동안 지켜보다가 혼잣말처럼 나직한 음성으로 말했다.

"그녀가 진 장문인을 만나기 위해 구궁보를 벗어난 지 며칠 후에 나도 그곳을 떠나고 말았소. 더 이상은 그곳에 있을 수 없다는 것을 절실히 깨달았기 때문이오."

남궁선은 그녀의 마음에 자신이 비집고 들어갈 공간이 전혀 없다는 것을 새삼 절감하게 되었다. 그러니 그가 선택할 수 있는 길은 구궁보를 떠나는 것뿐이었다.

하나 막상 구궁보를 나온 그가 돌아갈 수 있는 곳은 그리 많지 않았다. 결국 그의 발길은 집으로 향했고, 그곳에서 그토록 만나고 싶었고 한편으로는 피하고 싶었던 그녀의 남자를 보게 된 것이다.

남궁선의 긴 이야기가 끝나도록 진산월은 한 마디도 하지 않고 그의 말을 듣고만 있었다. 그 깊은 인내력에 남궁선은 내심 경탄하지 않을 수 없었다. 또한 그 강철 같은 평정심과 냉정함을 넘어선 무심한 표정을 송두리째 깨고 싶었다.

그래서 그는 지금까지와는 달리 한결 냉랭해진 음성으로 물었다.

"진 장문인은 궁금하지 않소? 그녀가 외인을 만나는 것조차 철저하게 통제하던 모용봉이 어째서 그녀의 외출을 순순히 허락했는지 말이오."

진산월의 시선이 그에게로 향했다.

남궁선은 그의 눈을 똑바로 바라보며 한 자 한 자 씹어뱉듯이 분명한 음성으로 말했다.

"그건 바로 그녀가 모용봉과 한 가지 흥정을 했기 때문이오."

처음으로 진산월이 굳게 다물었던 입을 열었다.

"무슨 흥정이오?"

"모용봉이 무슨 부탁을 하든 한 가지를 들어주기로 한 것이오. 모용봉이 그녀에게 무엇을 부탁했는지 알겠소?"

진산월은 묻지 않았다. 묻지 않아도 알 수 있었다. 남궁선의 흉하게 일그러진 얼굴과 분노에 가득 찬 눈동자만 보아도 짐작할 수 있는 일이었다.

"그것은 바로 자신의 청혼을 거절하지 말아 달라는 것이었소. 그것은…… 그것은 정말 그답지 않은 치졸한 행동이었소."

그녀가 그 부탁을 수락했는지 아닌지는 그녀가 구궁보를 나온 것만으로도 쉽게 짐작할 수 있는 일이었다. 모용봉은 구궁보를 처음으로 나서는 그녀를 위해 자신의 여의신거를 내주었을 뿐 아니라, 친우인 군유현과 수하들로 하여금 그녀를 호위토록 했다. 그 모든 상황이 가리키는 것은 오직 한 가지뿐이었다.

대체 그녀는 모용봉의 청혼을 수락하면서까지 왜 그토록 간절히 진산월을 만나려 한 것일까? 그런 어려움 끝에 만난 진산월에게 그녀는 왜 자신은 종남파로 돌아갈 수 없다는 한마디의 말만을 남겨야 했던 것일까?

남궁선은 자신의 말을 들은 진산월이 필시 고통스러워하거나 분노에 가득 차서 평정심을 깰 것이라고 생각했으나, 그의 기대는 이루어지지 않았다.

진산월은 담담한 얼굴로 짤막하게 말했을 뿐이었다.

"사매의 소식을 전해 주어서 고맙소."

하마터면 남궁선은 그의 멱살을 잡고 버럭 노성을 터뜨릴 뻔했다. 당신 사매가 그런 대접을 받고 그런 곤경에 처해 있다는 걸 알면서도 어쩌면 그렇게 태연할 수가 있느냐고. 그녀가 당신을 얼마나 애타게 기다렸는지 짐작이라도 했을 텐데 어떻게 이런 평정을 유지할 수가 있느냐고.

하나 남궁선은 그러지 못했다. 왜냐하면 그때 자신을 향해서 더할 수 없이 정중하게 포권을 하는 진산월의 모습을 보았기 때문이다.

당금 무림의 최정상에 서 있는 신검무적이 그에게 허리 숙여 인사를 하고 있다. 대(大)종남파의 장문인이며 누구나가 인정하는 강호 제일 검객이 마치 구명지은(救命之恩)의 은인이라도 만난 것처럼 자신을 향해 극도의 공경을 표하고 있는 것이다.

그때 비로소 남궁선은 겉으로 보이는 것이 전부가 아님을 깨닫게 되었다. 깊은 바다는 소리를 내지 않고 흐른다. 너무나 깊은 고통과 분노는 오히려 인간에게 냉정함을 일깨워 주는 것이다.

생각해 보면 자신의 긴 이야기를 묵묵히 듣고 있을 때부터 진산월은 이미 마음속으로 온갖 감정의 회오리를 겪고 있었을 것이다. 다만 그 감정의 깊이가 무척이나 깊고 광활해서 자신이 미처 느끼지 못했을 뿐이었다.

포권을 마치고 고개를 쳐든 진산월의 두 눈에 흐르는 눈빛을 본 남궁선은 얼굴을 돌리지 않을 수 없었다. 그의 눈빛은 예전에 자신이 보았던 임영옥의 그것과 놀랍도록 닮아 있었다. 수없이 많은 감정의 소용돌이가 휘몰아치던 그녀의 눈빛과.

남궁선은 무거운 한숨을 내쉬었다.

그녀에 관한 마지막 비밀 한 가지를 그에게 말하지 않은 것이 다행인지 아닌지는 모르겠지만, 적어도 지금은 때가 아니라고 느꼈다.

언제고 그 비밀을 말할 수 있을 때가 올 것이다. 어쩌면 그 순간이 영원히 오지 않을지도 모른다.

그리고 남궁선은 그 순간이 영원히 오지 않기를 정말 간절히 빌었다. 그것이 자신이 영혼을 바쳐 사랑했던 한 여인과 그녀가 목숨보다 사랑하는 한 남자를 위해 자신이 할 수 있는 유일한 일일 것이다.

제 248 장
산장만찬(山莊晚餐)

제248장 산장만찬(山莊晩餐)

소호(巢湖)의 물살은 끝없이 푸르렀다.

언제 비가 왔느냐는 듯 맑게 갠 하늘 아래 출렁이는 소호의 물살은 마치 물감을 뿌려 놓은 듯 깊고 푸른빛으로 반짝이고 있었다.

진산월 일행이 소호에 도착한 것은 장풍을 떠난 다음 날의 늦은 오후였다. 아직 해가 지지는 않았으나, 오후의 햇살이 긴 그림자를 사방에 드리우고 있었다.

일행보다 먼저 소호의 호반(湖畔)으로 말을 달려 갔던 동중산이 이내 한 사람을 대동하고 돌아왔다.

"혁리 공자의 수하라는 자가 찾아왔습니다."

얼굴의 하관이 길쭉하고 단단한 체구의 이십 대 청년이 진산월의 앞으로 다가와 정중하게 인사를 했다.

"혁리 공자님을 모시고 있는 환악(桓岳)이라 하옵니다. 천하에 대명이 자자한 진 장문인을 뵙게 되어 금생의 다시없는 영광으로 생각합니다."

진산월은 담담하게 그의 인사를 받았다.

"반갑네. 안내를 부탁하네."

환악은 민첩한 동작으로 일행의 앞에서 길을 선도하기 시작했다. 행동이나 눈빛만 보아도 제법 탄탄한 수련을 쌓은 고수임을 알 수 있었다.

모산도는 소호의 한복판에 있는 섬이었다. 섬 자체가 하나의 산으로 이루어져 있었고, 산과 호수가 빚어내는 풍광이 가히 절경이라 할 만해서 예로부터 소호 일대에서 가장 유명한 경승지로 손꼽히고 있었다. 그래서인지 모산도에는 명문 세가나 대부호의 별장이 곳곳에 있었고, 소호 호반에서 모산도로 가는 나룻배도 쉽게 찾아볼 수 있었다.

진산월 일행이 호숫가에 있는 나루터로 가니 상당히 큰 배 한 척이 그들을 기다리고 있었다.

환악이 그들을 배로 인도하며 배에 대한 설명을 했다.

"이 배의 이름은 피번(避繁)이라고 하는데, 소호 일대에서는 가장 크고 화려한 배들 중 하나라고 자신 있게 말할 수 있습니다."

동중산이 그의 말을 듣고 있다가 나직하게 웃었다.

"혁리 공자께서는 꽤나 세속의 번잡함을 싫어하시는 모양이오. 피번을 타고 추한산장으로 간다니 상당히 운치 있는 일 아니오?"

"배 이름이 지어진 경위는 제가 모르고 있습니다."

환악의 다소 엉뚱한 대답에 동중산은 피식 실소를 터뜨렸으나 더 이상은 묻지 않았다.

피번의 내부는 제법 크고 안락했으나, 중인들은 모두 선실로 내려가기보다는 갑판에 있는 것을 택했다. 그것은 그만큼 피번의 넓은 갑판에서 바라보는 소호의 경치가 일품이었기 때문이다.

날은 그야말로 일 년 중 여행하기 가장 좋은 계절인 오월의 정점을 지나고 있었고, 오늘의 날씨는 비가 온 후라서인지 그 어느 때보다도 맑고 쾌청했다.

진산월이 남들처럼 가만히 소호의 끝없이 출렁이는 물결을 바라보고 있을 때, 성락중이 그의 옆으로 다가왔다.

"그제 남궁가의 공자를 만난 후로 계속 표정이 어둡더니 오늘은 조금 나아 보이는군. 마음이 불편하면 굳이 이번 초대에 응할 필요가 없지 않겠나?"

진산월은 조용히 고개를 내저었다.

"가야만 하는 일입니다."

"아직도 혁리공이 낙 사질을 밖으로 유인해 낸 당사자라고 생각하고 있나?"

"그걸 확인하기 위해서라도 이번 여정은 반드시 필요합니다. 피아(彼我)를 구분해야만 앞으로의 일을 차질 없이 진행할 수 있습니다."

성락중의 표정은 평소답지 않게 조금 무거웠다.

"하지만 상황을 보니 일이 잘못되었을 경우 만만치가 않을 듯하네. 호수에 있는 섬이라고 해서 그러려니 했는데, 막상 와 보니 이건 바다 한복판에 있는 섬이라 해도 믿을 정도이니 말일세. 이 정도 거리라면 만약의 사태에 섬에서 뭍으로 몸을 피하는 것도 그리 호락호락하지 않을 걸세."

"뭍으로 피할 일은 없을 겁니다. 어떤 상황이든 섬 안에서 모든 일이 종결될 테니 말입니다."

진산월의 단호한 말에 성락중은 퍼뜩 고개를 돌려 그를 바라보았다. 진산월의 표정은 여전히 담담해 보였으나, 그의 눈속에 번뜩이고 있는 강렬한 안광을 보는 순간 성락중은 진산월이 무언가 단단히 결심을 하고 있음을 깨달았다.

성락중은 눈앞에 서서히 다가오고 있는 모산도의 전경을 물끄러미 보고 있다가 무거운 한숨을 내쉬었다.

"까딱하면 저 아름다운 섬이 피로 물들지도 모르겠군."

"그런 일이 없기를 바라야지요."

진산월의 말에 성락중은 묵묵히 고개를 끄덕였다. 하나 조금씩 서쪽 하늘을 붉게 물들이고 있는 노을 속에 떠 있는 모산도의 모습이 마치 앞으로 닥칠 불길한 일을 예고하는 것 같아서, 성락중은 자신도 모르게 한 차례 몸을 부르르 떨었다.

"어서 오십시오, 진 장문인."

혁리공은 추한산장의 정문까지 나와서 진산월 일행을 맞이했다.

추한산장은 모산도에서도 가장 깊숙한 곳에 위치해 있었다. 그리 높지 않은 모산도 정상에서 조금 떨어진 곳에 위치한 추한산장은 부근에 다른 건물의 모습도 전혀 보이지 않았고 짙고 울창한 수림만이 펼쳐져 있어서, 그 안에 있으니 이곳이 그리 크지 않은 섬 안의 장소라는 것을 느끼지 못할 정도였다. 추한산장이라는 이름에 너무도 어울리는 곳이 아닐 수 없었다.

추한산장 안으로 들어서니 한 채의 고색창연한 전각과 몇 채의 작고 아담한 건물들이 시야에 들어왔다. 혁리공은 일행을 좌측의 건물 중 한 곳으로 안내했다.

'적휴각(適休閣)'이라는 작은 편액이 달린 건물은 고아(高雅)하고 한적한 분위기를 풍기고 있었다. 적휴각 안으로 들어가자 사방으로 크고 작은 방들이 연결된 제법 커다란 대청이 나왔다.

"이곳에서 잠시 쉬고 계십시오. 잠시 후에 정식으로 모시겠습니다."

진산월은 지나가는 말처럼 아무렇지도 않게 물었다.

"다른 건물에 제법 인기척이 들리던데, 오늘의 손님은 우리뿐이오?"

혁리공은 자신의 머리를 탁 쳤다.

"내 정신 좀 보게. 그렇지 않아도 말씀드리려 했는데, 진 장문인을 다시 만난 기쁨에 깜박 잊고 말았습니다. 제 산장에 귀빈 몇 분이 와 계십니다. 괜찮으시다면 잠시 후의 연회에 그분들과 동석을 하시는 것이 어떠십니까?"

"어느 방면의 고인들인지 알 수 있겠소?"

혁리공의 입가에 살짝 미소가 내걸렸다.

"모두 강호의 기인(奇人)들이시니 진 장문인의 영명(英名)에 누

(陋)가 되지는 않을 겁니다. 그분들의 정체를 아는 것은 연회의 작은 즐거움으로 남겨 두시는 것이 좋지 않을까 싶군요. 마찬가지로 그분들께도 진 장문인 일행의 신분은 알리지 않았습니다."

진산월은 혁리공의 미소 띤 얼굴을 가만히 바라보고 있다가 천천히 고개를 끄덕였다.

"그렇게 하시오."

"고맙습니다. 그럼 잠시 후에 뵙도록 하지요."

혁리공이 밖으로 나간 후 동중산이 진산월에게 다가왔다.

"제가 나가서 다른 곳의 손님들이 누구인지 알아보고 오겠습니다."

"그럴 필요는 없다. 혁리공의 말대로 잠시 후의 소소한 즐거움으로 남겨 두는 것도 좋겠지."

동중산의 얼굴에 약간은 걱정스러운 기색이 떠올랐다.

"하지만 연회의 상대가 누구인지 미리 알아 두는 것이 좋지 않겠습니까?"

진산월은 동중산을 바라보더니 모처럼 엷은 미소를 지어 보였다.

"걱정스러운 게냐?"

동중산도 멋쩍은 웃음을 흘렸다.

"제자가 소심해서인지 왠지 이번 연회가 순탄하게 끝날 것 같지 않은 예감이 자꾸 드는군요."

"혁리공이 이번 연회에서 무언가를 꾸미고 있다면 네가 나간다 해도 쉽사리 상대의 정체를 알기는 힘들 것이다. 반면에 혁리공이 순수한 마음에서 연회를 여는 것이라면, 상대가 누구인지 조금 일찍 안다는 것이 무슨 소용이 있겠느냐?"

"장문인의 말씀이 옳습니다만……."

동중산은 아직도 미련이 남는지 입구 쪽을 힐끔거렸다.

성락중이 진산월을 향해 입을 열었다.

"손풍과 소응은 어찌할 생각인가? 그들도 연회에 참석하게 할 텐가?"

진산월은 한쪽에 있는 손풍과 유소응에게로 시선을 돌렸다.

손풍은 저녁마다 계속되고 있는 성락중과의 내공 수련에 지쳤는지 안색이 초췌하고 얼굴에 피곤한 기색이 역력했으나, 진산월과 눈이 마주치자 자신의 가슴을 두드리며 호탕하게 소리쳤다.

"제자는 기꺼이 연회에 참석하여 본 파의 제자다운 면모를 보이도록 하겠습니다."

진산월의 시선이 손풍의 옆에 있는 유소응에게로 향했다.

유소응은 평소의 무덤덤한 모습으로 짤막하게 말했다.

"사부님의 말씀에 따르겠습니다."

어린아이답지 않은 그의 모습에 뇌일봉이 피식 웃고 말았다.

"저 녀석은 정말 보면 볼수록 애늙은이로군. 두 녀석은 내가 지켜 줄 테니 신경 쓰지 않아도 된다."

"뇌 대협께서는 연회에 참석하지 않으실 생각이십니까?"

"이틀 동안 먼 길을 달려왔더니 조금 피곤하구나. 더구나 혁리가 애송이 녀석의 기분 나쁜 면상을 계속 보는 것도 그리 내키지 않고…… 어차피 그 녀석이 접대하고 싶은 사람은 너일 테니, 이번에 노부는 그냥 쉬도록 하마."

이번 연회는 겉으로 보이는 것과 달리 길흉(吉凶)을 예측하기 힘들었다. 그래서 진산월은 뇌일봉이 두 사람과 함께 쉬겠다는 말에 흔쾌히 승낙을 했다.

백척간두(百尺竿頭)의 위험한 곳이 될지도 모르는 연회장에 무공도 제대로 익히지 않은 그들을 데려가는 것은 아무래도 불안한 일이 아닐 수 없었다.

손풍이 뭐라고 나직하게 투덜거렸으나 심하게 반항하지는 않았다. 아마도 매일 계속되는 십이경맥의 타통으로 심신이 많이 지친 모양이었다.

십이경맥을 뚫을 때마다 손풍은 여전히 고통스러워했으나 처음처럼 꼬리를 말고 도망치려 하지는 않았다. 그것은 성락중이 그에게 모든 사실을 솔직하게 밝히고 십이경맥을 타통하는 것만이 그가 온전히 무림인으로 설 수 있는 유일한 길이라고 말했기 때문이었다.

무언가 특이한 영약을 먹은 적이 없느냐는 성락중의 물음에 한동안 골똘히 생각에 잠기던 손풍은 손뼉을 탁 치며 말했다.

"어렸을 때부터 이것저것 가리지 않고 별의별 약을 다 먹긴 했는데…… 아! 그러고 보니 열다섯 살 때인가 아버지의 보물 창고에 몰래 들어갔다가 그곳에서 이상하게 생긴 물을 마신 적이 있습니다."

"보물 창고?"

"남들은 보정산이라고 하는 모양인데, 저는 그냥 보물 창고라고 부릅니다. 그 안에 별의별 희한한 것이 다 있거든요."

성락중은 다시 물었다.

"어떻게 생긴 물이냐?"

손풍은 당시의 일을 기억하려는 듯 잠시 눈을 가늘게 뜬 채 허공을 응시하고 있다가 입을 열었다.

"처음에는 특별하게 담가 놓은 술인 줄 알았습니다. 푸르스름한 빛을 띠고 있는 투명한 액체라서 별다를 게 없어 보였거든요. 한쪽 구석에 있던 작은 유리병 안에 담겨 있어서 한동안은 못 보고 지나치기도 했었습니다."

"그래서?"

"병뚜껑을 열고 냄새를 맡아도 아무 냄새도 나지 않기에 맛만 살짝 보려고 혀를 갖다 댔는데, 혀에 닿자마자 차가운 것이 목구멍 안으로 쑥 들어가더군요. 깜짝 놀라서 병을 보니 어느새 그 안에 있던 푸른 물들이 몽땅 제 뱃속으로 사라진 겁니다. 처음에는 잘못 마신 것이 아닌가 하여 걱정을 하기도 했는데, 며칠이 지나도록 아무 이상이 없어서 그동안 까맣게 잊고 있었습니다."

"아무 맛도 느끼지 못했느냐?"

"느낄 겨를도 없었습니다. 그 푸른 물이 언제 내 뱃속으로 들어갔는지도 몰랐으니 말입니다."

성락중의 눈에 한 줄기 날카로운 기광이 번뜩이고 지나갔다.

"무미무취(無味無臭)한 청수(青水)라…… 그 물이 혀에 닿는 순간 차가운 기운을 느꼈다고 했느냐?"

손풍은 고개를 끄덕였다.

"그렇습니다. 그게 무슨 물인지 아십니까?"

성락중은 한동안 침음하다 묵직한 음성으로 입을 열었다.

"내 짐작이 맞다면 그건 물이 아니다."

"예? 물이 아니라고요?"

"그건 음기(陰氣)의 결정(結晶)이다. 취수정(翠髓精)이라고 하지."

손풍의 눈이 휘둥그레졌다.

"취수정? 마시면 안 되는 겁니까?"

"보통 사람이 그걸 마시면 온몸이 얼어붙어서 차디찬 시신이 되고 만다."

손풍의 손가락이 자신의 가슴을 가리켰다.

"예? 전 멀쩡했는데요?"

"잘 생각해 보아라. 그걸 마신 다음에 무언가 다른 걸 먹지 않았느냐?"

손풍은 머리를 긁적거렸다.

"그러고 보니…… 그때 몸에 한기가 들어서 하수오같이 생긴 과일 하나를 먹긴 했습니다. 그러자 추위가 가시며 뱃속이 든든해져서 배를 두드리며 보물 창고를 나온 기억이 나는군요."

"그 과일은 어떻게 생겼느냐?"

"짙은 녹색에 꼭지가 붉은색이었고, 어린아이의 주먹만 했습니다. 아주 달고 맛있더군요."

성락중은 그의 말을 듣고는 어이가 없는지 허허거리며 웃다가 말해 주었다.

"그건 아마도 홍녹룡(紅綠龍)일 것이다."

"그것도 먹으면 안 되는 겁니까?"

"그건 천하에서 몇 손가락 안에 드는 강한 양기(陽氣)를 지닌 열매다. 네가 취수정을 마시지 않고 그걸 먹었다면 한 입 베어 무는 순간에 몸속의 내장이 송두리째 타 버리고 말았을 것이다."

손풍은 가슴을 쓸어내렸다.

"어이구…… 제가 큰일 날 뻔했군요."

성락중은 그의 과장된 모습에 피식 웃으며 말을 이었다.

"그 정도가 아니라 너는 정말 천운(天運)을 만난 것이다. 취수정과 홍녹룡은 무림인이라면 누구나가 꿈에서도 얻길 원하는 귀중한 영약들인데, 너는 그 두 가지를 모두 먹지 않았느냐? 만약 홍녹룡을 먼저 먹었다면 참변을 면치 못했을 텐데, 취수정을 먼저 마시고 홍녹룡을 먹는 바람에 변을 당하기는커녕 오히려 인세(人世)에 보기 드문 막대한 기운을 몸속에 지니게 된 것이다."

"그렇군요. 제가 운이 좋았네요."

손풍이 알겠다는 듯 고개를 끄덕이자 성락중은 그저 웃고 있을 수밖에 없었다. 그건 단순히 운이 좋다는 말로 표현할 수 없는 천고(千古)의 기연(奇緣)이었다.

다만 그때 손풍이 내공을 익힌 상태여서 스스로 운공을 했거나, 누군가 강호의 고수가 진기로 도인(導引)을 해 주었다면 그의 몸은 단번에 벌모세수(伐毛洗髓)를 한 것이나 마찬가지가 되어 최고의 내공력을 얻을 수 있었을 것이며, 상황에 따라서는 환골탈태(換骨奪胎)도 가능할지 몰랐다. 하나 손풍은 아무것도 하지 않아서 그저 건강해지는 정도에 그치고 말았다. 오히려 몸속의 기운을 감당하지 못하고 그때부터 점점 행동이 거칠어지고 난폭해져서 나중에는 누구나가 고개를 내젓는 파락호가 되고 말았던 것이다.

성락중은 그런 점까지는 말하지 않고 진중한 눈으로 손풍을 지그시 응시했다.

"너의 신체는 무림인이라면 누구나가 탐을 내는 최고의 기운을 간직하고 있다. 네가 그 기운을 네 마음대로 조절할 수만 있다면 누구보다 빠른 시일 내에 강호의 뛰어난 고수가 될 수 있을 것이다."

손풍은 눈을 반짝인 채 열심히 그의 말을 듣고 있다가 그답지 않게 다부진 음성으로 말했다.

"열심히 하겠습니다. 사숙조께서 지켜봐 주십시오."

"이를 말이냐? 그러니 아무리 고통스럽더라도 앞으로 구 일 동안은 이를 악물고 참아야 한다."

"자신 있습니다."

손풍은 자신의 가슴을 두드리며 큰소리를 쳤다. 그 덕분에 그는 매일 저녁 아프다는 내색도 못하고 끙끙거리며 고통스런 시간을 보내야 했다.

손풍이 과연 인간으로는 참기 어려운 고통을 견디고 십이경맥을 모두 타통하여 취수정과 홍녹룡의 기운을 자신의 뜻대로 조절할 수 있게 될지는 며칠 안으로 판가름 나게 될 것이다.

* * *

낙일방은 손가락을 꼼지락거려 보았다. 오른손 엄지손가락을 제외한 나머지 손가락은 모두 정상적으로 움직이고 있었다.

오른손 엄지손가락은 부러진 상태에서 무리하게 태인장의 공력을 사용한 탓에 상처가 워낙 깊어서 아직도 움직일 때마다 상당한 통증을 느끼고 있었다. 그래도 억지로라도 주먹을 쥐려면 못할 것도 없었다.

왼쪽 팔의 부상도 많이 아물어서 어깨를 돌려도 약간의 뻐근함만을 느낄 정도였고, 전신의 기력은 상당히 회복되어 있었다. 옆구리의 뼈가 완전히 아물지 않아서 아직 격렬한 움직임을 할 수 없다는 걸 제외하고는 전반적인 몸 상태는 당초 기대보다 훨씬 양호해 보였다.

'이제는 돌아갈 때다.'

낙일방은 말도 없이 사라진 자신 때문에 걱정하고 있을 진산월과 일행들을 생각해서라도 하루라도 빨리 돌아가고 싶었.

남궁세가 이후의 목적지는 임영옥이 있는 구궁보이므로, 지금쯤 일행들은 합비 부근을 지나고 있을 것이다. 낙일방은 합비에서 구궁보가 있는 구화산까지 가는 가장 빠른 길이 어디쯤인가 생각하다가, 어차피 구화산으로 가려면 장강(長江)을 건너야 한다는 것을 떠올렸다.

'용왕취(龍王嘴) 부근에 가서 수소문하면 되겠군.'

구화산으로 가려면 장강 너머에 있는 대통(大通)을 지나야 하는데, 장강 이북에서 대통으로 가는 가장 빠른 길이 용왕취에서 장강을 건너는 것이었다.

낙일방이 앞으로의 일정을 생각하고 있을 때, 문이 열리며 능자하의 모습이 나타났다.

"어서 오십시오, 누님."

그동안 능자하와 상당히 가까워진 낙일방은 자연스레 그녀와 누님 동생 하는 사이가 되었다. 여자에게 늘 무심했던 낙일방으로서는 이례적이라 할 만큼 빠른 시간 내에 그녀와 친해진 것이다.

능자하는 차분한 시선으로 낙일방을 살펴보더니, 그의 옷차림이 어느 때보다 깔끔하고 단정해진 것을 보고는 이내 그의 마음을 알아차렸다.

"종남파 고수들에게로 돌아가려는 것이로구나?"

그녀의 음성은 나이 먹은 큰누나가 막내 동생을 대하듯 포근하고 부드러웠다. 그녀의 이런 모습이 낙일방의 굳게 닫힌 마음을 허무는 데 큰 역할을 했을 것이다.

낙일방은 하얀 이를 드러내며 씨익 웃었다.

"몸도 대충 나은 것 같으니 이제 돌아가야지요. 장문 사형이 몹시 기다리고 계실 겁니다."

낙일방의 장문 사형이라면 당금 강호를 송두리째 뒤흔들고 있는 불가일세(不可一世)의 검객 신검무적일 것이다. 그녀는 지난 며칠간 낙일방이 틈만 나면 그에 대한 이야기를 했기 때문에 낙일방이 그를 얼마나 흠모하고 있는지 누구보다 잘 알고 있었다.

지독한 부상에도 신음 소리 한번 내지 않을 정도로 독한 구석이 있는 낙일방이 신검무적에 대한 말을 할 때면 마치 어린 소년처럼 한없이 들뜨고 천진해졌다. 그런 낙일방이 정신을 차리자마자 돌아가지 않은 것은 그나마 부서진 갈비뼈가 붙기 전까지는 꼼짝도 하지 말라는 노방의 엄명 때문이었다.
 능자하는 낙일방이 얼마나 돌아가고 싶어 하는지 알고 있기에 잠시 머뭇거렸으나, 이내 가벼운 한숨을 내쉬고는 나직한 음성으로 속삭이듯 말했다.
 "나와 같이 한 군데 들러 보면 안 될까?"
 낙일방의 눈에 의아한 빛이 떠올랐다.
 "누님과 같이 어디를 간단 말입니까?"
 "동생을 꼭 만나고 싶어 하는 분이 계셔."
 낙일방은 더 생각할 것도 없다는 듯 잘라 말했다.
 "그럼 장문 사형을 뵌 다음에 그분을 찾아가도록 하지요."
 능자하의 입가에 살짝 미소가 내걸렸다.
 "그럴 수 있으면 내가 지금 말하지도 않았지. 나는 동생이 가급적 빨리 그분을 만났으면 해."
 낙일방의 눈썹이 찌푸려졌다. 능자하가 어지간한 일로는 자신에게 이런 채근을 하지 않는다는 걸 알고 있기에 낙일방은 당혹스럽지 않을 수 없었다.
 "그렇게 급한 일입니까?"
 "내 생각에는 다른 어떤 일보다 먼저 해결해야 할 일인 것 같아. 동생을 위해서도 그게 가장 바람직한 일일 거야."
 "나를 위해서 바람직한 일이라니요?"
 "그분을 만나 보면 내 말뜻을 알게 될 거야."
 낙일방의 마음은 이미 하늘을 훨훨 날아 자신의 일행에게 가고 있었기 때문에 절로 답답한 생각이 들지 않을 수 없었다. 지금 자신에게 일행에게로 돌아가는 것보다 더 급하고 중요한 일이 어디 있겠는가?

그런데 그녀가 정확한 내용도 설명하지 않고 누군가를 만나야 한다고만 말하고 있으니 낙일방으로서는 거절하기도 뭐하고 승낙하기도 뭐한 난감한 상황에 처하고 말았다.

하나 낙일방은 이내 자신의 마음을 정리했다. 며칠 되지 않았으나 지금까지 그가 보아 온 능자하라는 여인은 결코 불필요한 일을 강요하거나 헛된 마음으로 남을 농락할 사람이 아니었다.

그리고 자신이 모습을 감춘 지 이미 상당한 시일이 경과해 버렸는데, 며칠쯤 더 늦는다고 큰 문제가 일어날 것 같지도 않았다.

무엇보다 항상 자신을 따뜻하게 대해 주는 능자하가 처음으로 하는 부탁을 매몰차게 거절할 수가 없었다.

그래서 낙일방은 한 차례 어깨를 으쓱하고는 이내 흔쾌히 고개를 끄덕였다.

"알겠습니다. 누님 말씀대로 할 테니 제발 그 말 안 듣는 남동생을 보는 듯한 눈으로 나를 쳐다보지 마십시오."

능자하는 조용히 미소 지었다.

"고마워. 결코 동생에게 해가 되는 일은 아닐 거야."

* * *

연회는 유시(酉時)에 시작되었다.

자신들을 이곳까지 안내했던 환악이란 청년의 인도로 산장의 중앙에 있는 커다란 전각으로 간 진산월 일행은 곧 넓은 대청에 화려하게 차려진 연회석을 볼 수 있었다.

길게 늘어선 연회석은 십여 명 정도는 충분히 앉을 수 있어서 단지 네 명뿐인 진산월 일행의 숫자에 비하면 지나치게 넓어 보였다.

아니나 다를까? 연회석에는 이미 몇 명의 인물들이 앉아 있다가 대청으로 들어오는 진산월 일행에게 시선을 고정시키고 있었다.

그들 중 한 사람이 자리에서 일어나 진산월 일행을 반갑게 맞았다.

"어서 오십시오. 누추한 곳에 모시게 되어 송구스럽습니다."

인사를 하는 사람은 혁리공이었다. 혁리공의 말과는 달리 대청 안은 적당히 호화로웠고, 온갖 산해진미가 펼쳐져 있어서 전혀 누추해 보이지 않았다. 아주 화려하지는 않았지만 그렇다고 결코 소홀한 대접도 아니었다. 오히려 이곳이 섬 안의 산장임을 생각한다면 상당한 정성을 기울여 연회를 준비했음을 알 수 있었다.

혁리공과 함께 앉아 있던 사람은 모두 이남일녀였는데, 두 명의 남자는 사십 대 후반쯤 되어 보이는 중년인과 이십 대 중후반의 젊은 청년이었다. 두 사람 모두 신태비범해 보였으며, 특히 청년의 이목구비가 수려해서 중인들의 시선을 끌었다.

여인은 사십 대 중반쯤 되어 보이는 평범한 외모의 소부(少婦)였는데, 앉아 있는 위치나 분위기로 보아 중년인과 부부인 듯했다. 동그란 얼굴에 다소 복스럽게 생긴 인상이었다.

혁리공은 그들을 먼저 진산월에게 소개시켜 주었다.

"이쪽 두 분은 강호에서 금실 좋기로 소문난 곽산쌍려(藿山雙

侶) 여씨(呂氏) 부부이고, 저 친구는 내 죽마고우인 화옥(華玉)이라고 합니다."

중년인이 먼저 자리에서 일어나 포권을 했다.

"반갑소. 곽산의 여불회(呂不悔)라 하오."

곽산쌍려 여불회와 기아향(祁雅香) 부부는 곽산은 물론이고 안휘성 일대에서 모르는 사람이 없을 정도로 유명한 고수들이었다. 그들은 개개인이 놀라운 실력을 지닌 무림의 고수들일 뿐 아니라 사람 사귀는 걸 좋아해서 무척이나 폭넓은 대인 관계를 자랑하고 있었다.

젊은 청년 또한 정중하면서도 깔끔한 태도로 포권을 했다.

"소주 화씨세가(華氏世家)의 화옥이라 하오."

화씨세가는 소주에서 혁리가를 제외하고는 가장 유명한 명문세가였다. 혁리가가 강호의 무가(武家)가 아닌 상인 가문임을 생각해 본다면 화씨세가가 실질적인 소주 제일의 무가(武家)라고 할 수 있었다.

진산월은 그들을 향해 짤막하게 인사를 했다.

"종남의 진산월이오."

여불회와 화옥은 물론이고 한쪽에서 조용히 앉아 있던 기아향마저 놀란 표정을 감추지 못한 채 진산월을 쳐다보았다.

"신검무적?"

화옥이 참지 못하고 경호성을 터뜨리자 혁리공이 손뼉을 치며 웃었다.

"하하, 너의 그런 표정은 정말 모처럼 보는구나. 어떠냐? 놀랐지?"

화옥은 그를 꾸짖을 생각도 못하고 나직한 목소리로 속삭이듯 물었다.

"정말 신검무적이란 말이냐?"

"그렇다. 내가 진 장문인을 모셔오려고 얼마나 애를 썼는지 아느냐?"

화옥은 반쯤 입을 벌린 채 진산월을 쳐다보고 있다가 황급히 다시 허리를 숙였다.

"진 장문인을 뵙게 되어 영광입니다."

진산월은 담담하게 그의 인사를 받았다.

"별말씀을. 나도 화씨세가의 신수공자(神繡公子)에 대한 소문은 익히 들었소."

'수(繡)'라는 단어는 남자의 별호에 붙이기에는 어울리지 않는 것이었다. 하나 한 사람에게만은 예외였다.

화옥은 어려서부터 수를 놓는 것을 좋아했다. 다만 그가 수놓을 때 사용하는 것이 바늘이 아니라 검(劍)이고, 수를 놓는 대상이 옷감이 아니라 사람의 얼굴이라는 점만이 여느 여자들의 바느질과 다를 뿐이었다.

그는 불과 열일곱의 어린 나이에 소주의 뒷골목에서 오랫동안 악행을 일삼던 흑도방(黑刀幇) 무리 서른두 명을 제압하여 그들의 얼굴에 검으로 '제악(制惡)'이라는 글자를 새겨 넣음으로써 일약 유명해졌다. 그 후로 소주 일대의 흑도 무리들은 그를 보기만 해도 꼬리를 말고 도망쳐야만 했다.

몇몇 사람들은 그의 그런 행동이 지나치다고 생각했으나, 소주의 대부분의 사람들은 오히려 그의 행동에 찬사를 보내는 걸 마다하지 않았다. 그가 얼굴에 검으로 수를 놓은 자들이 하나같이 인면수심의 악도(惡徒)들이었기 때문이다.

화옥에 이어 여불회와 기아향 부부도 진산월에게 다가와 조금 전과는 달리 한결 정중해진 모습으로 인사를 해 왔다.

진산월은 그들에게 자신의 일행들을 한 명씩 소개해 주었다.

여불회는 진산월의 옆에 있는 점잖게 생긴 중년인이 남궁세가의 최고 고수를 꺾은 신비의 고수임을 알게 되자 감격 어린 표정을 숨기지 않았다.

"성 대협이 남궁가의 남궁연과 겨룬 비검(比劍)은 검을 익힌 강호의 많은 검객들의 가슴을 두근거리게 했소. 나도 또한 그 소식을 듣고 가슴이 설레어 밤에 잠을 제대로 이루지 못할 정도였소. 오늘 이렇게 강호를 위진(威震)시키고 있는 전설의 주인공들인 진 장문인과 성 대협을 직접 만나게 되니 얼마나 기쁜지 모르겠소."

여불회는 쾌활하고 사람 사귀기를 좋아한다는 강호의 소문처럼 자신의 감정을 숨기지 않고 겉으로 드러내었다. 그래서 다소 경박하다는 인상을 주기도 했으나, 호탕한 웃음과 구김살 없는 표정으로 많은 사람들의 호감을 사고 있었다.

기아향은 좀처럼 말이 없는 조용한 여인이었으나, 표정이 밝고 인상이 선해서 여불회와는 잘 어울려 보였다.

서로 간에 인사를 마치자 여불회와 화옥 등은 진산월에게 가장 상석에 가서 앉으라고 권유했다. 하나 진산월은 성락중에게 상석을 양보하고 자신은 그의 오른쪽 자리로 가서 앉았다. 공식적인 자리였다면 장문인인 진산월이 상석에 앉았을 것이나, 오늘의 연회는 어디까지나 사석(私席)이므로 사숙인 성락중을 배려해 준 것이다.

전흠이 성락중의 좌측에 앉고, 동중산이 진산월 옆에 착석하자 그제야 여불회 부부와 화옥도 자리에 앉았다.

진산월은 주위를 둘러보고는 이내 아직도 연회석에 몇 자리가 비어 있음을 알아차렸다.

"아직 올 사람이 모두 온 건 아닌 것 같군."

혁리공의 입가에 예의 엷은 미소가 떠올랐다.

"확실히 진 장문인은 날카로우시군요. 아직 몇 분이 오지 않으셨습니다."

그의 말이 나오기를 기다리기라도 한 듯이 그때 두 명의 인물이 대청 안으로 들어섰다. 삼십 대 후반으로 보이는 황삼인과 그보다 대여섯 살쯤 많아 보이는 흑의 중년인이었다.

진산월은 황삼인이 나타날 때부터 그에게 시선을 고정시키고 있었다. 황삼인에게서 좀처럼 보기 힘든 강력한 기도를 느꼈던 것이다.

황삼인은 양팔을 휘두르며 휘적휘적 앞으로 걸어오더니, 진산월이 자신을 쳐다보고 있는 것을 알았는지 혁리공을 향해 퉁명스런 음성을 내뱉었다.

"저자가 누구인가?"

그의 거칠고 무례한 말에 혁리공이 질겁을 한 채 재빨리 말했다.

제248장 산장만찬(山莊晩餐)

"견 대협(甄大俠)께서는 너무 성급하시군요. 그렇지 않아도 제가 소개해 드리려고 했습니다. 이분은 종남의 장문인이시며 당금 무림의 제일가는 검객이신 신검무적 진산월, 진 대협이십니다."

황삼인과 그의 옆에 나란히 서 있던 흑의 중년인이 일제히 흠칫하는 눈으로 새삼 진산월에게 시선을 고정시켰다. 흑의 중년인은 신기하단 눈으로 진산월의 전신을 요모조모 살펴보고 있는 반면에 황삼인은 입가에 냉랭한 미소를 매달았다.

"훗. 누가 내 앞에서 이토록 태연스레 앉아 있나 했더니, 요즘 최고의 명성을 날리고 있는 종남파의 장문인이셨군. 하나 당대 무림에서 제일간다는 표현은 영 귀에 거슬리는걸."

다분히 시비조인 그의 말에 혁리공은 울상을 지어 보였다.

"그게 제가 지어낸 말입니까? 모든 무림인들이 그렇게 말하고 있지 않습니까? 그보다 두 분께선 인사를 나누시지요. 진 장문인, 이분은 강호 제일의 쾌도(快刀)이신 질풍추혼 견동, 견 대협이십니다."

진산월은 이미 '견'이라는 성을 들었을 때부터 황삼인의 정체를 대충 짐작하고 있었다. 강호 무림에서 '견'이라는 성은 결코 흔하지 않으며, 황삼인처럼 쳐다보기만 해도 칼로 베일 것 같은 날카로운 기세를 뿌리는 자는 더더욱 흔치 않았다. 더구나 그의 허리춤에는 그 유명한 붉은색의 혈전도(血電刀)가 매달려 있지 않은가?

견동의 혈전도가 일단 움직이면 핏빛 섬광과 함께 상대의 목이 떨어진다는 소문이 자자했다. 그만큼 그의 쾌도는 빠르고 무서웠다.

그와 함께 무림쌍쾌라 불리고 있는 분광검객 고심홍이 눈부신 쾌검으로 상대를 제압하는 것에 비해 견동은 일단 손을 쓰면 반드시 피를 보고야 말았다. 그래서 강호인들은 고심홍의 검이 더 빠를 거라 생각하면서도 견동의 도를 더 두려워했다.

견동이 포권도 하지 않고 우뚝 서 있자 혁리공이 난처한 얼굴로 두 사람을 번갈아 가며 바라보았다. 누군가가 먼저 인사를 해야 자연스럽게 일이 진행될 텐데, 둘 중 누구도 상대에게 인사를 하려 하지 않았다. 진산월의 입장에서도 상대가 자신에게 인사를 하지 않았는데 일파의 장문인 신분으로 먼저 고개를 숙일 수는 없었다. 자연스레 장내에는 팽팽한 긴장감이 감돌고 있었다.

다행히 그때 견동과 함께 왔던 흑의 중년인이 앞으로 나서며 진산월을 향해 정중하게 포권을 했다.

"유독 기개가 헌앙하다 싶었는데, 이제 보니 신검무적 진 장문인이셨구려. 반갑소. 나는 곤명(昆明)에서 온 동방야(東方野)라고 하오."

그 말에 동중산이 안색이 가볍게 변한 채 진산월을 향해 빠르게 속삭였다.

"운남 동방세가(東方世家)의 대공자(大公子)입니다."

동방세가라는 말에 진산월은 퍼뜩 떠오르는 생각이 있었다.

사 년 전, 용문의 강변에서 봉황금시를 노리고 자신들을 습격했던 흑수사 동방건이 바로 동방세가 출신의 인물이 아니었던가? 비록 동방건은 임영옥의 손에 패해 아무런 성과 없이 물러나고 말았으나, 종남파로서는 동방세가의 인물을 만나는 것이 결코 달가울 리가 없었다.

　더구나 동방야는 동방세가의 넷째 아들로 태어나 위로 셋이나 되는 형들을 누르고 동방세가의 차기 가주로 낙점된 비범한 인물이었다. 부드러운 인상과 달리 그는 일 처리가 치밀하고, 누구보다도 냉정하고 결단력 있는 인물로 알려져 있었다.

　종남파 인물들의 반응을 알아차렸는지 동방야는 이를 드러내며 활짝 웃었다.

　"하하…… 몇 년 전에 내 아우 녀석이 감히 종남파 고수들에게 헛된 짓을 하려다 봉변을 당했다는 말을 들은 적이 있소. 그 녀석은 어려서부터 온갖 말썽만 저지르고 다니다 세가에서도 내쳐진 신세였는데, 지금은 살았는지 죽었는지 생사(生死)조차 알 수가 없구려. 그러니 그 녀석 때문에 나를 경계하는 일은 없었으면 하오."

　상대가 이렇게까지 나오는데 과거의 일에 연연해서 그를 멀리 할 수는 없었다.

　"종남의 진산월이오. 동방 대협을 뵙게 되어 반갑소."

　동방야의 나이는 마흔여섯이었으나, 그의 아버지인 패존(覇尊) 동방광일(東方光日)이 여전히 정정한 몸으로 가주의 지위를 지키고 있기 때문에 그는 아직도 대공자의 신분에 머무르고 있었다. 대개의 명문 세가의 가주들이 육십을 넘거나 자식의 나이가 사십을 넘으면 가주의 지위를 인계하고 뒤로 물러나는 것과는 전혀 달라서 한동안 무림인들의 입에 오르내리기도 했었다. 동방광일의 나이는 무려 일흔다섯이나 되었던 것이다.

동방야 덕분에 장내의 긴장감이 누그러들자 혁리공은 안도의 한숨을 내쉬는 모습이었다. 견동도 심드렁해졌는지 두 팔을 휘적거리며 한쪽에 가서 앉고 말았다.

동방야가 빙긋 웃으며 진산월을 향해 입을 열었다.

"진 장문인께서 이해하시오. 견동은 오늘 한 사람과 승부를 내려다 실패하여 잔뜩 골이 나 있는 상태요. 평소라면 저렇게 무례한 행동을 하지 않았을 거요."

무림 제일 쾌도라는 견동이 누군가와 싸워서 승부를 가리지 못했다는 말에 중인들은 모두 호기심 어린 표정을 숨기지 못했다.

진산월 또한 그에게 묻지 않을 수 없었다.

"견 대협이 승부를 내지 못한 사람이 누구인지 알 수 있겠소?"

"곧 알게 될 거요. 여기서 만나기로 했으니까."

동방야의 말에 중인들이 어리둥절하여 서로를 쳐다볼 때, 다시 한 사람이 대청 안으로 들어왔다.

제249장 현시천분(顯示天分)

 들어온 사람은 뜻밖에도 여인이었다.

 여인답지 않은 훤칠한 키에 엷은 하늘색 저고리와 짙은 남색 치마를 입고 있었는데, 한눈에 보기에도 미모가 상당히 뛰어남을 알 수 있었다. 특히 풍성한 머리를 묶지 않고 자연스레 어깨 위로 풀어 내린 모습이 무척이나 인상적이었다.

 남색 치마의 여인은 장내에 있는 적지 않은 사람들이 모두 자신을 주시하고 있음을 알면서도 전혀 표정이 변하지 않은 채 연회석으로 걸어왔다. 그 당당한 모습에 많은 사람들이 감탄을 금치 못했다.

 그것은 자기 자신에 대한 절대적인 믿음을 가지고 있거나 남들의 시선에 하등 꺼리는 것이 없는 사람만이 가질 수 있는 모습이었다.

혁리공은 이번에도 자리에서 일어나 여인에게 다가갔다.
"어서 오십시오, 담 소저(譚小姐). 잘 쉬셨습니까?"
여인은 고개를 끄덕였다.
"이곳의 목욕 시설은 상당히 뛰어나군요. 덕분에 몸이 아주 개운해졌어요."
그녀의 음성은 표정만큼이나 자신에 찬 것이었다.
젊은 여자의 입으로 많은 남자들 앞에서 목욕 운운하는 것은 다소 민망한 일이었으나 그녀는 전혀 개의치 않는 모습이었다. 그 때문에 다른 사람들도 어색하지 않게 그녀의 말을 받아들일 수 있었다.
그러고 보니 그녀의 머리카락은 아직 채 마르지 않은 듯 촉촉하게 젖어 있었고, 그녀의 뺨은 유난히 윤기가 흐르는 데다 붉은 기운을 머금고 있어서 더욱 매혹적으로 보였다.
혁리공은 그녀의 몸에서 흘러나오는 향기에 도취된 듯 잠시 가만히 그녀를 보고 있다가 퍼뜩 정신을 차리고는 그녀를 자리로 안내했다.
"이쪽으로 오십시오. 오늘 귀한 분을 소개해 드리겠습니다."
그녀의 시선이 힐끔 견동을 향했다. 견동은 웬일인지 그녀가 나타날 때부터 표정이 별로 좋지 않았다.
"견 대협이라면 이미 조금 전에 질리도록 상대해 봤어요."
혁리공의 얼굴에 쓴웃음이 떠올랐다.
그녀에게 세상 사람은 두 종류 중의 하나였다. 싸울 만한 가치가 있는 사람과 그렇지 않은 사람. 견동의 솜씨는 이미 겪어 보았으니 자연스레 그녀의 관심에서 멀어진 것이다.

"담 소저의 기대를 충족시켜 드리지요."

혁리공은 과장스런 동작으로 진산월을 소개했다.

"이분은 당금 강호의 제일 검객인 신검무적 진산월, 진 장문인이십니다."

여인의 시선이 못 박히듯 진산월의 얼굴에 고정되었다.

진산월은 그녀의 따가울 정도로 강렬한 시선을 받으면서도 담담한 표정으로 가볍게 포권을 했다.

"종남의 진산월이오."

궁장 미녀는 마치 탐색이라도 하듯 진산월의 얼굴을 구석구석 살펴보고 있다가 살짝 고개를 숙였다.

"금릉 담가(譚家)의 담옥교(譚玉嬌)예요."

차분한 음성이었으나, 그녀의 말을 듣는 순간 중인들은 놀라움을 금치 못했다.

진산월 또한 놀라기는 마찬가지였다.

"도봉황(刀鳳凰)의 명성은 익히 들어서 알고 있소. 오늘 담 소저를 만나게 되니 소문이 거짓이 아님을 알겠구려."

도봉황 담옥교는 강남에서 첫 손가락에 꼽는 최고의 명문(名門)인 담씨세가의 가주 강남절품도 담중호의 유일한 여동생이었다. 담씨세가는 대대로 도법(刀法)으로 명성을 떨쳐 왔거니와, 전대 가주인 도군(刀君) 담형업(譚瑩業)의 대에 이르러서는 강소성을 넘어 강남 무림 전체에서 제일가는 명문 세가로 인정받기에 이르렀다.

담형업이 불의의 사고로 목숨을 잃은 후 약관을 갓 넘긴 나이에 담씨세가의 가주에 오른 담중호는 짧은 시간 내에 가문을 정비하여 더욱 발전시켰다. 당금에 이르러서 담씨세가는 누구도 부인 못할 강남 최고의 명문 세가가 되었고, 담중호 본인은 젊은 층의 고수들 중 강호 무림 제일의 도객(刀客)으로 불리고 있었다.

담옥교는 그런 담중호가 가장 아끼는 여동생으로, 여인답지 않게 도법에 관한 한 천부적인 재능을 지니고 있었다. 불과 열여섯의 나이에 처음으로 강호에 모습을 드러낸 그녀는 순식간에 강남 무림의 이름난 도객 세 명을 거푸 격파하여 사람들을 놀라게 했다.

하나 그녀의 명성이 강호를 진동시킨 것은 그로부터 삼 년 후, 그녀가 열아홉의 생일을 맞이한 날 벌어진 일 때문이었다. 당시 그녀는 자신의 생일을 축하해 주기 위해 몰려든 사람들 앞에서 봉명십팔도(鳳鳴十八刀)를 선보였는데, 그녀의 칼이 뿜어내는 위력에 그곳에 모인 모든 사람들이 경악을 금치 못했다.

그것은 도저히 스무 살도 되지 않은 젊은 여인의 몸으로 펼치는 것이라곤 볼 수 없는 놀라운 수준의 도법이었다. 그녀의 도법이 마치 한 마리 봉황이 춤을 추는 것 같다고 하여 그때부터 모두들 그녀를 도봉황이라고 불렀다.

그날 이후 그녀는 일 년 동안 강남 일대의 도객들을 찾아다니며 비무를 했는데, 열한 번의 비무에서 모두 승리하여 다시 한 번 천하를 경동케 했다. 많은 사람들이 그녀가 십 년 내로 여중 제일고수(女中第一高手)가 될 수 있을지도 모른다 생각했고, 적어도 도법에 관한 한은 이미 여자들 중 최고의 실력자라 믿고 있었다.

그 찬란한 명성의 담옥교가 이토록 아름답고 매력적인 여인이라고는 누구도 선뜻 믿지 못할 것이다.

그제야 중인들은 조금 전에 견동이 승부를 가리지 못했다는 사람이 담옥교를 지칭하는 것임을 알게 되었다.

하나 진산월의 생각은 중인들과는 조금 달랐다.

견동은 강호에 알려진 대로 쾌도의 달인이었다. 더구나 그의 쾌도는 일단 발출되면 반드시 피를 본다고 할 정도로 살기가 짙은 무공이었다.

하나 견동으로서는 담옥교와의 승부에서 여느 때처럼 전력을 다해 상대를 죽이거나 피를 볼 수가 없었다. 그랬다가는 그녀를 자신의 목숨처럼 아낀다는 담중호의 가혹한 보복을 받을 게 분명했다. 아무리 견동이 강호 제일의 쾌도라 해도 강남 제일 세가 가주의 분노를 감당하기란 쉽지 않은 일일 터였다.

결국 견동으로서는 그녀의 뒤에 있는 담중호 때문에 한쪽 팔을 묶고 싸운 것이나 마찬가지인 처지가 된 것이다.

견동이 화를 낸 것은 그녀를 이기지 못했기 때문이 아니라 자신의 실력을 제대로 발휘할 수 없었기 때문일 거라는 게 진산월의 생각이었다.

그의 생각이 맞는지는 견동 본인만이 알고 있을 것이다.

담옥교가 자리에 앉자 비로소 본격적인 연회가 시작되었다.

풍악을 울리는 악사나 춤추고 노래하는 가기(歌妓)는 없었으나 장내의 분위기는 제법 흥겨웠다.

누구보다 발이 넓다는 세간의 평가답게 여불회는 아는 것이 많고 말도 잘해서 여러 가지 재미있는 이야기를 쉴 새 없이 늘어놓았다. 뿐만 아니라 지금까지 그의 옆에 다소곳하게 앉아 있던 기아향도 술이 몇 잔 들어가자 그의 말에 장단을 맞추며 중인들의 호응을 이끌었다.

뜻밖에도 여불회 부부의 말 상대가 되어 장내의 분위기를 주도한 사람은 동방야였다. 운남에만 있어서 강호의 견문이 얕을 줄 알았던 동방야는 의외로 장내의 누구보다도 강호의 구석구석에 대해 잘 알고 있어서 여불회와 죽이 잘 맞았다.

그들 세 사람의 주고받는 이야기가 어찌나 재미있었던지, 풍한 표정으로 앉아 있던 견동마저 몇 차례나 살짝 입가에 미소를 지을 정도였다.

진산월이 담담한 눈으로 그 광경을 바라보고 있을 때, 옆에 있던 동중산이 그에게 술을 따르며 나직한 음성으로 말했다.

"다행히 이번 연회는 별문제가 없을 듯싶습니다."

진산월은 술을 한 모금 마신 후 그에게 물었다.

"왜 그렇게 생각하느냐?"

동중산의 눈이 재빨리 주위를 한 차례 둘러보았다. 아무도 자신들을 특별히 주시하는 사람이 없는 듯하자, 그는 이내 다시 진산월에게로 시선을 돌렸다.

"이곳에 모인 사람들 중 특별히 위험한 자는 없는 것 같습니다. 설사 혁리공이 무언가 일을 꾸미려 한다 해도 이 자리에 있는 사람들만으로는 우리를 위해하지 못할 겁니다."

그의 음성 속에는 자신들의 실력에 대한 강한 자신감과 진산월에 대한 확고한 믿음이 담겨 있었다. 비록 이들 중 고수가 아닌 사람이 없었고, 심지어는 강호 제일 쾌도와 무림 최고의 여고수 중 한 사람이 있다고 해도 그는 자신들의 힘으로 능히 그들을 감당할 수 있다고 믿었다.

진산월은 조용한 눈으로 그를 바라보았다.

"정말 그렇게 생각하느냐?"

동중산은 순간적으로 움찔하다가 한결 신중해진 표정으로 머리를 숙였다.

"장문인께서 다른 생각이 있으시면 어리석은 제자에게 하교해 주십시오."

"보이는 칼날은 무섭지 않다. 정말로 무섭고 경계해야 할 것은 보이지 않는 칼날이다."

선문답(禪問答) 같은 말이었으나, 동중산은 누구보다 총명한 사람이라 단번에 진산월의 말속에 숨은 뜻을 알아차렸다.

'그렇다. 우리에게 공개적인 위협을 할 생각이었다면 혁리공이 단순히 이자들만을 불러들였을 리가 없다. 그가 노리는 것은 전혀 다른 무엇일 것이다.'

동중산은 곰곰이 생각해 보았으나 지금 당장은 뚜렷하게 떠오르는 것이 없다. 그때 무심코 고개를 돌린 동중산의 눈에 혁리공의 얼굴이 들어왔다.

혁리공은 친구인 화옥과 무언가 대화를 나누다가 우연인 듯 진산월 쪽으로 시선을 돌렸다. 그때 그의 얼굴에는 무어라 형용키 어려운 야릇한 미소가 떠올라 있었다. 그 미소는 이내 사라져 버렸으나, 동중산은 그 미소에 담긴 짙은 악의와 조롱 섞인 비릿함에 가슴 한구석이 섬뜩해졌다.

그리고 그때, 비로소 이번 연회가 결코 순탄하게 끝나지 않을 것이라는 강한 확신을 가지게 되었다.

연회의 분위기가 무르익었을 즈음, 동방야가 자리에서 일어나 한 가지 제안을 했다.

"오늘 이곳에는 강호에서 좀처럼 만나기 어려운 분들이 많이 계시오. 이 넓은 강호에서 오늘 헤어지면 언제 또다시 만나게 될지 모르는데, 어렵게 만난 이런 기회를 그냥 지나칠 수 없지 않겠소?"

서로 이야기를 주고받으면서 그와 어느 정도 안면을 익히게 된 여불회가 껄껄거리며 웃었다.

"하하, 또 무슨 엉뚱한 소리를 하려고 그렇게 거창한 말을 꺼내는 거요?"

동방야도 따라서 웃으며 그의 말을 받았다.

"여 형도 내 말을 들으면 쌍수를 들고 환영을 할 거요. 내가 장담하겠소."

"그렇게 말하니 더 궁금해지는군. 어서 말해 보시오."

동방야는 중인들을 둘러보고는 모두의 시선이 자신에게 향해 있는 것을 확인한 다음 입을 열었다.

"이곳에는 강호에서 첫 손가락에 꼽히는 검객도 있고, 눈부신 쾌도의 달인도 있으며, 천하에서 가장 칼을 잘 쓰는 여인도 있소. 뿐만 아니라 입담 좋은 부부도 있고, 강남에서 가장 부귀한 집안의 공자도 있소."

"대체 무슨 이야기를 하려고 그렇게 뜸을 들이는 거요?"

"잠시 내 말을 들어 보시오. 이렇게 다양한 실력을 지닌 사람들이 한자리에 모이는 것도 쉬운 일은 아니니, 모처럼 만난 김에 서로의 실력을 감상하는 자리를 만들어 보자는 말이오."

동방야의 말이 끝나기도 전에 여불회가 박수를 치며 소리를 질렀다.

"야호! 그거 정말 좋은 생각이오. 난 무조건 찬성이오. 당신도 그렇지?"

여불회가 옆에 앉은 기아향의 옆구리를 팔꿈치로 찌르며 묻자 기아향은 그를 밉지 않게 흘겨보았다.

"좋으면 당신이나 찬성하면 되지 왜 나는 끌고 가려는 거예요?"

"그래서 반대한단 말이야?"

기아향은 배시시 웃었다.

"그럴 리가요. 나도 이런 일은 대찬성이에요. 정말 재미있겠네요."

"그렇지? 역시 우리는 일심동체라니까."

여불회가 활짝 웃으며 당장이라도 그녀를 끌어안을 듯하자 동방야가 손사래를 쳤다.

"그런 짓은 나중에 숙소에 들어가면 하도록 하고, 다른 분들의 의견도 들어 보겠소. 우선 오늘 연회의 주인인 혁리 공자의 생각은 어떠시오?"

혁리궁은 난처한 표정을 숨기지 않았다.

"다른 분들이야 모두 무공의 고수들이니 내세울 게 있겠지만, 저는 그렇지 못하니 보여 드릴 게 없군요."

"각자가 자신이 잘하는 걸 하면 되는 걸세. 검법에 자신 있는 사람은 검법을 선보이면 되는 것이고, 말솜씨가 뛰어난 사람은 재미있는 이야기를 하면 되는 것이고, 돈 버는 재주가 비상한 사람은 쉽게 돈을 벌 수 있는 방법이라도 말해 주면 좋지. 단……."

동방야는 제법 단호한 음성으로 잘라 말했다.

"지금까지 들어 본 적이 없는 이야기를 해야 하네. 다시 말해서, 어딘가 다른 곳에서 들었거나 누군가가 한 이야기를 되풀이하면 안 된다는 말일세. 어떤가?"

혁리궁은 씁쓸하게 웃었다.

"동방 대협께서 그렇게까지 말씀하신다면 저도 찬성을 하겠습니다."

동방야의 시선이 진산월에게로 향했다.

"진 장문인과 종남파의 고수분들은 내 제안을 어떻게 생각하시오?"

진산월은 먼저 성락중에게 의향을 물었다.

"사숙께선……."

성락중은 의외로 선뜻 승낙을 했다.

"그렇지 않아도 술만 마시는 연회라 약간 지루했던 참인데, 제법 흥미로운 시간이 되겠군. 나도 참여하겠소."

진산월의 시선이 전흠에게 향했다. 전흠은 혼자 붕어처럼 한쪽에서 술만 마시고 있던 터라 이미 불콰하게 얼굴이 상기되어 있었다. 그는 자신에게서 멀지 않은 곳에 앉아 있는 담옥교를 힐끔 쳐다보더니 이내 흔쾌히 고개를 끄덕였다.

"이쪽 사람들은 솜씨 자랑을 어떻게 하는지 알아보는 것도 좋겠지. 나도 찬성입니다."

하지만 동중산은 진산월이 묻기도 전에 고개를 내저었다.

"제 실력으로는 공연히 다른 분들의 눈만 어지럽힐 것 같으니 저는 그저 조용히 구경만 하겠습니다."

"그럼 본 파에서는 모두 세 명이 나가는 것으로 하겠소."

진산월의 말에 동방야는 반색을 했다.

"진 장문인께서도 나서 주신다면 더 바랄 게 없소. 견동이야 당연히 찬성할 테고, 화 공자와 담 소저께선?"

견동은 동방야가 자신의 의견을 묻지도 않고 넘어가는데도 별로 신경을 쓰지 않았다. 화옥과 담옥교 또한 주저하는 기색 없이 승낙을 하여 연회장은 난데없이 솜씨를 자랑하는 장소가 되어 버렸다.

동방야가 중인들을 둘러보며 입을 열었다.

"아무래도 이 일을 주창한 사람이 먼저 나서는 게 순리일 것 같소. 이후에는 나이순으로 나오는 게 어떻겠소?"

여불회가 들뜬 음성으로 대꾸했다.

"순서야 아무려면 어떻소? 아무튼 난 상관없으니 동방 형이 알아서 정하시오."

"하하, 그럼 반대가 없는 것으로 알고 그렇게 진행하도록 하겠소. 내 무공 실력이야 여기 계신 몇몇 고수들의 눈에는 차지도 않을 만큼 변변치 않은 것이고, 다만 예전에 그럭저럭 쓸 만한 눈요깃거리 한 가지를 배운 게 있으니 그걸 보여 드리도록 하겠소."

동방야는 연회장의 중앙으로 걸어 나와서 몸을 멈춰 세우더니 한 차례 깊은 심호흡을 했다. 그런 다음 양발을 어깨 넓이로 벌리고 마보(馬步)를 취한 후, 왼손을 옆구리에 대고 천천히 오른손을 앞으로 내밀었다.

"흐읍."

신음인지 기합인지 모를 소리와 함께 그가 눈을 부릅뜨자 내뻗은 오른손에서 푸르스름한 기운이 흘러나왔다. 기공(氣功)을 체외로 발출하는 이러한 수법은 상당히 고명한 것이기는 했으나, 이곳에 모인 고수들이라면 대부분이 어렵지 않게 할 수 있는 것이었다.

그래서인지 중인들의 얼굴에는 희미한 실망감이 감돌고 있었다.

하나 그런 중인들의 마음을 비웃기라도 하듯 동방야가 재차 기합을 내지르자 놀라운 일이 벌어졌다.

"흐압!"

분명 푸르스름한 기운이 흘러나왔던 그의 손에서 이번에는 붉은색 기운이 나오기 시작한 것이다. 한 사람의 몸에서 전혀 다른 색의 두 가지 기운이 발출된다는 것은 좀처럼 보기 힘든 기이한 일이 아닐 수 없었다.

전혀 다른 두 개의 기공을 익히고 있지 않다면 불가능한 일이기 때문이다. 그리고 그러한 상반된 기공을 유형화(有形化)시켜 체외로 발출할 정도의 경지에 오른다는 것은 정말 대단한 일이 아닐 수 없었다.

하나 놀라운 일은 이제 시작에 불과했다.

"이얍!"

동방야가 다시 한 차례 고함을 내지르자 그의 손에서 흘러나오는 붉은색 기운이 노란색으로 변하기 시작한 것이다.

중인들은 이 기경(奇驚)할 광경에 모두들 벌린 입을 다물지 못했다.

한 사람이 한 가지도 아니고 세 가지의 전혀 다른 기공을 유형화시킬 수 있다는 말은 아직 들어 보지 못했던 것이다.

동방야가 기합을 지를 때마다 기운은 계속 색이 바뀌고 있었다.

모두 세어 보니 색깔이 바뀐 것이 일곱 번이나 있었다.

그것은 실로 무림의 상식을 초월하는 일이 아닐 수 없었다.

누구도 한 사람이 몸 안에 일곱 개의 각기 다른 공력을 유형화시킬 정도로 익힐 수는 없었다. 서로 다른 성질의 기운이라면 두 개만 모여도 상충(相衝)하여 오히려 치명적인 상태에 빠지기 쉬웠고, 같은 성질의 기운은 합치려고 해서 종내에는 결국 한 가지 기운으로 변하고 마는 것이다.

그런데 동방야는 기합 일곱 번에 일곱 개의 색을 띤 기운을 발출했으니 중인들은 눈으로 보고도 믿을 수 없는 심정이었다.

"후우……!"

동방야가 깊은 숨을 내쉬자 그제야 그의 손에서 흘러나오는 기운이 사라지기 시작했다.

"와아! 대단하다!"

여불회 부부를 비롯한 많은 사람들이 박수를 보냈다. 동방야는 멀쩡한 이마의 땀을 닦는 시늉을 하며 중인들에 포권을 해 보였다.

"변변치 않은 잔재주에 이토록 환호를 보내 주시니 실로 고맙기 그지없소."

여불회가 신통한 사람을 보는 것처럼 눈을 크게 뜨고 그의 전신을 살펴보았다.

"대체 동방 형은 몇 가지 공력을 익히고 있는 거요?"

동방야는 빙긋 웃으며 대답했다.

"한 가지뿐이오."

여불회의 눈이 휘둥그레졌다.

"그런데 어찌 각기 다른 색의 기운을 발출할 수 있단 말이오?"

"내가 익힌 건 칠채변환기공(七彩變幻氣功)이라는 것인데, 진기가 유통되는 혈도 몇 군데를 바꾸는 것만으로 진기의 색깔을 변화시킬 수가 있소."

"아니 세상에 그런 무공도 다 있단 말이오?"

"강호가 얼마나 넓고 얼마나 많은 무공들이 있는데 그런 거 하나쯤 없겠소? 다만 보기와 달리 위력 자체는 그리 대단하지 않아서 신공(神功)이라 하기에는 손색이 있소. 그래서 단순한 눈요깃거리라고 한 거요."

"그 정도라면 눈요깃거리가 아니라 놀라운 기공(奇功)이라고 할 수 있을 거요. 아무튼 나로서는 모처럼 개안(開眼)한 듯한 충격을 느꼈소이다."

"좋게 봐 주었다니 고맙소."

두 사람은 서로 마주 본 채 친근한 웃음을 교환했다.

동방야가 다시 중인들을 둘러보았다.

"미약한 내 재주는 이것으로 그치고, 이제 본격적으로 시작하도록 하겠소. 조금 전에 말한 대로 나이순으로 하게 되면, 아무래도 종남파의 성 대협께서 먼저 수고해 주셔야겠소."

중인들의 시선이 자신에게 쏠리자 성락중은 천천히 자리에서 일어났다.

그리고는 옆구리에 장검 한 자루를 찬 채 대청의 중앙으로 가서 우뚝 섰다.

"이 사람은 아직 동방 대협같이 희한한 무공은 익히지 못했소. 평생을 검을 벗 삼아 살아왔으니, 오늘 모처럼의 흥겨움을 한바탕 춤사위로 풀고자 하오."

이어 성락중은 느릿느릿 검집에서 검을 뽑아 들었다.

검을 든 채 대청 한가운데 조용히 서 있는 그의 모습은 마치 한 마리의 고고한 학과 같았다. 청수한 이목의 그가 오늘따라 한층 더 헌앙해 보였다.

그러던 한 순간, 그의 손에 들린 검이 움직이기 시작했다. 그리고 보는 이의 넋을 앗아 버릴 듯한 아름다운 검무(劍舞)가 시작되었다.

어느 것이 손이고 어느 것이 검인지 구분이 되지 않았다. 유연하게 움직이며 허공을 가르고 있는 검광이 눈부시다고 느낀 순간검로는 손짓으로 변해 버렸고, 힘차게 내뻗은 손동작이 경쾌하다고 생각되는 찰나 어느새 한 자루 검이 그 공간을 꿰뚫고 있었다.

번쩍이는 검광과 부드러운 손짓이 물 흐르듯 섬세한 동작과 결합하여 때로는 성난 파도처럼, 때로는 고요한 미풍처럼 장내의 공간을 휘돌다가 사라져 갔다.

중인들은 눈앞에 펼쳐지고 있는 화려한 검무에 눈도 깜박이지 않고 정신없이 몰두했다.

"아!"

누군가의 짤막한 탄성이 흘러나오자 그제야 중인들은 퍼뜩 정신을 차렸다.

언제 검무가 끝났는지 성락중은 처음의 위치에 단정한 자세로 서 있었다. 수중의 검 또한 검집 안으로 들어간 지 오래였다.

"정말 대단하다……!"

여불회가 탄성인지 신음인지 모를 소리를 내뱉더니 성락중을 향해 마구 찬사를 토해 냈다.

"성 대협 덕분에 오늘 이 못난 사람이 검의 새로운 경지를 맛보게 되었소. 진심으로 감사드리오."

성락중은 담담하게 웃으며 살짝 고개를 숙였다.

"별말씀을. 변변치 않은 솜씨로 공연히 눈만 어지럽혀 드린 것 같아 민망할 따름이오."

"무슨 그런 겸손한 말씀을. 오늘 성 대협이 보여 준 검무는 나로서도 일찍이 보지 못한 것이었소. 정말 환상적일 정도로 아름다운 검무였소."

"과찬에 감사드리오."

성락중은 주위를 향해 정중하게 포권을 하고는 자리로 돌아갔다.

진산월이 그를 맞으며 웃어 보였다.

"멋진 장쾌장권구식과 천하삼십육검이었습니다. 사숙 덕분에 본 파 무공의 새로운 경지를 볼 수 있게 되었으니 참으로 뜻깊은 저녁이로군요."

그의 말을 들은 동중산이 외눈을 크게 떴다.

"어쩐지 동작이 너무나 아름다우면서도 어딘지 모르게 눈에 익다고 생각했었는데, 장쾌장권구식과 천하삼십육검이었군요."

그에 성락중은 담담한 얼굴로 말했다.

"문득 흥취가 돋아 본 파 무공의 기초라 할 수 있는 두 가지 무공을 섞어 보았네. 몇 가지 변초(變招)를 임의로 바꾸었는데, 나쁘지 않았던 모양이로군."

진산월은 그의 노력에 경의를 표했다.

"나쁘지 않은 게 아니라 당장 제자들에게 가르쳐 주어도 좋다고 생각합니다. 사숙께서 그동안 얼마나 열심히 본 파의 무공을 수련해 왔는지 여실히 알 수 있겠더군요. 장문인으로서 사숙께 다시 한 번 감사의 말씀을 드립니다."

"별말을. 문파의 제자로서 당연한 일이 아닌가?"

성락중은 대수롭지 않게 말했으나, 그가 조금 전에 보여 준 검무는 그 자체만으로 하나의 절학(絶學)이라 해도 손색이 없을 정도였다.

장괘장권구식에 바탕을 둔 손짓은 힘차고 위력적이었으며, 천하삼십육검을 부드럽게 풀어내어 변화를 줄인 검초는 경쾌하고 한없이 자유로워 보였다. 성락중이 공력을 끌어 올리지 않았기에 단순히 아름답게만 보였으나, 공력을 사용한다면 전혀 다른 무서운 위력을 발휘할 수도 있었다.

즉흥적인 생각으로 두 가지의 무공을 섞어 새로운 무공을 만든다는 것은 두 무공에 대한 완벽한 이해 없이는 불가능한 일이다. 그런 점에서 진산월은 성락중에게 진심으로 감탄을 금할 수 없었다.

대청의 중앙에는 어느새 여불회가 서 있었다.

여불회는 다소 멋쩍은 표정으로 머리를 긁적거렸다.

"워낙 놀라운 무공을 본 직후라서 내가 무얼 펼쳐도 대단치 않아 보일 테니 걱정이 되지 않을 수 없소. 그렇다고 명색이 무인 된 몸으로 그냥 있을 수는 없어서 옛날이야기나 하나 하려고 하오."

중인들은 그가 난데없이 만담꾼처럼 옛날이야기를 한다고 하자 일부는 실망하기도 하고, 일부는 흥미로운 표정을 짓기도 했다.

여불회는 사람들의 반응이야 어떤지 신경도 쓰지 않고 자신의 말을 계속했다.

"내가 워낙 여러 곳을 돌아다니기 좋아하고 사람 사귀는 걸 좋아한다는 건 모두들 알고 있을 거요. 내가 사귄 친우 중 한 명에게서 아주 재미있는 이야기를 들은 적이 있소. 나보다 몇 살 많기는 했지만, 만나면 둘이 술만 죽어라고 마시는 사이였소."

말을 하며 여불회는 술 마시는 시늉을 해 보였다. 그러자 그에게서 제법 멀리 떨어진 탁자 위의 술잔 하나가 허공을 날아 그의 손안으로 떨어지는 것이 아닌가? 마침 여불회가 술잔을 들고 술을 들이켜는 자세를 취하고 있을 때라 그 술잔은 정확히 그의 입술에 닿아 술잔 속의 술이 그의 입으로 흘러들어 갔다.

단순한 시늉이 진짜 행동이 된 것이다.

"와하하!"

사람들이 그것을 보고 모두 웃었다.

하나 일부 사람들은 여불회의 정교한 공력 운용에 감탄하는 눈빛을 보내기도 했다.

술잔 하나를 공력으로 끌어오는 건 공력이 뛰어난 사람이라면 충분히 가능한 일이나, 지금처럼 자연스런 동작으로 연결시키는 것은 결코 쉽지 않은 일이었다.

술 한 잔을 맛있게 마신 여불회는 다시 입을 열었다.

"아무튼 그 술 좋아하는 친구가 어느 날 말하기를, 자기는 세상에서 가장 미련한 사람을 알고 있다는 거요. 대체 얼마나 미련하기에 그런 말을 하느냐고 묻자, 그는 탁자를 탁! 치면서 이렇게 소리치는 것이었소. '술부터 더 가져오게!'"

여불회가 탁자를 내려치는 시늉을 하자 멀리 있는 탁자가 흔들리며 그 위에 놓인 술병이 그에게로 날아왔다.

여불회는 그 술병을 자연스럽게 잡으며 자신이 들고 있는 빈 술잔에 술을 따랐다.

"그래서 내가 말했지. '그래, 원 없이 마시도록 해 주겠네. 어서 마시고 하던 이야기나 계속하게.' 내 친구는 내가 따라 준 술을 단숨에 들이켜더니 '끄윽!' 하고 트림을 토하더군. 지독한 술 냄새가 사방으로 풍기는 바람에 나는 코를 막고 숨을 멈춰야만 했소."

술잔을 든 여불회가 끄윽 하고 트림하는 시늉을 하자 그의 손에 들린 술잔의 술이 마치 안개처럼 자욱하게 사방으로 퍼져 나갔다. 그와 함께 진한 주향(酒香)이 대청 안을 가득 메웠다.

한 잔의 술을 호흡 한 번에 안개처럼 작은 물방울로 만든다는 것은 어지간히 공력이 심후하지 않고서는 불가능한 일이었다.

사람들은 그의 행동이 재미있다고 생각하면서도 그의 공력의 깊이와 운용의 능숙함에 새삼 감탄하지 않을 수 없었다. 그러면서 조금씩 그의 이야기에 빠져 들어갔다.

"그 친구가 말하기를, '아내가 죽을병에 걸려 앓아누운 남자가 있었네. 그 남자에게는 어린 딸도 하나 있었지.' 그래서 내가 말했소. '불쌍한 부녀로군.' 그러자 그는 '아니야, 불쌍한 건 여자지. 몸도 아픈 데다 자신이 죽으면 자신 없이 살아가야 할 남편과 자식 걱정까지 해야 하니 말일세.'라고 했소. 듣고 보니 옳은 말인지라, '그럼 불쌍한 여자로군.'이라고 했더니, '진짜 불쌍한 건 그 남자지. 여자야 죽으면 그만이지만, 어린 딸과 함께 살아가려면 얼마나 힘들겠나?'라는 게 아니겠소? 나는 화도 나고 어이도 없어서 그 친구에게 소리치지 않을 수 없었소. '대체 불쌍한 건 여자인가, 남자인가?' 그러자 그가 뭐라고 했는지 아시오?"

여불회는 중인들에게 묻는 듯 양손을 활짝 벌렸다. 그러자 술병이 있던 탁자가 그의 앞으로 미끄러지듯 다가왔다. 여불회는 탁자 위로 훌쩍 뛰어올라 앉으며 말했다.

"'제일 불쌍한 건 그 딸아이지. 엄마는 죽고 홀아비인 아빠와 함께 살아가야 하니 말일세.' 나는 너무 화가 나서 그의 턱을 한 대 치고 싶었지만, 그의 무공이 나보다 강한지라 간신히 눌러 참을 수밖에 없었소. 대신 애꿎은 탁자만 박살 내고 말았지."

그가 바닥을 후려치는 자세를 취하자 그가 올라앉은 탁자가 부셔져 내렸다. 그런데 희한하게도 탁자의 상판은 부서졌으나 네 개의 기둥은 그대로 남아 있어서 여불회는 두 팔과 두 다리를 활짝 펴서 네 개의 기둥 위에 엎어지듯 엎드려 버렸다. 그 모습이 너무도 우스꽝스러워서 중인들 사이에서 폭소가 터져 나왔다.

여불회는 두 손으로 잡고 있던 나무 기둥을 이리저리 흔들었다.

"생각 같아서는 나무 몽둥이로 그의 다리라도 부러뜨리고 싶었지만, 그랬다가는 내 몸이 벌집이 될 것 같아서 마음을 가라앉히고 다시 물었소. '그래, 자네 말대로 그들이 세상에서 가장 불쌍한 가족들이라고 하세. 그런데 미련한 사람 이야기는 언제 나오나?' 그는 퉁명스럽게 대꾸했소. '지금 하고 있지 않나?' '그럼 그 불쌍한 남자가 세상에서 가장 미련한 남자란 말인가?' '그렇지.' '왜 그런가?' '아내를 살리려면 살릴 수도 있었네. 그가 있는 곳에서 멀지 않은 곳에 사람의 목숨도 살릴 만한 절세의 영약이 있었거든.' '그런데?' '목이 마르군.' '이런 제기랄.'"

여불회는 네 기둥 위에 엎드린 채로 양손을 휘둘렀다. 그러자 바닥에 떨어져 있던 술잔과 술병이 동시에 날아왔다. 여불회는 양손에 들고 있던 두 개의 막대를 바닥에 나란히 꽂고 몸을 뒤집었다.

자연스레 그의 뒤통수가 바닥에 꽂힌 두 개의 막대에 닿았고, 두 다리도 두 개의 기둥 위에 올려졌다. 엎드린 자세에서 하늘을 보고 누운 자세가 된 것이다. 그런 상태로 여불회는 자유로워진 양손으로 술병과 술잔을 잡은 다음 술잔에 가득 술을 따라서 허공으로 번쩍 쳐들었다.

 "'자, 어서 마시고 뒷이야기를 해 주게. 대체 근처에 아내를 살릴 영약이 있는데 왜 그자는 달려가서 영약을 구하지 않은 건가?' '그걸 자네가 어떻게 아나?' '그랬으니까 세상에서 가장 미련한 사람이라고 했을 게 아닌가?' '내가 언제?' '이건 또 무슨 소리야? 그럼 그 남자가 아내를 살릴 영약을 구했단 말인가?' '아니.' 난 너무 화가 나서 더 이상 참지 못하고 술잔을 들어 그의 얼굴에 부어 버렸소."

 여불회는 술잔을 바닥에 던졌다. 그런데 술잔이 깨어지기는커녕 원래의 모양 그대로 바닥을 뚫고 들어가 버렸다.

 "그 친구는 머리에 술을 뒤집어쓴 채로 멍하니 나를 쳐다보더군. 대체 내가 왜 화를 내는지 이해할 수 없다는 표정이었소. 그 얼굴을 보자 나는 더 화가 나서 이번에는 아예 술병을 집어 던졌소."

 여불회는 술병을 내던졌다. 술병은 술잔이 박힌 옆자리에 똑같은 모양으로 바닥에 박혔다. 작은 술잔이야 공력을 주입하면 어렵지 않게 바닥에 박을 수 있다 해도 굴곡이 심하고 커다란 술병을 단순한 손동작으로 바닥에 박게 하는 것은 결코 쉬운 일이 아니었다.

 더구나 여불회는 네 개의 기둥 위에 아슬아슬하게 누운 채 장

난감을 던지듯 가벼운 동작으로 그런 일을 했으니 지켜보는 사람들로서는 경탄하지 않을 수 없었다.

"친구는 날쌘 동작으로 술병을 피하더니 소리치는 것이었소. '대체 왜 화를 내는 건가?' 나도 지지 않고 소리쳤지. '대체 그 남자가 영약을 구했다는 건가, 못 구했다는 건가?' '당연히 못 구했지.' '그래서 여자는 죽었나?' '죽었지.' '그럼 대체 그 남자가 왜 세상에서 가장 미련한 사람이 되어야 하는데?' '들어 보게. 그 남자는 영약을 구하러 달려가긴 했지. 그런데 영약의 주인이 영약을 주는 대신 한 가지 조건을 내걸었네.' '그게 뭔데?' '아내의 목숨에 비하면 아주 하찮것없는 거였네.' '그게 뭐냐니까?' '그의 사제(師弟) 한 사람을 달라고 했네.' '뭐라고?' '그에게 사제 한 명이 있었는데, 나름대로 상재(商材)가 있었던 모양일세. 그래서 그가 탐이 나서 달라고 한 걸세.' '그런데 그 사람은 그 제안을 거절했다고?' '그래.' '그래서 결국 아내가 죽었단 말이지?' '그런 걸세.' 나는 버럭 소리를 내지르지 않을 수 없었소. '그건 미련한 게 아니라 정신이 나간 거야. 대체 그 미친 작자가 누구인가?' 그러자 내 친구는 정말 모처럼 보는 진지한 표정으로 말했소. '미친 게 아니라 현명했던 걸세. 그 사제가 없으면 그가 있는 문파는 제대로 운영될 수가 없거든. 그는 결국 문파와 아내를 바꾼 셈이지.' 나는 탄식하지 않을 수 없었소. '그런 어리석은 짓을……' '그래, 그래서 내가 세상에서 가장 미련한 사람이라고 한 걸세. 더 웃긴 게 뭔지 아나?' '아직도 그 이야기에 끝나지 않은 사연이 남아 있단 말인가?' '그래. 그의 아내가 죽자 그의 아내를 남몰래 짝사랑

했던 사제가 그를 원망하며 떠나 버린 걸세. 결국 그 남자는 아내와 사제를 모두 잃고 말았으니 얼마나 한심한 일인가? 이제 알겠지? 내가 왜 세상에서 가장 미련한 사람이라고 했는지를.'"

 여불회의 말이 끝났으나 주위는 조금 전과 달리 아주 조용했다. 중인들은 무언지 모를 숙연한 분위기에 젖어 각기 다른 상념에 잠겨 있었다.

 여불회는 누워 있던 나무 막대 위에서 내려와 양손을 슬쩍 휘둘렀다. 그러자 바닥에 박혀 있던 술병과 술잔이 그의 손으로 날아왔다.

 술잔에 술을 가득 따른 여불회는 단숨에 한 잔 마시고는 빙긋 웃는 것이었다.

 "그 친구는 마지막으로 이렇게 말했소. '이 이야기의 교훈이 무언지 아나? 일은 해치울 수 있을 때 해치워야 한다는 걸세. 그래서 나는 눈앞에 술이 있으면 결코 머뭇거리지 않고 단숨에 들이켜지.' 그러면서 그는 앞에 놓인 술잔의 술을 마시는 것이었소. 바로 이렇게 말이오."

 그 말에 굳어졌던 중인들의 표정이 비로소 활짝 펴지며 무거웠던 분위기가 원래대로 되돌아왔다.

제250장 목전경고(目前警告)

 여불회가 물러난 후 아무도 나서는 사람이 없자 동방야가 고개를 갸웃거리다 기아향에게로 시선을 돌렸다.
 "기 여협께서 나오실 차례 같습니다."
 기아향은 동그란 얼굴에 엷은 미소를 지으며 고개를 저었다.
 "우리 그이가 너무 시간을 오래 끌어서 저까지 나서기에는 염치가 없군요. 우리 그이가 제 몫까지 한 걸로 해 주세요."
 "다들 별로 상관없어 하는 것 같습니다만……."
 "부탁합니다."
 그녀가 이렇게까지 사양하자 동방야도 더 이상은 권하지 못하고 견동을 쳐다보았다.
 "그렇다면 이제 자네 차례일세."
 견동은 주저하지 않고 냉큼 자리에서 일어나 중앙으로 날아갔다.

그는 한 차례 주위를 둘러보더니 여불회가 부숴 놓은 탁자의 잔해 쪽으로 성큼 다가갔다. 중인들은 그가 무슨 신기(神技)를 보일까 기대하는 마음에 그의 일거수일투족에 신경을 집중시키고 있었다.

탁자의 잔해를 뒤적거리던 견동이 꺼내 든 것은 반쯤 깨어진 자기(瓷器) 접시였다. 아마도 탁자 위에 놓여 있던 음식 접시가 탁자가 부서질 때 같이 깨어진 모양이었다.

견동은 손바닥 크기만 한 접시를 들고는 차갑고 냉정한 음성으로 입을 열었다.

"내가 강호에서 가장 많이 듣는 질문은 '쾌(快)'란 무엇인가 하는 것이었소. 과연 '쾌'란 무엇인가? 절대적인 것인가, 상대적인 것인가? 어느 정도 빨라야만 진정한 '쾌'라고 불릴 수 있는가? 진정한 '쾌'를 이루었을 때 과연 강호 제일이라고 할 수 있는가? 끝도 없는 질문이 오랫동안 나를 괴롭혔지."

중인들은 모두 강호에서 활동하고 있는 사람들이기에 그의 음성에 담긴 고뇌를 충분히 이해할 수 있었다.

'쾌' 대신에 '강함'을 넣어도 좋았고, '부(富)'를 넣어도 좋았으며, '미(美)'를 넣어도 마찬가지였다. 각자가 자신이 추구하는 바를 대입해 본다면 그를 번민하게 한 질문이 결국 모든 사람들에게 해당된다는 것을 알 수 있을 것이다.

견동은 수중에 든 접시를 만지작거리며 허공의 한 점을 응시했다.

"스물세 살에 강호에 출도한 후 십오 년이란 세월 동안 수없이 남에게서 듣고, 나 혼자서 고민한 끝에 내린 결론은 바로 이것이었소."

중인들의 시선이 그의 입에 고정되었다.

과연 강호 제일 쾌도가 내린 '쾌'의 정의는 어떤 것일까 하는 것이 모든 사람들의 한결같은 의문이었다.

견동은 들고 있던 접시를 허공으로 던졌다.

갑작스레 벌어진 일에 중인들은 어리둥절한 빛을 감추지 못했다. '쾌'에 대한 결론을 말한다 해 놓고 무슨 쓸데없는 행동을 하는 것인가?

견동이 높이 던져 올린 접시는 허공을 한없이 올라갈 듯하다가 이내 힘을 잃고 아래로 떨어지기 시작했다. 견동은 그때까지도 그 자리에 가만히 선 채 떨어져 내리는 접시를 보고 있었다.

높이 솟구쳤던 접시는 올라간 것보다도 더욱 빠르게 떨어져 내렸다. 접시가 그의 머리 높이를 지나고 가슴 부위를 지나고 무릎 부위를 지날 때까지도 그는 미동도 않고 있었다.

마침내 접시는 빠른 속도로 그의 다리 부위를 지나 바닥에 닿게 되었다. 막 접시가 바닥에 부딪혀 산산조각이 나려는 순간,

팟!

무언가 번쩍하는 섬광이 장내에 피어올랐다가 사라졌다.

그 섬광이 번뜩이고 지나간 순간이 너무도 짧았기에 대부분의 사람들은 그 섬광이 의미하는 바를 알지 못했다. 다만 진산월을 비롯한 극소수의 사람들만이 그 섬광이 일찍이 볼 수 없었던 눈부신 쾌도의 흔적임을 알아차렸다.

"아!"

누군가의 입에서 참기 어려운 탄성이 흘러나왔다.

바닥에 떨어져 박살 난 줄 알았던 접시는 멀쩡했다. 그 접시는 붉은빛이 어른거리는 칼날 위에 올려져 있었다.

그 칼이 조금 전까지만 해도 견동의 허리에 매달려 있던 혈전도라는 것을 사람들이 알아차린 것은 조금의 시간이 지난 후였다. 그리고 접시가 바닥에 닿으려는 그 찰나의 순간에 견동이 도를 뽑아 접시를 칼날 위에 멈춰 세웠음을 깨달은 것은 그 직후였다.

그토록 빠른 속도로 칼을 뽑아 휘둘렀음에도 견동의 칼은 조금의 충격도 주지 않고 접시를 칼날 위에 세운 것이다.

견동은 천천히 혈전도를 들어 올렸다. 그런 다음 혈전도를 슬쩍 움직여 접시를 다시 손안에 움켜잡았다.

"내가 필요한 만큼의 빠르기가 바로 진정한 '쾌'다. 이것이 나의 결론이오."

그의 음성은 나직했으나 중인들의 귀에는 어떠한 함성보다도 크고 명확하게 들렸다.

견동이 혈전도를 거두고 자기의 자리로 돌아갈 때까지 누구도 입을 여는 사람이 없었다. 하나 곧이어 여기저기서 감탄성이 흘러나오기 시작했다.

"과연……! 강호 제일 쾌도다운 솜씨요, 안목이라 하지 않을 수 없군."

그중에서도 여불회의 목소리가 가장 크게 들렸다.

"정말 멋진 말이오. 나도 이제부터는 진정한 '주도(酒道)'를 찾아볼 생각이오."

옆에서 듣고 있던 기아향이 고개를 갸웃거리며 물었다.

"진정한 주도라니요?"

여불회는 짐짓 엄숙한 표정으로 말했다.

"내가 딱 기분 좋게 취할 만큼 마시는 것, 그것이 바로 진정한 '주도'란 말이지."

그 말에 사람들은 일제히 웃음을 터뜨렸다. 팽팽했던 긴장감이 가시며 장내의 분위기가 다시 밝아졌다.

동방야가 다시 좌중을 돌아보며 다음에 나올 사람을 찾았다.

공교롭게도 남은 사람들은 모두 비슷한 연령대의 인물들이었다.

진산월과 전흠을 비롯해 혁리공과 화옥, 담옥교가 모두 이십 대의 나이였던 것이다. 하나 굳이 따지자면 혁리공과 화옥은 이십 대 후반이었고, 진산월은 이십 대 중반, 전흠과 담옥교는 이십 대 초반이라고 할 수 있었다.

혁리공과 화옥이 서로 마주 보더니 화옥이 먼저 자리에서 일어났다.

"나이는 같지만 내가 생일이 조금 빠른 편이군."

화옥의 말에 혁리공은 피식 웃으며 고개를 끄덕였다.

"그걸로 몇 년 동안이나 형님 행세를 한 걸 잊지 않고 있지."

"쓸데없는 건 오래도 기억하는군."

화옥은 낮게 투덜거리며 대청의 중앙으로 가서 주위를 향해 포권을 했다.

"강호의 고인들 앞에서 미천한 실력을 선보이게 되어 두렵군요. 모쪼록 어여삐 봐주시기 바랍니다. 저는 본가의 글솜씨를 보여 드리겠습니다."

뜬금없이 글솜씨를 보여 준다는 말에 중인들의 얼굴에 호기심 어린 빛이 떠올랐다.

화씨세가는 강호의 오래된 명문(名門)이니 물론 나름대로의 필법(筆法)이 존재할 수도 있을 것이다. 하나 이곳은 지금 무인(武人)들이 자신의 무공 실력을 선보이는 곳일 뿐, 문방사우(文房四友)는 준비되어 있지 않아서 글을 쓰려고 해도 쓸 수가 없는 상황이었다.

그런데도 화옥은 그 자리에 털썩 주저앉더니 오른손을 들어 허공에 글을 쓰기 시작했다.

처음에는 그가 장난을 치는 것이 아닌가 생각했던 중인들은 이내 눈을 크게 뜨고 그를 뚫어지게 주시했다. 좀 더 정확히 말하자면 화옥 본인이 아니라 화옥의 바로 앞 공간이었다.

분명 손에 아무것도 들려 있지 않은 상태에서 텅 빈 허공을 향해 글을 쓰는 흉내만 내고 있는 줄로 알았는데, 허공에 실제로 하나둘씩 글씨가 나타나고 있는 것이다.

모두들 놀란 표정을 감추지 못했다.

어찌 빈손으로, 그것도 허공에 글씨를 쓸 수 있단 말인가?

중인들은 무언가에 홀린 사람들처럼 화옥의 앞에 나타나는 글자들을 바라보았다.

가장 처음 나타난 글자는 '고(高)'였다. 먹을 갈아 종이에 쓴 것처럼 선명하지는 않았지만, 조금씩 윤곽을 드러내고 있는 글자는 충분히 알아볼 수 있을 정도였다.

이어서 '산(山)'이라는 글씨가 나타났다.

계속 나타나는 글씨는 결국 '고산유수멱지음(高山流水覓知音, 깊은 산, 흐르는 물이 있는 곳에서 나를 알아주는 지인을 만나다.)'이라는 문구를 완성하고 끝이 났다.

"휴우!"

그제야 화옥은 깊은 숨을 몰아쉬고는 허공에 휘두르던 손을 멈추었다. 그의 이마에 송골송골 땀방울이 맺혀 있는 것으로 보아 적지 않은 심력을 소비한 모양이었다.

그가 손을 멈추자마자 허공에 떠올라 있던 글자들이 허물어지듯 아래로 주르르 내려오더니 이내 사라져 버렸다. 눈치 빠른 중인들은 무언가를 알아차린 듯 고개를 끄덕였고, 몇몇 사람들만이 도저히 영문을 모르겠다는 듯 어리둥절한 표정을 짓고 있었다.

동중산 또한 허공에 글씨가 써지는 이유를 알지 못해 당혹스러운 표정을 하고 있었다.

진산월이 그것을 알고 조용한 음성으로 그에게 설명을 했다.

"화 공자가 펼친 것은 접인신공(接引神功)의 일종인 경해진기(傾海眞氣)다. 경해진기를 끌어 올린 상태에서 일정 수준 이상으로 빠르게 손을 움직이면 주위의 미세한 먼지들이 모여들어 글자를 이루게 되는 것이다."

동중산은 비로소 어찌 된 연유인지를 알고 감탄성을 발했다.

"아! 그렇군요. 저는 화 공자가 기적(奇績)이라도 만들어 낸 줄 알고 정말 놀랐습니다."

"말로는 간단한 것 같아도 경해진기와 섬수공(閃手功)은 상당한 수련을 쌓지 않으면 이루기 힘든 것이다."

"화 공자가 휘두른 손짓이 바로 경해진기와 함께 화씨세가의 삼대 절학(三大絶學) 중 하나인 섬수공이로군요."

"그렇다. 섬수공의 공력이 십성에 도달하게 되면 미세한 먼지조차도 자신이 원하는 공간에 가둘 수 있게 되는 것이다."

원리를 알고 나면 너무나 당연한 일이었으나, 그 안의 과정을 살펴보면 진산월의 말대로 결코 쉬운 일이 아니었다. 주위의 먼지들을 경해진기로 끌어 모아서 흩어지지 않도록 빠르게 손을 놀려서 원하는 글자 모양을 만든다는 것은 뛰어난 공력과 절정에 다다른 수공이 없으면 불가능에 가까운 일이었다.

화옥이 중인들의 찬사를 받으며 물러나자 혁리공이 앞으로 걸어 나왔다.

"강호를 진동시키는 절세의 고수들 앞에 서게 되니 제 자신이 너무도 초라하게 느껴지는군요. 조금 전에 말씀드린 대로 저는 무공에는 별다른 소질이 없으니, 여 대협처럼 재미있는 이야기나 하나 하고 물러나겠습니다."

혁리공은 중인들의 시선이 자신에게 쏠리자 천천히 입을 열기 시작했다.

"제가 지금부터 하는 이야기는 실제로 벌어진 일일 수도 있고, 그냥 누군가가 지어낸 허무맹랑한 것일 수도 있습니다. 이 점을 감안하고 들어 주시기 바랍니다. 옛날 어느 부잣집에 젊고 예쁜 후처(後妻)가 들어왔습니다."

강남에서 제일가는 부귀 가문의 공자인 그의 입에서 부잣집 운운하는 말이 튀어나오자 몇몇 사람들이 나직하게 웃었다.

혁리공도 따라서 웃으며 말을 이었다.

"그녀는 젊고 예쁜 만큼 욕심도 많아서 나이 많은 남편만으로는 만족을 할 수가 없었습니다. 그러다 그 부잣집의 거래처를 방문했다가 그곳에서 한 남자를 알게 되었습니다. 그 남자는 소문난 미남자였고, 젊고 건강했으며, 야심도 대단했습니다. 두 사람은 첫눈에 서로에게 강하게 이끌려, 끝내 해서는 안 될 일을 저지르고 말았습니다."

이곳에는 두 명의 여자가 있었다. 그중 기아향은 사십이 넘은 중년의 부인이라 혁리공의 말을 듣고도 가만히 웃고 있을 뿐이었으나, 담옥교는 이야기가 시작될 때부터 불편한 기색을 감추지 못했다. 그러다 '그들이 해서는 안 될 일을 저질렀다.'는 말을 듣자 냉랭하게 코웃음을 치며 잠시 나갔다 오겠다 말하고는 대청 밖으로 나가 버렸다.

그 바람에 장내의 분위기가 조금 어색해졌으나, 혁리공은 아랑곳하지 않고 말을 계속했다.

"담 소저께서 과식을 하신 모양입니다. 흠, 아무튼 두 사람은 남편의 눈을 피해 밀회(密會)를 계속했으나 끝나지 않는 연회가 없는 것처럼 어느 날 남편에게 발각당하고 말았습니다. 남편은 그 사실을 알고 크게 노하고 한편으로는 실망했습니다. 왜냐하면 그는 진정으로 그 후처를 사랑하고 있었고, 후처와 밀회를 즐긴 남자를 자신의 후계자로 생각하고 있었기 때문이었습니다."

인생의 경험이 풍부한 사람이라면 이러한 배신이야말로 사람을 진정으로 고통스럽게 만든다는 것을 알고 있을 것이다. 여불회는 벌써부터 그 남편이 안됐다는 둥 불쌍하다는 둥 혼잣말을 중얼거리다가 기아향에게 꼬집힘을 당하고 나서야 입을 다물었다.

"사랑을 배신당하고 믿음을 배신당한 그 부자는 너무도 분노가 치밀어 병까지 들고 말았습니다. 마음의 병이 늙고 노쇠한 그의 몸을 갉아먹은 거지요. 병상에 누워 신음하던 부자는 자신의 아들에게 명을 내렸습니다. 부자가 아들에게 무슨 명을 내렸다고 생각하십니까?"

여불회가 참지 못하고 큰 소리로 대꾸했다.

"필시 그 두 간악한 남녀들을 죽이라고 명했겠지."

혁리공은 고개를 저었다.

"그 정도로는 부자의 마음속 화를 풀 수가 없었습니다."

여불회의 눈살이 찡그려졌다.

"죽이는 것으로는 부족하단 말인가?"

"부자의 그들에 대한 믿음과 사랑이 그만큼 깊었다는 뜻이겠지요. 그래서 배신의 고통 또한 그만큼 강렬했던 것입니다."

"죽음보다 더한 형벌이 있다니…… 고문이라도 가하라고 한 것일까?"

"부자는 나름대로 명망(名望) 있는 가문의 주인이니, 다른 사람들의 눈을 의식해서라도 그런 명을 내릴 수는 없었습니다."

여불회는 고개를 절레절레 흔들었다.

"모르겠군. 나는 모르겠네."

"부자가 아들에게 내린 명은 간단했습니다. '두 사람을 서로 한 집에서 살게 해라.' 라는 것이지요."

여불회는 영문을 몰라 어리둥절한 모습이었고, 다른 사람들 또한 고개를 갸웃거리고 있었다.

"그건 벌이 아니라 오히려 그들에게 상을 내린 게 아닌가?"

"다만 한 가지, 어떤 일이 있어도 두 사람은 집에서 일 리 이상 나갈 수 없으며, 다른 이성(異性)에게 한눈을 팔아서도 안 된다는 것입니다. 평생토록 말이지요."

"만일 그것을 어기면?"

"그때는 전신을 난도분시하여 돼지의 먹이로 주라고 했습니다."

끔찍한 말에 여불회는 한 차례 몸을 떨다가 쓴웃음을 머금었다.

"부자가 왜 아들에게 그런 명을 내렸는지 아직도 이해가 되지 않는군."

그때 조용히 혁리공의 말을 듣고 있던 기아향이 조심스런 음성으로 입을 열었다.

"나는 알 수 있을 것 같군요. 그건…… 정말 지독한 형벌이에요."

여불회는 눈을 휘둥그렇게 뜨고 자신의 아내를 쳐다보았다.

"그게 무슨 말이오? 두 남녀를 같이 살게 하는 게 지독한 형벌이라니?"

그녀는 한숨을 내쉬고 있다가 천천히 입을 열었다.

"한 사람에게 종속된 삶을 살아간다는 건 생각보다 고통스런 일이에요. 더구나 평생 동안 좁은 공간에서 한 사람만을 보며 산다면 누구라도 견디지 못할 거예요. 그들같이 바람기가 많은 남녀들이라면 더욱 그러할 테지요."

여불회는 그녀의 말을 알 듯도 하고 모를 듯도 하여 고개를 갸웃거렸다.

하나 혁리공은 감탄했다는 눈으로 그녀를 향해 허리를 숙여 보였다.

"과연 기 여협의 혜안은 놀랍기 그지없습니다. 기 여협의 말씀대로 두 사람은 머지않아 한창 때의 아름다움을 모두 잃고 비참한 신세가 되고 말았습니다."

"어떻게 그런……."

"후처는 어차피 자신의 정부(情夫)만을 바라보며 살아야 하니 남들에게 예쁘게 보이기 위해서 꾸밀 필요가 없어졌습니다. 그러니 결국에는 남들이 보기에도 끔찍한 똥보가 되고 말았습니다. 정부 또한 자신의 야망을 실현시킬 수도 없고 다른 여인에게 한눈을 팔 수도 없으니 모든 희망을 잃고 게으른 폐인이 되어 버렸다고 하더군요."

그제야 여불회는 아내가 말한 지독한 형벌이 어떤 것인지를 알 수 있었다.

"그 부자는 그들에게서 미래(未來)를 빼앗아 버린 것이로군."

"바로 그렇습니다. 그것이 부자가 그들에게 할 수 있는 가장 무서운 보복이었습니다."

"후우…… 정말 인간의 상상력이란 무한한 것이로군. 그런 방법을 생각해 낼 수 있다니. 그 부자는 그들이 그렇게 변하는 모습을 보고 만족해 했나?"

"아쉽게도 그는 자신의 복수가 실현되는 광경을 보지 못했습니다. 병상에 누워 앓다가 몇 달 후에 세상을 뜨고 말았으니까 말입니다."

"그건 그것대로 아쉬운 일이로군."

"그런 게 인생 아니겠습니까?"

젊은 혁리공의 입에서 나오기에는 어울리지 않는 말이었으나 지금은 누구나가 당연한 말이라고 생각했다.

'완벽한 복수'란 상상 속에서나 존재하는 것이었다. 현실에서는 무언가를 얻기 위해서는 또 다른 무언가를 내놓아야 하는 것이다.

혁리공의 이야기는 그리 길지 않았고 특이한 반전(反轉)이나 기이한 사연은 없었으나, 중인들로 하여금 많은 생각을 하게 했다.

혁리공은 중인들을 향해 포권을 한 후 자리로 돌아갔다.

이제 중인들의 시선은 한 사람에게 향해 있었다.

진산월은 천천히 자리에서 일어나 대청의 중앙으로 가서 담담한 시선으로 주위를 둘러보았다.

다양한 표정의 사람들이 그를 보고 있었다. 개중에는 흠모의 시선도 있었고, 질시를 담은 눈빛도 있었으며, 동경과 존경을 담은 눈도 있었다. 그리고 묘한 악의를 느끼게 하는 시선도 여전히 존재했다.

어떤 눈으로 보든 모든 사람의 시선 속에는 신검무적이 과연 무엇을 보여 줄 것인가 하는 기대와 설렘이 담겨 있었다. 심지어는 밖으로 나갔던 담옥교마저 어느 사이에 돌아왔는지 눈을 반짝이며 그를 주시하고 있었다.

마침내 진산월은 천천히 입을 열었다.

"혁리 공자의 말을 듣고 보니 나도 마침 한 가지 재미있는 이야기가 떠올랐소. 그래서 그 이야기를 하려 하오."

중인들의 눈에 대부분 실망어린 빛이 떠올랐다.

그들이 기대했던 건 신검무적의 말솜씨가 아니라 전설처럼 전해지는 그의 검술 솜씨였다.

혹자는 그가 지난 십 년 동안 강호에 나타난 검객들 중 가장 뛰어난 고수라고 했고, 혹자는 이미 천하제일 검객이라고도 했으며, 혹자는 오십 년 전의 모용 대협 이후 최고의 고수라고 했다. 심지어는 무림구봉 중 검봉은 화산파 장문인 용진산이 아니라 신검무적에게 돌아가야 한다고까지 말하는 사람들도 있었다.

일검에 구름을 만들어 낸다는 그 전설과도 같은 이야기를 듣고 가슴이 뛰지 않는 무림인이 어디 있겠는가?

그 전설의 한 자락을 볼 수 있을 것이라고 기대했건만, 검술을 펼치는 대신에 이야기를 하겠다니 중인들로서는 실망하지 않을 수 없었다. 아무리 재미있는 이야기라도 신검무적의 검술을 보는 것보다 짜릿하겠는가?

하나 진산월은 중인들의 실망 어린 표정에 아랑곳하지 않고 말문을 열기 시작했다.

"이것도 마침 어느 가문의 이야기요. 물론 혁리 공자가 말한 것 같은 부잣집은 아니오. 한때는 분명히 남부럽지 않은 부유한 가문이었으나 지금은 몰락할 대로 몰락해 버려서 집안 살림조차 제대로 꾸려 갈 수 없는 형편이었소. 그 가문에 나이 어린 소년이 양자로 들어왔소. 그 소년은 떠돌이 거지였기 때문에 배를 곯지만 않으면 더 이상 바라는 것이 없었소. 그 가문이 비록 몰락했다고 해도 배고픈 거지 소년을 굶길 정도는 아니었기에 소년은 어느 때보다 행복한 시간을 보내고 있었소."

그의 말이 시작될 때부터 한 사람의 얼굴이 이상야릇하게 변하더니 배고픈 거지 소년 이야기가 나오자 더 이상 참지 못하고 고개를 떨구고 말았다. 그는 다름 아닌 동중산이었다. 동중산은 지금 진산월이 자기 자신의 이야기를 하고 있다는 걸 누구보다도 빨리 알아차린 것이다.

그가 고개를 떨군 건 갑자기 눈물이 쏟아질 것 같았기 때문이다. 그것은 진산월의 과거를 알고 함께 경험을 공유한 사람만이 느낄 수 있는 감정이었다.

진산월의 음성은 그리 크지 않았으나 주위가 워낙 조용해서인지 중인들의 귀에는 옆에서 말하는 것처럼 선명하게 들렸다.

"그 소년은 지금처럼 살 수만 있다면 그것으로 만족할 수 있었소. 하나 어느 날, 소년을 양자로 받아들였던 주인이 불의의 사고로 세상을 떠나면서 소년은 험한 가시밭길을 가야 했소. 주인은 죽으면서 소년에게 가문을 일으켜 달라고 부탁했고, 소년은 그러겠다고 약속했소. 그것이 얼마나 힘들고 어려운 일인지 알면서도 소년은 차마 거절하지 못했던 거요."

진산월의 시선은 허공의 어느 한 점을 하염없이 응시하고 있었다.

마치 그곳에 사부인 임장홍이 서 있는 것처럼.

"오랫동안 소년은 모진 고생을 한 끝에 마침내 조금씩 가문을 일으킬 수 있었소. 떠나갔던 식솔들이 하나둘씩 돌아오고 소년의 주머니에도 돈이 모이기 시작했소. 하나 소년은 가문을 일으키려면 그 정도로는 턱없이 부족하다는 것을 깨닫고 먼 상행(商行)을 떠나기로 결심했소. 비록 그 상행에 수많은 난관이 도사리고 있을지라도 반드시 성공시켜 가문을 부흥시키겠다고 다짐한 소년은 비장한 각오를 하고 길을 떠났소."

이제는 중인들도 무언가를 느낀 듯 그의 말에 온 신경을 집중시킨 채 귀를 기울이고 있었다.

"소년의 예상대로 상행은 시작부터 많은 어려움이 있었소. 짐을 노리고 습격해 오는 도적떼들도 있었고, 예기치 못한 함정에 빠지기도 했으며, 어이없는 일을 당해 짐을 잃어버릴 뻔한 적도 있었소. 하나 소년은 믿음직한 수하들과 함께 그 모든 난관들을 헤치고 상행을 계속했소. 그 상행의 끝에 무엇이 기다리고 있는지는 모르지만, 소년은 목숨이 붙어 있는 한 그 상행을 멈추지 않을 거요."

진산월은 문득 손을 들어 한곳을 가리켰다. 중인들의 시선이 모두 그의 손가락 끝을 향했다.

그가 가리킨 곳은 아득한 남쪽 하늘이었다.

"아마 저 하늘 어딘가를 향해 소년의 상행이 움직이고 있을 거요. 지금 이 시간에도 소년은 상행이 무사히 끝나기를 바라며 밤을 지새우고 있을지도 모르오."

이제는 누구라도 진산월이 말하는 소년이 그 자신이라는 것을 알아차릴 수 있었다.

진산월은 왜 갑자기 자신의 이야기를 꺼낸 것일까?

그리고 그가 말한 상행의 의미는 대체 무엇일까?

진산월의 음성은 여전히 담담했으나, 그래서 더욱 결연하게 들렸다.

"내가 왜 엉뚱한 소년의 이야기를 꺼내는지 의아한 사람도 있을 거요. 나는 단지 말하고 싶었을 뿐이오. 이곳에 있는, 혹은 이곳이 아닌 어딘가에 있을 누군가에게. 소년은 결코 상행을 멈추지 않을 것이며, 어떠한 난관도 기꺼이 헤쳐 나갈 각오가 되어 있소. 그러니 그의 앞을 막으려거든 당신도 그만한 각오를 해야 할 거요."

그 말을 할 때 진산월의 시선이 혁리공 쪽으로 향한 것은 단순히 우연이었을까?

그리고 항상 웃음기가 감돌고 있던 혁리공의 얼굴이 순간적으로 핼쑥하게 굳은 것도 우연한 일일 뿐이었을까?

중인들은 자신들이 알 수 없는 무언가로 인해 신검무적이 이 이야기를 꺼냈다는 것을 알았으나, 그 자세한 내막을 알 수 없어서 답답했다. 다만 한 가지, 신검무적이 이 자리에 있는 누군가에게 분명한 경고를 했다는 사실만은 확실하게 알 수 있었다.

진산월이 자리에 돌아간 후에도 장내는 무거운 침묵이 감돌고 있었다. 그는 단 한 번도 언성을 높이거나 기도를 뿜어내지 않았으나, 대청 전체가 그의 말에 짓눌려 있는 듯한 느낌이 들었다.

그 후의 일은 조금 허무하게 끝이 났다.

진산월의 다음 차례였던 전흠은 술을 너무 많이 마셨다며 포기해 버렸고, 담옥교 또한 몸 상태가 좋지 않다며 숙소로 돌아가고 말았다. 흥겹게 시작했던 연회가 다소 이상하게 끝나 버린 것이다.

중인들이 하나둘씩 숙소로 돌아가자 진산월 일행도 자리에서 일어났다.

이번에는 혁리공도 그들이 가는 것을 배웅하지 않았다.

심지어 다음 날 진산월 일행이 산장을 떠날 때에도 혁리공은 모습을 드러내지 않았다. 어제 진산월 일행을 안내했던 환악이 공자께서는 몸이 불편하여 나오지 못해 죄송하다는 말을 전했을 뿐이었다.

진산월 일행이 산장에 왔을 때처럼, 그들이 피번을 타고 모산도를 떠나는 광경을 묵묵히 바라보고 있는 두 사람이 있었다.

그중 약간 마르고 키가 큰 사람이 옆의 인물에게 말했다.

"어제는 왜 계획대로 하지 않았나? 그를 이대로 순순히 돌려보내다니 전혀 예상에 없었던 일이 아닌가?"

그 인물은 의미를 알 수 없는 묘한 눈으로 멀어지는 피번의 갑판을 바라보고 있었다. 멀리 떨어져 있음에도 불구하고 갑판 위에 우뚝 서 있는 한 사람의 모습을 너무도 분명하게 볼 수 있었다.

그 인물은 그 사람의 모습을 뚫어지게 보고 있다가 천천히 입을 열었다.

"계획을 바꿨을 뿐이오."

"왜 갑자기 바꿨나?"

"생각해 보니까 굳이 내가 힘을 들여 그를 상대할 필요가 없단 말이오."

"그게 무슨 말인가?"

"지금 말한 대로요. 그는 적으로 삼기에는 두려운 자요. 그의 목표가 강남으로 가는 것이라면, 굳이 내가 나서서 그의 검을 받을 필요는 없다는 말이오."

"그럼 그를 이대로 내버려 두자는 말인가?"

"강남은 대공자(大公子)의 관할이오. 그러니 그가 알아서 할 일 아니겠소?"

키가 큰 사람은 한동안 그 인물을 가만히 응시하고 있다가 불쑥 말했다.

"자네, 겁을 먹었군."

그 인물은 피식 웃었다.

"그렇게 보이오?"

"그렇게 보이네."

"굳이 부인하지 않겠소. 솔직히 당신도 두려움을 느끼지 않았소?"

"사실은 그렇다네. 소문으로 들었을 때는 믿지 않았는데, 실제로 눈앞에서 직접 보니 거대한 벽(壁)을 대하는 것 같았네."

"그것 보시오. 그러면서 나를 탓할 수 있겠소?"

"하지만 계속 그를 피할 수는 없네. 언젠가는 반드시 그와 맞부딪쳐야 할 걸세."

"그가 대공자를 물리친다면 그렇게 되겠지."

"대공자가 그를 감당할 수 있다고 생각하나?"

"누구라도 자기 집 앞마당에서는 배 이상의 힘을 내는 법이오."

"그도 그렇군. 그래서 어제 그런 이야기를 했나?"

"재미있지 않소? 도도하기 그지없던 그녀의 표정이 일그러지는 모습도 볼 수 있고. 당신도 속으로는 통쾌해서 죽으려고 하지 않았소?"

"그야 그렇지. 하지만 그녀를 앞에 두고 그 이야기를 꺼낸 건 너무 심했네. 그녀는 그 일을 반드시 설욕하려고 할 걸세."

"그야 먼 미래의 일이겠지. 지금은 신검무적 때문에 정신이 없을 테니까."

"그나저나 여씨 부부는 어떻게 할 텐가?"

"원래 내가 그들 부부를 이번 연회에 초대한 것은 어떤 식으로든 신검무적과 그들을 충돌시켜서 신검무적으로 하여금 그들을 제거하게 하려고 했던 거요."

"왜 그런 계획을 했나? 그들 부부는 비록 무공이 괜찮긴 하지만 우리와는 아무 상관도 없는데."

"그들 부부는 그리 대단할 게 없지만, 그들 부부의 절친한 친구 중에 대단한 자가 있소."

"그게 누군가?"

"유중악."

"환상제일창 유중악이 그들 부부의 친구라고?"

"그렇소. 그것도 가장 친한 몇 사람 중의 하나지."

"그러면 자네는 신검무적으로 하여금 그들을 해치게 해서 유중악과 싸우게 하려 했던 거로군."

"여러 가지 계획 중의 하나로 세워 놓았던 거요. 별로 실현 가능성이 없다고 생각해서 이번에 파기한 것이고."

"왜 그렇게 생각했나?"

"문득 유중악의 친구들 중에 그들 부부 외에 한 사람이 더 있다는 걸 뒤늦게 알았을 뿐이오."

"그가 누군가?"

"팔비신살 곽자령."

"안탕산의 그 괴물 말인가? 그는 왜?"

"곽자령은 종남파의 전대 장문인이었던 태평검객 임장홍의 가장 친한 친구였소. 다시 말해서 이미 그들 사이에는 제법 질긴 인연의 줄이 닿아 있었던 거요. 그걸 모르고 일을 무리하게 진행했다면 오히려 역효과를 일으켰을지 모르오."

"그렇군. 그러면 이제 우리는 대공자가 신검무적을 어떻게 상대할지 지켜보기만 하면 되는 것인가?"

"그렇소. 당신도 알다시피 원래 싸움 구경이 세상에서 제일 재미있는 일 아니오?"

"자네가 제일 좋아하는 일이겠지."

그 말에 혁리공은 모처럼 활짝 웃으며 키가 큰 사나이의 어깨를 툭 쳤다.

"하하…… 그러니 이제 내가 왜 그를 순순히 보냈는지 알겠지요? 내 손에 피를 묻히지 않고 남들이 피 흘리며 싸우는 광경을 볼 수 있는데, 이 절호의 기회를 어찌 놓칠 수 있단 말이오?"

* * *

멀어지는 모산도를 바라보는 진산월의 눈빛은 유난히 깊게 가라앉아 있었다.

성락중이 그에게로 다가왔다.

"연회 전에는 한바탕 칼부림이라도 할 것 같았는데, 의외로 조용히 지나갔군."

"원래는 혁리공이 어떻게 나오든 일단 무력(武力)을 사용할 생각이었습니다."

"그런데 왜 마음이 바뀌었나?"

"한 사람의 이야기를 들었기 때문입니다."

성락중은 잠시 생각에 잠겨 있다가 눈을 반짝였다.

"여불회의 이야기 말인가?"

"그렇습니다."

"그의 이야기가 비록 흥미 있기는 했지만 별다른 건 없었을 텐데……."

"다른 사람에게는 별다른 게 없을지 몰라도 저에게는 무척이나 귀중한 이야기였습니다."

"그 이야기에 나오는 사람을 알고 있나?"

"예. 그건 바로 선사의 이야기였습니다."

뜻밖의 말에 성락중은 눈을 크게 뜨고 진산월을 쳐다보았다.

진산월의 표정은 여전히 담담했으나, 그의 눈가에는 한 줄기 아련한 빛이 떠올라 있었다.

"선사의 이야기를 그토록 자세히 알고 있는 것으로 보아 그는 필시 선사의 친구분과 교분이 있을 겁니다. 그러니 그런 사람 앞에서 제가 어찌 검을 휘두를 수 있겠습니까?"

성락중은 한동안 말없이 진산월의 얼굴을 보고 있다가 무거운 한숨을 내쉬었다.

"그런 사연이 있었군. 임 사형께서 그런 어려움에 처해 있었던 줄을 몰랐다니 내 불찰이 너무 크구나."

"이미 지나간 이야기입니다."

"하지만······."

진산월은 조용한 음성으로 그를 불렀다.

"성 사숙."

성락중이 그를 응시하자 진산월은 손으로 한곳을 가리켰다. 어제 밤의 연회에서 그가 가리킨 그 방향이었다.

"저곳에 무엇이 있는지 아십니까?"

성락중은 그의 손가락이 가리키는 곳을 보고 있다가 고개를 끄덕였다.

"구화산이 아닌가?"

"구화산 자락에 무엇이 있는지 아십니까?"

성락중은 무심코 대답했다.

"구궁보."

진산월의 음성은 여전히 담담했으나, 그 말꼬리는 가늘게 떨리고 있었다.

"그렇습니다. 그리고 그곳에서 제 영혼의 동반자가 저를 기다리고 있습니다."

성락중은 자신도 모르게 마른침을 삼켰다. 그 말을 할 때 진산월의 전신에서 성락중으로서도 처음 보는 가공할 기운이 피어올랐던 것이다.

그 기운은 이내 사라졌으나, 배 안에 있던 모든 사람들이 진산월 쪽으로 고개를 돌렸다. 무언가 차갑고 서늘하며 한없이 거대한 것이 자신들의 몸을 스치고 지나갔음을 느꼈던 것이다.

진산월은 다시 예의 무심한 표정으로 돌아와 허공을 응시한 채 조용한 음성으로 말했다.

"과거의 지난 일은 가슴 한구석에 고이 묻어 두면 됩니다. 언제고 꼭 필요할 때 꺼내 볼 수 있도록 말입니다. 지금은 미래의 일을 준비할 때입니다. 그리고 저의 미래는 그녀가 있는 구궁보에 있습니다."

성락중은 아무 대꾸도 할 수 없었다. 그 담담한 표정 속에서 꿈틀거리는 거대한 감정의 소용돌이를 생생하게 느낄 수 있었기 때문이다.

성락중은 진산월이 바라보는 곳으로 시선을 돌렸다.

한없이 푸른 하늘 아래 아득한 벌판이 펼쳐져 있었다.

그 벌판을 가로질러 거대한 강을 건너면 연꽃 송이가 피어 있는 듯한 하나의 아름다운 산이 나온다. 그 산자락 어딘가에는 지난 오십 년 동안 천하제일 고수로 군림하는 절대자가 머무르는 건물이 있을 것이다.

가슴 속에 거대한 소용돌이를 담고 있는 진산월이 그 건물로 들어서는 순간 어떠한 일이 벌어질지 성락중은 두려움과 기대감으로 온몸이 떨려 왔다.

그들의 앞날에 닥칠 거센 풍운(風雲)을 예고하듯 어디선가 한 줄기 바람이 불어와 갑판 위에 서 있는 그들의 몸을 휩쓸고 지나갔다.

진산월은 자신의 몸을 휘감고 지나가는 바람을 맞으며 언제까지고 남쪽을 바라보며 우뚝 서 있었다.

진산월 일행이 구궁보에 도착한 것은 그로부터 나흘 뒤였다.

오월 십사 일(五月 十四日). 진산월이 당가타의 강변에서 임영옥과 이년지약을 한 지 삼 년 육 개월 만이었다.

(군림천하 25권에서 계속)

『군림천하』 3부를 마치며……

　원래 이 작품은 전 3부작으로 기획했으나, 중간에 내용이 늘어나면서 필연적으로 증보가 불가피해졌다. 결국 4부로 기획을 바꾸면서 30권이 넘는 그야말로 엄청난 분량의 대하 장편(大河長篇)이 되고 말았다.
　3부인 '군림의 꿈[君臨之夢]'도 원래는 21권에서 끝내야 할 내용이 세 권이나 늘어났고, 4부인 '천하의 문[天下之門]' 또한 적어도 8권의 분량은 될 것 같다.

　워낙 오랫동안 집필해 온 장편인지라 구석구석 크고 작은 오류가 셀 수도 없이 많았다. 그동안은 고치고 싶어도 고칠 수 없어서 애가 탔으나, 이번에 출판사를 새롭게 바꾸면서 그런 오류들을 몽땅 수정한 개정판을 낼 수 있어서 작가인 나로서는 커다란 짐을 덜은 것 같아 기쁘고 홀가분한 마음이다.
　기존의 거래했던 출판사가 부도나면서 공중에 붕 뜬 신세가 되었으나, 이제는 새로운 둥지를 튼 것처럼 든든한 마음이 들지 않을 수 없다. 앞으로 작품에 좀 더 매진할 수 있게 되면서 집필 속도도 올라갈 것을 내심 기대하고 있다.

이제 10년이 훨씬 넘게 끌어 오던 「군림천하」도 종장을 향해 달려가고 있다.

돌이켜보면 1부인 '중원의 검[中原之劍]' 부터 시작해 2부인 '종남의 혼[終南之魂]' 을 쓸 때의 기억이 너무 아득해서 마치 다른 사람의 인생이 아닌가 하는 기분마저 든다.

4부인 '천하의 문' 은 「군림천하」의 대미를 장식하는 부분인 만큼 좀 더 심혈을 기울여 집필할 각오이다.

마침내 사 년의 기일이 흐른 후에 구궁보에 도착한 진산월을 기다리고 있는 것은 과연 무엇일까?

임영옥과 진산월의 가슴 치는 사랑의 결말은?

천봉궁과 신목령, 성숙해와 쾌의당 등 무림을 좌지우지하는 거대 세력들의 진정한 목적은 무엇인가?

그리고 이백 년 전에 벌어진 종남오선에 얽힌 진실은 무엇이며, 기산취악의 사건 뒤에 도사린 음모의 배후자는 과연 누구인가?

모든 난관을 극복하고 정상에 올라선 진산월의 앞에 마침내 나타난 최후의 적수(敵手)는?

활화산처럼 뜨거운 열정과 얼음장처럼 냉정한 지혜를 지닌 한 젊은이가 과연 자신의 목표인 군림천하를 달성할 수 있을 것인지, 군림천하의 진정한 의미는 무엇이며, 과연 그것으로 그 젊은이가 행복을 찾을 수 있을지 관심을 가지고 지켜봐 주기 바란다.

독자 제현의 건승을 빈다.

어느덧 훌쩍 지나가고 있는 봄의 오후를 무심히 바라보며,
용화소축(龍華小築)에서.
용대운(龍大雲) 배상(拜上).

환상이 숨쉬는 공간 파피루스 www.ipapyrus.co.kr

PAPYRUS ORIENTAL FANTASY
바우산 신무협 장편소설

흑운
진천하

黑雲

천하를 피로 물들게 한 지독한 혈투.
광명신과 암흑신의 전설이 다시 깨어난다!

『흑운진천하』

처참하게 잿더미가 된 백리가문.
그곳에 살아남은 단 한 명의 생존자.
복수를 꿈꾸는 그에게 찾아온
잊을 수 없는 소중한 인연.

"세상은 나를 잊지 말았어야 했다."

흑운이 세상을 암흑으로 물들이는 순간
단 하나의 빛이 세상을 구하리라!